GO!GO!アリゲーターズ

山本幸久

集英社文庫

目次

GO！GO！アリゲーターズ

GO!GO!アリゲーターズ

1

　路面電車が、町を東西に貫く四車線の大通りを走っていく。半年以上前まで暮らしていた東京で、藤本《ふじもと》茜《あかね》は都電荒川線をよく利用していた。おなじ路面電車でもこの町のはずっとスマートだった。スマートすぎると言ってもいい。どういう構造なのか、車輪が見えず、その走りは道路を這《は》っているようだった。

　公園前駅から乗った茜は入り口のすぐ手前の席に腰かけた。日曜の朝なので車内はえらく空《す》いていた。大通りの両脇にはファミレスやハンバーガーショップ、ラーメン屋に牛丼屋、焼肉屋、回転寿司の店などが並ぶ。いずれも見慣れた看板のチェーン店だが、都心のそれらと比べ規模がちがう。とてもでかい。駐車場も広々としている。

　かなたに低い木々が、整然と並んでいるのが見えた。市の名産品のひとつであるぶどうだ。いまは緑の葉を繁らせているだけだった。

　おっと、いけない。ぼんやりしている場合じゃなかったわ。

茜はショルダーバッグからｉＰｏｄをだし、ヘッドホンを耳にあてる。そしてスタートボタンを押そうとしたときだ。

「おまえ、荻野目《おぎのめ》っておぼえてる？」

背後から聞こえる男の話に、茜は手をとめた。

それってもしかして。

「去年の夏、甲子園のマウンドで泣いた？」

答えたほうも男だった。去年、甲子園のマウンドで泣いた荻野目はこの世にひとりのみ。ウチの投手だ、と確信した茜はヘッドホンをつけたままの耳をダンボにする。

「そうそう。一回戦の試合途中で泣きだして、大敗したあいつ。いまなにしてると思う？」

「知るわけねぇだろ」

「ちょっとは考えろよ」

茜はわずかに振りむく。男がふたり並んで座っている。歳は二十歳前後か。この町の住民にしてはオシャレだ。ただ顔はイケてない。

「おれ、昨日、県営スタジアムへいったんだけどさ」

「なにしに？」

「野球、見にだよ。ほら、アリゲーターズってチームあるだろ」

おおお。茜は感動した。町中にいて、ウチのチームが話題になってるの、はじめて聞いたよ。ケータイの録音機能で録《と》っておこうかしら。

「あの球団、まだあったんだ」

あるわよ。

アリゲーターズはプロ野球チームだ。ただしセ・リーグでもなければパ・リーグでもない。日本野球機構の球団ではないのだ。

チェンジ・アンド・チャレンジ・アンド・チャンスリーグ、略してC&C&C、もっと略してCCC（スリーシー）と呼ばれる独立リーグだ。日本海側の六県にそれぞれ一チームずつ本拠を置き、リーグ戦をおこなっている。設立はほんの五年前だ。まだあったんだ、とはずいぶん失敬な話である。

なくちゃ困るよ、あたしの職場なんだし。

茜は昨年十月に離婚し、ひとり息子を連れて東京から出戻ってきた。実家で世話になりながら、就職活動をおこなったのだが、アリゲーターズの球団職員という職にありつけるまでに二ヶ月を要した。ただし職場が、同じ県内とはいえ実家から電車で乗り継いでいくと、三時間以上かかる。そこで茜は息子を実家に預け、今年のアタマから職場近くにワンルームマンションを借り、この路面電車で通っていた。

「なにおまえ、そんな超マイナーなヤツ、見にいってるの？」

超マイナーで悪うござんしたね。

世間では、たとえ地元の住民であっても、アリゲーターズに興味を示す人間はごく限られている。茜だってネットで募集案内を見るまで知らなかった。そもそも茜は野球そのものに興味がない。九人同士で試合をするくらいは知っている。打者が球を打ち、一周してくれれば一点入ることもだ。だがせいぜい、そこまでだった。グラウンドの隅っこでアリゲーターズの試合を毎回見ているいまも、勝ってほしいとは願う。しかしおもしろいと感じたことはただの一度もなかった。

「オフクロがどっからか無料招待券もらってきたからよ。昨日、することなかったんで、見てきたんだ」

「オフクロと？」

「莫迦《ばか》言え、ひとりでだよ。ったら荻野目がマウンド立ってたんだ。アリゲーターズの選手になってたんだな、あいつ」

「そうだったんだ」

「ケッサクなのは荻野目、また泣いてやがんの」

「マジかよ？　しようがねぇなあ」

ほんと、しようがない。

荻野目が泣いたのは五回表だった。それまで無失点で好調だった荻野目が二者連続ヒットを浴びた。つづけての打者はフォアボール、無死満塁で、四番打者に本塁打を打たれ、あえなく逆転を許してしまった。

荻野目が泣いたのはその瞬間である。監督がタイムをかけ、泣きじゃくる彼を迎えにいき、投手交代となった。結局、アリゲーターズは二対八の敗退におわってしまった。

「泣くって言えばよぉ」

男ふたりの話は、職場にいる女の子の話題へ移ってしまった。アリゲーターズや荻野目の話には戻ってきそうにない。茜はｉＰｏｄのプレイボタンを押す。

ぱぁぁぁ、ぱぁぱぁぁぁ。ぷぱぱぱぱぁぱぱぁ。

耳元でトランペットの音が高らかに鳴り響いた。アリゲーターズの応援歌である。地元の中学高校のブラスバンド部有志の演奏で、地域密着型と言えばそうなのだが、要するにプロに演奏してもらうお金がなかったのだ。

やがて歌が聞こえてきた。アリゲーターズのオーナーかつ後援会長、憩《いこい》ストアの社長である田辺ツネが唄っている。当年とって九十歳のオバアチャンだ。調子っぱずれで音痴だった。聞いてて具合が悪くなる。それでも茜は聞かねばならない理由があった。

アリゲーターズにはＡＡギャルズというチアリーダーのチームがある。オーディションで選ばれたそのメンバーは十代なかばから四十代前半までと年齢の幅が広い。職業もＯＬ、フリーター、女子高生、公務員、塾の講師、専業主婦、お花の先生などさまざまだ。水商売のオネーサマもいる。彼女達は無給だ。ただし県内に十四店舗ある憩ストアで利用可能な、一年間有効の全商品一割引クーポン券が配布されていた。
茜はＡＡギャルズとともに、応援歌にあわせて踊らねばならなかった。といってチア
ガールになるわけではない。アリゲーターズのマスコットで、アリゲーターズの応援に
情熱を燃やす純情可憐《かれん》で乙女なワニ、アリーちゃんの着ぐるみに入って踊るのだ。
一度、最後まで聞いてから、また最初に戻す。そして今度は田辺の歌にあわせて、ダ
ンスの振り付けを頭の中でおさらいした。
♪さぁぁ、いまこそぉぉ、ピンチをチャンスにぃぃ
顔をあげて両手を上にしてＶの字。
♪ラストまであきらめちゃダメぇだぜぇ
右手を胸の前に、すぐ左手も。
♪パワーの差なんか根性でうめろっ
からだ、ちょいひねり。左足あげて。
♪ぼくらのぉドリームぅぅかなえておぉくれぇぇ
真正面を見据えて。大きくふりかぶって。
♪びっくりたまげたおどろいたぁ
右手で球を投げるジェスチャー。

♪あぁああ、アリゲーターズぅぅう
最後はガッツポーズ。そして間奏。ぱぁぁあ、ぱぁぱぁぁあ。どんどん。ぷぱぱぱぱぁぱぱぁぁ。どどどん。

右に肩をひっぱられるように、ぴょんぴょんぴょん。

くるりとまわって、同じ動きで、ぴょんぴょんぴょん。

うちは人手が足りないからな。なんでもやってもらうことになるから、覚悟してくれ。頼むぞ。

入社してすぐ、ゼネラルマネージャーの芹沢《せりざわ》にそう言われた。

はいっ。なんでもやります。女だからって遠慮なさることはありません。どんどんお申しつけください。

ほんとに遠慮することなく、芹沢は茜につぎからつぎへと仕事を言いつけてきた。せっかくありついた職だ。ただひたすら、こなしていった。野球について知らなくてもどうにかやっていくことができた。芹沢の言うことで、わからない用語があれば、メモ書きして、あとで調べたり、その場で聞き返したりもする。芹沢は嫌な顔ひとつせず、丁寧に教えてくれた。

人手が足りないのはほんとうだ。アリゲーターズの事務局は芹沢と茜を含めて五人しかいない。しかも他の職員達は憩ストアから出向してきたオジサンばかりで、いちばん若くて五十過ぎ、つぎが六十歳手前、最高齢は定年後、再雇用された七十歳のオジイサンだ。芹沢にすれば茜がいちばん使い勝手がいいにちがいなかった。

だけど着ぐるみを着て、踊ることになるとは思ってなかったよ。ま、七十歳のオジイサンに着せるわけにもいかないけど。

アリーちゃんの着ぐるみは当初からあり、去年まで地元の大学生がボランティアで中に入っていた。ところが今年の春、就職が決まり、大阪へいってしまった。

AAギャルズのうちのだれかが着るという話もあったが、みんな嫌がった。代わりが見つかるまでのあいだだけだ。頼む。アリーちゃんになってくれ。芹沢に頭を下げられたのは開幕一週間前のことだった。こうなればやらざるを得ない。

その後、ホームページで『アリーちゃんになってみませんか？』と求人を呼びかけているものの、いまだ応募はゼロである。

あとちょっとしたら、必ず応募があるはずだ。そのときまでがんばってくれ。

芹沢にはそうも言われた。ちょっとってどのくらいですか、なんて言い返したりはしなかった。

このままずっとやらされちゃうのかな。

試合の応援はもちろんだが、試合のない平日には、保育園、老人ホーム、介護施設その他の慰問などのイベントにもアリーちゃんは参加している。

開幕以来、ほぼひと月経《た》つが、茜はすでにアリーちゃんの中に二十回以上入っていた。たいへんはたいへんだが、アリーちゃんに愛着をおぼえはじめてもいた。

CCCはアリゲーターズを含め六球団で構成されている。チーム名はダックビルズ、ジェリーフィッシュ、ヒッポス、ゲッコス、ホーネッツと、どれも生き物の名前だった。そしてそれぞれの名前とおなじキャラクターがいる。つまりカモノハシにクラゲ、カバ、ヤモリ、そしてスズメバチだ。他の着ぐるみを見て、ワニでよかったよと茜は思う。まだかわいいほうだからだ。クラゲなど最悪である。ただの毒キノコにしか見えなかった。

路面電車は十字路を左へカーブし国道に入る。これをまっすぐにあと十分も走れば終点の南口駅に着く。

駅に近づくにつれ、商店街と繁華街が入り交じったような町並みになる。文房具屋、焼き鳥屋、布団屋に本屋とつづいて、スナック某《なにがし》と看板がでていたり、和菓子屋の二階にフィリピンパブがあったりした。朝の八時前なので、どこの店もシャッターを閉じている。営業しているのはコンビニくらいだった。人通りはまったくない。

茜がむかう先はJR駅北口の憩ストアだ。その三階の片隅にアリゲーターズの事務局があるのだ。そこから球団専用のバスに乗り、球場へむかう。今日の試合開始時刻は午後一時だが、二時間前には球場に入る予定だ。

CCCの六球団はどこも本拠地となる球場がない。ホームゲームは、それぞれの地元にある球場を順次借りておこなわれていた。

アリゲーターズも例外ではない。昨日は憩ストアからほど近い県営スタジアムだったが、今日は海沿いにある球場までいかねばならなかった。これがいやに遠い。しかも途中で公園や小学校、団地などに寄り、選手や監督、コーチを拾っていくため、軽く二時間はかかるので九時の出発だ。その前に事務仕事をいくつかこなしてから、球場へ持ち込むものをあれこれ準備しなければならない。チケットや販売グッズ、釣り銭が入った手提げ金庫、手動式のカウンター、ハンドマイク、スタッフ用のジャンパー、掃除道具などをバスに載せるのだ。そこで茜は八時に事務局着を目指していた。

♪おまえぇのぉチャレンジ魂ぃ見せつけてくれぇぇ
球団応援歌の三番の途中で、スーツのポケットにあるケータイが震えた。取りだして画面をたしかめると、実家からである。父がかけてくることはまずない。母か息子の健《けん》人《と》のどちらかだ。

母さんだったら嫌だな。

なにかしら文句か小言にちがいないからだ。母がふつうに話をしていても、茜にはそう聞こえた。

健人だったらうれしいんだけど。

ほんの十日前、息子は小学校の入学式を済ませたばかりである。電話をかけられるようになったのは、東京からこちらに引っ越してきてからだ。

「もしもし」

「あっ、ママ」

よかった。健人だ。茜はほっと胸を撫《な》で下ろす。

「どうしたの？」

「いま、おハナシしててもいい？」

電車の中だ。あまりよくはないが、「いいわよ。なぁに？」と囁《ささや》くように聞き返した。

「ぼくね、ショーガッコーでトモダチができたんだ。ヨシオくんっていうの」

「ほんとに？」

「ほんとだよ。ぼくがママにウソつくわけないじゃん」

「よかったわね」

心の底からそう思った。健人は人見知りが激しく、保育園でもなかなか友達ができなかった。東京でもそうだったし、こちらにきてからもだ。それが小学校に通いだしてわずか十日で友達ができたなんて、まさに快挙だ。

「でね。今日、これからヨシオくんとアソビにいくんだけど、ここのビデオがこわれちゃってるんだって。だからママ、２４００《トウエンティフォー》、ロクガしてくれない？」

２４００は日曜の朝に放映している特撮ヒーローものだ。茜が生まれる前からつづいているシリーズの最新作である。

「え、でも」

「ムリ？」

無理だ。２４００は朝八時からだ。いまは七時三十五分だった。

「２４００見てから遊びにいけば？」

「ダメだよ。八ジにいくってヤクソクしちゃったもん」

待てよ。選手のだれかが子供のために録画しているかも。憩ストアの店員をあたってみる手もある。

「いいわ。オッケーよ」

「ありがと、ママ。オシゴト、がんばってね」

できればまだ話をしていたかったが、息子のほうで切ってしまった。ケータイを閉じる前に、茜は画面に目を落とした。待ち受けが健人の写真になっている。逆立ちをして、おへそをだしていた。めくれた服であやうく隠れかけた顔は満面の笑みだ。明後日《あさって》になればまた、この笑顔に会える。

アリゲーターズの試合は三月なかばから九月いっぱいまでの、毎週金土日および祝日に実施される。茜はそのすべてに同行しなければならない。休みの火曜には実家に帰り、水曜の朝、健人が目覚める前にでて、事務局へ直行していた。

そのうち息子とふたりで暮らすつもりだ。健人がひとりで留守番ができるようになったらと考えている。早くても小学五、六年か。住まいはいまのワンルームマンションでは狭すぎる。このへんは東京より家賃は安いが、１ＬＤＫや２ＤＫとなれば六、七万は確実だ。

茜はケータイに目を落とす。

ママ、がんばるよ、健人。

「はぁい、っらっしゃい、っらっしゃい、っらっしゃぁあああい」「っらっしゃい、っらっしゃい、っらっしゃい」

憩ストアの前には人だかりができている。三割がおばちゃんで七割がおばあちゃんだ。開店前の朝市セールを実施中なのだ。

店員に混じって、なかよく並んで呼び込みをしているのは片柳《かたやなぎ》兄弟だった。ふたりともまわりの客たちよりも頭ひとつ半は大きい。茜から見て左が兄の啓太《けいた》で二十二歳、右が弟の翔太《しょうた》、二十歳である。どちらも坊主頭で、切れ長の目に丸みのある鼻、厚ぼったい唇、と目鼻立ちはよく似ている。しかし顔のかたちはちがう。兄のほうが細長く、弟はふっくらとしていた。

彼らはアリゲーターズの選手だ。チームのユニフォームを着て、その上に憩ストアのハッピを羽織っている。

「今日はトマトがお買い得だよぉ」と弟。

「フルーティーで甘いトマトだからね。トマト嫌いのお子さんでもぜったい食べられるよ」と兄。

「なんだったら味見する?」と言ってから、弟は傍らにあるまな板の上で、トマトを手早く切り、爪楊枝《つまようじ》を刺して、つぎつぎと客に渡していった。「どう? おいしいでしょ?」兄弟のコンビネーションは最高だ。トマトはまたたく間に売れていった。

接客が抜群にうまく、どんな売り場でもふたりが立つと売り上げが三割から五割も伸びるという。ただし野球のほうはさっぱりだ。兄弟とも外野手だが、守備も攻撃も芳《かんば》しくない。

そんな兄弟を横目に見ながら、茜は憩ストアの脇を進み、搬入口の前を通って、裏へまわり、駐車場にでた。収容台数三十台ほどのそこは従業員の車が数台、行儀よく一列に停《と》まっている。いちばん端っこにマイクロバスが一台あった。アリゲーターズの選手および職員専用だ。三十数名、乗ることができた。フロントには大きな目玉ふたつと牙をむきだしにした口が、左右の側面には短い足が、うしろには尻尾が描かれている。そしてぜんたいは緑色だ。アリーちゃんなのだ。しかしワニを模するのにバスの形はふさわしくない。どうしても無理がある。努力は買う。ワニだと気づくひとは稀《まれ》だろう。

ワニバスの前で、バットの素振りをしているひとがいた。いつもの通り、彼は全身、ピンク色だった。ピンクのシャツにピンクのズボン、ピンクの靴。

アリゲーターズのゼネラルマネージャー、芹沢剛《ごう》だ。

プロ通算二十年、右投げ右打ちの内野手、出身地は神奈川、誕生日は十二月十四日、身長百八十五センチ、体重八十八キロ、四十四歳でバツサン、現在は独身。ラッキーカラーはピンク。セ・パ両リーグを八球団渡り歩き、メジャーリーグにも所属していたことがあるプロ野球選手だった。なんとオリンピックにも出場したという。四十歳を前にして現役を引退。その翌年、設立されたばかりのアリゲーターズのゼネラルマネージャーに就任した。

これだけのことを茜が知ったのは、アリゲーターズの面接を受ける前日だ。父親のパソコンで『芹沢剛』を検索してみたところ、百万件以上もヒットした。芹沢が野球選手だったことは、布袋《ほて》寅泰《いともやす》がＢＯØＷＹのギタリストだったことくらい、世間では常識らしかった。よくもいままで『芹沢剛』を知らずに生きてこられたものだと反省した。

それにしてもバツサンはないよな。初婚はスチュワーデス（いまはキャビンアテンダントか）、再婚は歯科医、再々婚は十八歳年下のグラビアアイドルで、現役を引退した翌年にバツサンになっていた。いくらラッキーカラーとはいえ、毎日、全身ピンクの服を着ていては無理ないかもと茜は思う。

芹沢は一心不乱だった。茜のことなど気づく気配すらなかった。アリゲーターズのどの選手よりも、勢いのある力強い振りだ。

いっそのこと、試合にでちゃえばいいのに。

これは茜だけの意見ではない。

アリゲーターズのスポンサーは地元の企業が主だった。新聞社やテレビ局、製薬会社、飲食店、アパレルメーカー、クリーニングチェーン店など、多種多様だ。芹沢とふたりでスポンサーのもとへ出向くことがある。するとどこへいっても、全身ピンクの芹沢は大いに歓迎された。サインを求められることもしばしばだ。アリゲーターズの話よりも芹沢が現役時代にどんなプレイをしたのかで話が盛り上がることのほうが多い。そしてスポンサーのオジサン達のだれもが、決まって芹沢に現役復帰を願う。

おれなんて、すっかりポンコツですから。

芹沢は苦笑いを浮かべ、首を横に振るだけだった。それで納得するひとはひとりもいない。中にはこんなことを言うひともいた。

もうひとりのゴウのほうがよっぽどポンコツでしょう？　あいつが選手で、あんたがマネージャーだなんて、納得いかないよ。入れ替わることできないの？

もうひとりのゴウは笹塚豪《ささづかごう》という。これもまたパソコンで検索すると芹沢剛に負けず劣らずヒット件数が多い。

芹沢と笹塚は高校時代、同学年で、甲子園で優勝を争って以来のライバル同士だという。プロに入団してからも、ふたりで首位打者争いを幾度も繰り広げていたらしい。『剛よく豪を制す』だの『豪分剛分の勝負』だのといった、ダジャレとしては出来の悪い見出しで、スポーツ紙を賑《にぎ》わしたこともあったそうだ。

左投げ左打ちの外野手、出身地は新潟、誕生日は二月二十三日、身長百八十六センチ、体重九十八キロ。四十四歳婚歴はなし。アリゲーターズでの背番号は「1」だ。芹沢よりも三チーム多い十一球団を渡り歩いたのち、台湾のプロ野球に二年いた。それから日本へ戻り、セ・リーグの球団に所属していたものの、右肘《みぎひじ》や左膝などの故障が重なり、戦力外通告を受けてしまった。その後、芸能プロに入り、タレント業をしていたが、残念ながらそこでは活路を見いだすことはできず、一時は死亡説まで流れたという。

それが一年ちょっと前、アリゲーターズに入団した。野球選手として五年ぶりの復活を遂げたというので話題にもなった。しかし昨シーズンは全九十三試合のうち、三分の一も出場せず、成績もさっぱりだった。

今シーズンに入り、アリゲーターズは昨日までに十五試合、おこなっている。そのうち笹塚が出場したのは五試合のみ、いずれも点に結びつく活躍はしていなかった。まさしくポンコツだ。ただし、昔の怪我《けが》や故障は完治している。からだに支障はなく、万全であるらしい。問題はやる気が全然ないことだった。それは日頃の態度にでており、西の目から見てもじゅうぶんすぎるほどわかった。

「どうだね、藤本くん」しかめっ面の芹沢が訊《たず》ねてきた。「でたか?」

「い、いえ」ケータイに耳を当てたまま、茜は首を横に振る。発信音は鳴りっ放しだ。しかし相手がでる気配はない。「留守録にもなりません」

「ったく」

芹沢は腕時計に目を落とす。茜もケータイで時刻をたしかめる。九時十三分。ふたりはワニバスの前に並んで立っていた。芹沢は茜よりも頭ひとつ半分背が高い。ピンクの背広の上からでも、頑強なカラダだとわかる。広い肩幅に、厚い胸板、太い腕に太い腿《もも》、そして大きなお尻。スポーツマン以外の何者でもない。しかし寂しげで憂いを帯びた顔立ちは、大学教授か学者のようだった。銀縁の眼鏡などさぞ似合うはずだと茜はつねづね思っている。

片柳兄弟や荻野目をはじめ、憩ストア近隣に住んでいる選手やコーチが数名、ワニバスに乗車済みだ。あとひとり、笹塚がここから乗るはずなのだが、まだきていない。とはいえ、彼の遅刻はそう珍しくはなかった。

「どうしましょう?」ケータイをしまい、茜は訊《き》く。

「あと五分待とう」芹沢が憎々しげに答える。

「それでこなかったら？」

「先いっててくれ。私は彼のマンションにいく」

これまた珍しくはなかった。いままでに芹沢は笹塚のところへ五回は迎えにいっている。

「藤本くんはバスに乗っていてかまわんぞ」

あたしのこと、くん付けで呼ぶとこも学者っぽいんだよな。

そう思って芹沢を改めて見ると、背広の第二ボタンが取れかかっていることに、茜は気づいた。

まただよ。

芹沢の服は裾や袖のほつれに、虫食いの穴や破れ、しみに汚れなどが目につく。シャツの襟元の黒ずみもひどい。ボタンの取れかけなどしょっちゅうだ。やっぱり奥さんがいないと、そういうとこまで目がいかないんだろうな。事務局に裁縫道具がある。取ってきて、移動中に直してあげようかと考えていたところ、目の端に巨大な人影が見えた。グレーのパーカーを着た男が駐車場に入ってきたのだ。フードを被《かぶ》ったその顔の下半分はヒゲに覆《おお》われている。まるで熊みたいだ。本物の熊ではなく、健人に読み聞かせる絵本にでてくる熊っぽい。

「なにやってたんだ、笹塚ぁ。早くこぉい」

芹沢が叫ぶ。しかし笹塚は足を速めることもなく、のそのそとやってくる。右肩にスポーツバッグをかけ、左手にロッテリアの紙袋を持っていた。

2

バスが動きだした。駐車場をでて国道を走りだす。うしろのほうで、がさがさ音がする。笹塚が紙袋から朝飯をだしているにちがいない。選手の食事の量は半端ではない。茜は見ていて気持ちが悪くなった。とりわけ笹塚は大食いだった。ハンバーガーが二つや三つではすまないはずである。

「ぴちゃぴちゃくちゃくちゃ」

じつに不快な音だ。笹塚にちがいない。大食いだけならいいが、彼は食べ方が汚かった。どんなものでも音をたてて食べる。わざとかもしれない。ああはならないよう健人をきちんと育てねばと茜は心に誓う。

座席は通路を挟んで左右に二人掛けが七列、最後列が五人掛けとなっている。だれがどこに座るかはだいたい決まっている。だれが決めたわけでもなく、自然とそうなったらしい。

茜の場合、はじめてバスに乗った日、きみはここだと右側の前から二番目の席に座るよう、芹沢に命じられた。彼の席のうしろだった。

理由はすぐにわかった。バスでの移動の時間が長い。そのあいだ、茜に仕事をさせるためである。どこそこへ連絡してくれなんてことはしょっちゅうだ。見積もりや企画書、請求書などの作成もやらされるので、ケータイはもちろんノートパソコンも必携だ。××について調べてくれとも言われるため、常時ネットが繋《つな》がるようにもしてある。ピンポイント天気や交通情報、チケットの売れ行き状況などを訊ねてくることもあった。事務局よりもワニバスでのほうが、ずっと働かされているのでは、と思うこともあった。

とにかく車酔いをしない体質でよかったよ。

茜の横、窓側の席にはアリーちゃんの着ぐるみが座っている。正確に言えば、首なしの胴体を座らせ、膝に頭を載せてある。その顔は茜にむいていた。

ピンク色のリボン、不自然なまで上にむいた睫毛《まつげ》、長い口の先に塗られた赤い口紅。かわいらしく見せようとする努力のすべては徒労におわっている。

正直に言うわ、アリーちゃん。あなたはどうしたってかわいくなれないのよ。あたしもおなじ。どれだけ化粧をして着飾ったところで、ちっともかわいくなれない。あたしたちは似た者同士。

「藤本くん」前の席で芹沢が呼んでいる。

ほい、おいでなすった。

「球場の地域は晴れ、気温は二十四度、北北東の風、風速二メートル、湿度は四十パーセントです」

すらすら答えてみせる。

「天気はいい。さっき自分で調べた」

だったら。

「昨日の観客動員数は」

「芳しくないのは百も承知だ」

そこまで不機嫌そうに言わなくてもいい。

昨年のホームゲームの平均観客動員数は六百五十三人。CCC六球団の中で中の下だ。今年の目標は千人と設定されている。無理。ぜったい無理。なにしろ昨日の試合など三百八十人だ。入場料は当日大人千二百円、子供五百円。前売りが大人千円、子供三百円。昨日の試合の売り上げは三十万円に満たなかった。市内で配布される割引券や無料招待券の観客が多いので、そういうことになってしまう。しかも三十万円弱が全額、アリゲーターズに入るわけではなく、相手チームと分け合う。

いい大人が寄り集まって、その程度しか稼げないというのもいかがなものか。企業として成り立っていないのはたしかだ。それを考えると入社して数ヶ月の茜ですらユーウツになった。

一枚でも多くチケットを売るにはどうしたらいいか、ひとりでも多く球場に足を運んでもらうにはどうすべきかは日々の課題だ。アリーちゃんに扮《ふん》して、芹沢とふたり、県内の主要な駅の駅前でチラシを配ったりもする。選手達に手伝ってもらうこともあった。その場で前売りチケットの販売もするが、一日やって、五枚売れれば御《おん》の字《じ》だ。それでもやらないよりマシなのだ。

「ではなにか調べものですか」

前席の背もたれから、芹沢が顔を半分のぞかせた。

「きみの息子、何歳だったかな」

なにをいきなり。

「六歳です。今年、小学校に入ったばかりで」

「今朝、たまたまでがけにテレビをつけたら、特撮ヒーローものをやってたんだが、あいうのは好きか」

2400のことだろう。

「大好きですけど。でもそれがなにか」

「ずっずずずずずずぅぅぅ」

笹塚にちがいない。残り少なくなったコーラをストローで啜《すす》っているのだ。

「ゲップ」

わざとだ、わざと。ほんと頭きちゃう。

笹塚はやる気がないうえにチーム全体の士気が下がるような真似《まね》を平気でする。

芹沢は無視だ。でもほんのわずか、眉間《みけん》に皺《しわ》ができている。ただしすぐに消えた。

「今度うちで少年野球教室を開くだろ」

「は、はい」

あれ？　特撮ヒーローの話はどこいっちゃったんだ。

少年野球教室は今シーズンがおわってからだ。まだ先だが、来月より募集をはじめる予定でいる。子供達に教えるのはアリゲーターズの選手やコーチである。

笹塚は抜き。そう決まってはいないが、茜は切に願う。あんなのいたら子供の教育上、たいへんよろしくない。

「その告知だが、球場でチラシを配ったり、町中にポスターを貼ったりするだけじゃ駄目だと思うんだ」

「新聞やテレビでも扱ってもらうようにしますよ」

「そうした不特定多数の人間に知らせるのではなく、もっと確実な線を狙いたいんだ」

「と、申しますと」

「特撮ヒーローに始球式をやってもらって、子供を集める。そしてそこで野球教室の告知を打つというのはどうだろうか」

悪くはない。でもなぁ。特撮ヒーローが好きな子が、野球をやりたがるかしら。

始球式は毎試合ある。投手は主にスポンサーの方々で、社長、役員をはじめ、定年退職なさる方や、課長昇進祝い、寿退社のOLだったりする。ホームページで一般公募もしている。誕生日を迎えるお子さんや、そのお父さんというのがもっとも多い。

今日は十年来つきあっているカップルの男性がマウンドに立つ。投球後、電光掲示板に女性へのプロポーズの言葉がでるという演出だった。

「でもそれってお金、かかりますよね」

「いくらぐらいかかるか、調べてくれ」

「了解です」

茜はバッグからパソコンをだす。閉じた腿に載せ、起動させる。

「と、特撮ヒーローってだれを呼ぶつもりですか」

荻野目が異常な興味を示し、身を乗りだしてきた。彼は狭い通路を挟んで、茜の隣に座っている。

「できれば、今朝テレビでやってたヤツがいいんだが」

訝《いぶか》しげな顔をしながら、芹沢が答える。

「2400ですか」

「荻野目さん、見てるんですか」と茜が訊ねる。選手のほとんどは茜よりも歳下《としした》だが、全員、さん付けで呼ぶ。荻野目などまだ十八歳だ。背は高いが、他の選手に比べて、からだができていない。顔も幼く、肌はつるんとしていた。髪の毛がふわふわで、巻き毛気味だ。目はぱっちりと睫毛が長い。スマートになったキューピーちゃんのようだった。

「うん」荻野目は力強くうなずいた。「幼稚園のときから、あのシリーズはずっと。いまはもちろん朝見てたら遅刻しちゃうんで、録画して夜に見てます」

これほど早く、それもこんなに身近に、2400を録画している人間が見つかるとは。神様ありがとう。

できればいますぐ荻野目に、録画した2400を貸してほしいとお願いしたいところだが、仕事が先である。『2400　ショー　金額』で検索をかける。ドンピシャリだった。『キャラクターショーを派遣・出張致します！』というホームページを見つけることができた。

「どうだ？」頭上から芹沢が訊ねてくる。

「そういうのを専門にするイベント会社があるみたいですね」

それもひとつふたつではない。けっこうな数だ。ひとまずトップのところをクリックする。

「本物の2400に会えるのかぁ」

荻野目がため息まじりで言う。

本物ってわけじゃないでしょ。

横目で見ると、荻野目はうっとりとした顔つきになっていた。十八歳の青年がいまなお特撮ヒーローに憧れているなんて。

「球場に足を運ばせるのは野球じゃなきゃ駄目だろ」笹塚が唸《うな》るように言うのが、背後から聞こえてきた。「特撮ヒーローなんぞに頼るなんて情けねぇ」

「だったら訊くがな、笹塚」芹沢はほとんど立ちあがっていた。頭が天井につきそうである。表情や口調に変化はない。しかし怒っていることはありありとわかった。「おまえはいつ、観客を満足させる野球をやってくれるんだ」

「こんな雑魚《ざこ》しかいねぇとこで、どうやっておれの実力を発揮しろって言うんだよ」

雑魚はひどい。あんたはポンコツじゃん。

「でもおまえは野球をやりつづけたいんだろ。だったら」

「うっせぇんだよっ」

笹塚がそう叫んだのとほぼ同時に、茜の頭上を物凄《ものすご》い勢いでなにかが通過した。パシッ。芹沢が自分の顔の前で、それを摑《つか》み取った。茜はおそるおそる彼を見上げる。飛んできたのは紙に包まれたハンバーガーだった。笹塚が投げつけてきたのだ。

問題はそれからさきだった。芹沢は顔にださずとも、頭に血がのぼっていたのだろう。そのままハンバーガーを握りつぶしてしまった。

かった。

「わ、わあぁぁああ」

茜は悲鳴をあげた。紙は破け、ハンバーガーから具だのケチャップだのが、芹沢の指のあいだを抜けて、たれてきたのである。顔や服はまだいい。しかしパソコンにまでかかった。

球場には予定の時刻よりも数分遅れで着いた。芹沢と茜はまっさきに降りて、入り口でふたり並んで、バスからつぎつぎ降りてくるむさ苦しい男達に声をかけていく。

「がんばれよ」「最後まで諦めるな」「やればできるはずだ」「肩の力、抜いて。リラックスリラックス」

芹沢がひとりずつ励ます。それだけではない、握手をしたり肩を叩《たた》いたりとスキンシップも欠かさない。

「太ってきてねぇか」と脇腹をつまんだり、「酒はほどほどにな」なんて注意を促すときもあった。芹沢と並んで、茜は「がんばってください」とペコペコお辞儀をするばかりだ。他にどうしていいかわからない。

パソコンは無事だった。服のほうは、あとで領収書を持ってくれれば、クリーニング代を支払ってやると芹沢に詫《わ》びられていた。その原因の一端である笹塚が降りてくる。いつも不機嫌そうだが、いまはなおさらだった。

「頼むぞ」と芹沢が言っても、笹塚はプイッとそっぽをむいてそのままいってしまった。大人げないったらありゃしない。熊みたいな笹塚の背中を見ながら、茜は憤《いきどお》りすら感じた。

「ヤツでラストか」

「いえ、あとひとり」芹沢の問いに茜は首を横に振る。

「だれだ」

「アリーちゃんがまだ」

茜の返事に芹沢が笑う。

「ヤツもうちのチームの大切な一員だ。まちがいない」

「芹沢さぁん」バスから運転手が声をかけてきた。「まだおひとり、残ってますよぉ。いいんですかぁ」

運転手もアリーちゃんをチームの大切な一員と思っているのか。いや、そうではない。肝心なひとを忘れていたのだ。

「いけね」芹沢は慌ててバスに乗り込んだ。茜もそれに付いていく。うしろから三列目、左側の窓際にハンチング帽だけが見える。芹沢はもうそこまで辿《たど》り着いていた。

「監督。起きてください。球場、着きましたよ」

芹沢が肩を揺らしているこの老人こそが、アリゲーターズの薄井《うすい》監督である。セ・パ七球団のコーチおよび二軍監督をつとめたのち、数年のブランクを経て、昨年、アリゲーターズの監督に就任した。

監督は起きる気配がなかった。くぅかぁくぅかぁと寝息をたてたままでいる。

「藤本くん」芹沢は茜に顔をむけ、「きみが起こしてくれ」と命じた。

「あたしがですか？」

いやなんだけどなぁ。

薄井はセクハラ親父《おやじ》だった。半径一メートル以内に女性がいれば、必ずどこかしらに触れる。いまだこんなひとがいるのかと驚くほどである。昭和の遺物だ。あるいは幻の珍獣と言ってもよい。茜やＡＡギャルズの面々などは、かっこうの獲物だった。シーズン前など用もないのに事務局を訪れては、茜のお尻を一撫でだけして帰っていったりもした。

一度、面と向かって抗議をしたことがある。すると薄井監督はこううそぶいた。

ぼくはねぇ、美しいものに触れてしまいたくなる性分なんだよぉ。これは女性讃美以外の何ものでもない行為なのさ。

腹立たしいのは薄井監督のお触りがじつに巧みなことだ。不快感は微塵《みじん》もない。それどころか触られたあとは、そよ風に吹かれたがごとき心地よさしか残らなかった。ＡＡ

ギャルズのあいだでは薄井監督に触られてこそ一人前なんてことになっている。それでもセクハラはセクハラだ。平成の世でかかる蛮行が許されていいはずがない。

　ともかく芹沢と入れ替わり、茜は前屈《まえかが》みになる。

「監督っ。薄井監督っ」

　寝息がやんだ。ただしハンチング帽を目深《まぶか》に被っているので、瞼《まぶた》が開いているかどうかはわからない。

「もっと優しく言ってくれなきゃ、ぼくちゃん、起きたくない」

　芹沢はしきりに顎《あご》をしゃくっている。やってやれと無言で命じているのだ。

　はいはい、わかりました。やりますよ。

「監督ぅ。起きてくださいよぉ」

「もっと甘えた言い方で。語尾にハートがつく感じ」

「カ・ン・ト・ク。起きてってばぁ」

　薄井が右手でハンチング帽のツバをあげた。好色そうな目つきで茜を見上げてから、

「五十五点」と言った。「もう少し色気が漂っていたほうが、ぼくちゃんの好みなんだよねぇ」

　おまえの好みなんざ知るもんか。それになんだ、五十五点って。いくらなんでも低すぎるぞ。

「今日こそよろしくお願いしますよ」

ようやく立ちあがった薄井の背中を、芹沢が軽く叩いて励ますように言う。

「ん？　なにを？」

薄井がとぼけたことを言う。

「試合に決まっているでしょう」

「勝たなきゃ駄目ってこと？」

「もちろんです」

「試合なんて勝とうが負けようがどうでもいいじゃない。今日も楽しく、好きな野球ができました。それだけで満足できなくちゃ。よく考えてごらんよ。世の中には自分の好きなこともできずに、苦手だったり嫌いだったりすることを毎日やらされているひとのほうが多いんだよ。彼らに比べたら、ウチの連中、天国にいるようなもんだろ。ま、もらってるお金は雀《すずめ》の涙程度ではあるけどさ」

雀の涙はほんとだ。アリゲーターズの選手の給料は信じられないほど安い。月に手取りで十二万円にもならない。しかもシーズンである三月から九月のみ。そのためシーズン中でも平日、仕事をしている選手が多い。たいがい憩ストアのパートさんだった。

だけど監督のあんたが勝ち負け関係ないって言っちゃ、まずいんじゃないの。

茜ですらそう思う。芹沢を横目で見ると、頬が引きつっているのがわかる。

「勝ったほうがより楽しいと思いますが」

「ああ。なるほど。そういう視点もあるか。うん。わかった。わかりましたよ」

薄井はひょこひょこ歩いて、バスをでていく。

「頭か胴体、どっちか運んでやるぞ」

芹沢が言う。アリーちゃんのことだ。

「あ、いえ」

茜は窓の外に、このバスめがけて走ってくる人物を見つけた。イチゴである。二十一歳、現在フリーターの身で、その若さながら、ＡＡギャルズのリーダー的存在だ。肩にでっかいバッグを担いでいる。むこうも茜に気づいたらしい。大きく右手を振っている。

「ありゃ、イチゴか」芹沢も窓の外に目をむけていた。「いつにもまして派手な格好だな」

ピンク一色のあなたがおっしゃいますか。

とは思うが口には出さない。芹沢のピンクは願掛けだがイチゴはちがう。ファッションだ。それもけっこうセンスが優れている。一歩まちがえれば悪趣味になりかねないところをじょうずに極《き》めていた。今日もそうだ。紫のＴシャツと黄色のタンクトップを重ね着して、オレンジのジーンズだ。上から下までいつも古着で、ネットを駆使して探しだし、購入しているらしい。

「イチゴちゃんに手伝ってもらうんで、芹沢さんはミーティング、いかれたらどうです？」

「そうだな。悪いがそうさせてもらおうか」

でていこうとする芹沢は「おっと、そうだ」と足をとめ、茜にむきなおった。

「今日の始球式、投手は一般公募だったよな」

「そうです。プロポーズなさる男性で」

「うまくいくといいな。そしたらうちの始球式が縁結びってことで、話題になるだろうし」

茜はそこまで考えていなかった。さすがゼネラルマネージャー。

「ぜったいうまくいきますって」

なんの保証もないが、茜は芹沢にむかって、右手の親指を突きだしてみせた。


「どうしたんです、スーツの襟」

イチゴが訊ねてきた。その右肩にはアリーちゃんの胴体が担がれている。ふたりはいま、球場内を歩いていた。出入り口からＡＡギャルズの控え室までいささか距離がある。しかも場内案内がないおかげで、茜はひとりだといつも迷ってしまうのだ。

「ん？　なにが？」

そう応じながらも、茜は自分のスーツの襟をたしかめることができなかった。アリーちゃんの頭を両手で抱えているせいだ。

「赤い染みができてますよ」

「ケチャップ」

「なんでまたそんなところに？　あっ、ここやここにも」

「そんなにあちこちある？」

やんなっちゃうなぁ。一張羅《いっちょうら》なのに。もし落ちなかったらどうしよう。新調したらその費用もだしてくれるのかしら。くれないよなぁ。ふつうの会社だって、スーツは自前だもんなぁ。

「なにやったんです？　ミートソースのパスタをフォーク使わないで犬食いしたんですか」

「するわけないでしょ、そんなこと」

「だったらどうして」

隠す必要はない。茜は芹沢と笹塚が揉《も》めたことを手短に話した。

「あのふたりって不思議ですよねぇ。仲いいんだか悪いんだか、さっぱりわかんないもんなぁ。知ってます？　茜さん」

「なにを？」

「笹塚さんが入団できたのって、芹沢さんの尽力があったからこそらしいし」

「あっ、それ。スポンサーのオジサンが、芹沢さんにむかって、ほんとなんですかって訊いてた」

「なんて答えてました？　ゼネラルマネージャーは？」

「そんなことないって即答して笑ってた」

「即答ってとこがかえって怪しいよなぁ。やっぱりほんとじゃないのかなぁ」

控え室にはまだだれもいなかった。ＡＡギャルズの集合時間は試合開始の一時間前である。リーダー格のイチゴだけが早く来て、茜の手伝いをしてくれているのだ。

「アリーちゃんをやってくれるひと、まだ見つかんないんですか」

「なかなかね。しばらくあたしってこと」

「だったらどうですかね。せっかくいっしょに踊るんですから、もう少しあたしらと絡みましょうか」

「絡むってなにするの？　あたし、難しいことは無理よ」

「難しくないですって。あたしらでピラミッドをつくりますんで、そのてっぺんに茜さんが乗ってもらえません？　それでこんな感じに両手、広げるだけでいいですから。投げキッスなんかすれば、なおオッケーです」

「できるかな？　そんなこと？」

「できますって。いちばん下が四人の、そう高いもんじゃありませんし。ね？　今日しましょ」

「きょ、今日？」

「善は急げです」

イチゴはにこりと微笑《ほほえ》む。

イチゴは本名だ。フルネームは湯河原壱吾《ゆがわらいちご》。性別は男。ただしその心は女そのものだった。


イチゴとの打ち合わせを済ませたのち、茜は球場入り口へむかい、十一時半集合のサポートスタッフ十名に、チケットもぎりや入場者数のカウント、スポンサー各社広告のチラシ配布、オリジナルグッズ販売、場内案内などの作業配分をおこなった。茜の親と変わらぬ歳の高齢者が目立つ。できれば若い子にやってほしいのだが、なかなかそうはいかない。ほとんどが常連さんなので、説明は簡単に済ませることができた。

それから球場の事務室へむかう。今日の始球式の投手が到着したのだ。

「こ、このたびはお世話になります」

二十代なかばのその男性は、緊張のあまりガチガチだった。しかも段取りを話しているあいだ、額に滲《にじ》みでる汗を、ひたすらハンカチで拭いつづけた。

「では十二時二十分前後、ここにチアガールの子が迎えにきますので、彼女に付いてグラウンドにいらしてください」

「は、はい」汗かき男は茜に深々とお辞儀をした。「よ、よろしくお願いします」

「必ずうまくいきます。ご安心ください。なにかご質問、ありませんか？」

「質問ではないのですが、お願いがひとつ」

「なんでしょう？」いまから間に合うことだろうか、と茜は少し心配になる。

「打席にはどなたが立つのでしょうか？」

「一番打者が立つことになりますが」

「できましたら、その、笹塚選手にお立ち願えませんでしょうか？」

そういうことはもっと早めに言ってちょうだいよ。

「昔、ファンだったので。いえ、もちろんいまも」

「わかりました。そのように手配いたします」


事務室をでてすぐ、廊下を歩きながら芹沢へケータイで連絡をとる。

「了解。笹塚には私から言おう」

「やってくれますかね？」

「やらせるさ」

ふたたび控え室にいくと、着替え中のＡＡギャルズに「おはよぉぉぉございまぁぁぁす」と迎え入れられた。二十人近くいる女性達がチアガール姿に着替えていく光景は、なかなか壮観である。そしてうるさい。学校の話題で盛りあがる少女達もいるし、きわどい下ネタで下品な笑い声をあげる熟女達もいた。着替えをおえてダンスのおさらいをするひともいる。

「でだしの手の振り方って」「ちがうわ、ちがうって」「右足が先？」「♪さぁぁ、いまこそぉぉ、ピンチをチャンスにぃぃ」「わぁ、うそぉ」「信じられなぁい」「8×4《エイトフォー》ある？」「わき毛、処理し切れてませんよ」「からだ、ちょいひねり。左足あげて」「あたしのポンポンどこ」「すね毛も」「これくらいだったらわかりゃしないわ」「顔をあげて両手を上にしてＶの字よ」

匂いもすごい。化粧品や香水、汗止めや日焼け止めのスプレー、そのうえ本人達の体臭も混じる。窓がないので、換気扇をフル回転させるほかないのだが、あまり効果はなかった。やがてなにかしらの化学反応を起こして爆発するかもしれない。

そんな中で茜はレオタードにそそくさと着替えた。色は黒だ。市内にあるスポーツクラブにでむき、そこのショップで購入してきた。よもや自分がレオタードなど着るなんて思ってもいなかった。これで人前にでるわけではないが、でも恥ずかしい。穴があったら入りたいとはまさにこのことである。少なくとも健人には見せたくないというか、見せられない姿だ。

「みなさぁん、急いでくださぁあい」

だれよりも頭ひとつぶん高いイチゴが手を叩きながら言う。

「はぁぁぁい」

「返事だけよくても駄目ですよぉ。口よりも手を動かしてくださいねぇ」

イチゴはまだ下着姿だ。フリルのついたかわいらしいブラをつけた彼は、とても男には見えない。色気が漂ってさえいる。ないはずの胸が膨らんでいるのは、詰め物をしているおかげだ。AAギャルズはイチゴが男であることを知っている。そしてだれよりも女らしいことも認めていた。

茜は手ぬぐいを頭に載せ、姉さんかぶりにする。以前はうしろでギュッと結んでいただけだが、こうしたほうがいいですよ、とイチゴに教えてもらったのだ。

さていよいよアリーちゃんに入らねばならない。

「手伝いますよ」

イチゴがそばに寄ってきた。顔が金粉でもまぶしたように、きらきら光っている。

背中のチャックが開いたアリーちゃんに、茜は足から入った。まだ床に置かれたままになっているアリーちゃんの腰から上の部分を、イチゴが持ち上げ、前屈みになっている茜に寄せてきてくれる。右手左手を入れ、中腰になり、自らの肩をアリーちゃんの肩にあわせていく。ちょうど自転車に乗っているような格好だ。

イチゴに背中のチャックを閉めてもらってから、茜はアリーちゃんの頭を被る。控え室は女子の匂いだが、アリーちゃんの中は男子の匂いがする。それも体育会系の部室のだ。いや、もっと最近この匂いを嗅いだことがあるぞ、と思いだすと、なんのことはない、ワニバスの中だ。

健人もそのうち、こういう匂いになっちゃうのかなぁ。いやだなぁ。

「ではみなさぁぁぁん」すぐうしろでイチゴが声を張り上げる。「グラウンドへ移動しましょう」

パスッ。パスッ。パスッ。

足下で気の抜けた音がする。アリーちゃんの足音だ。

二十分後、茜は汗だくになっていた。ＡＡギャルズと踊ったせいである。彼女達のつくるピラミッドから落ちはしなかったものの、投げキッスは無理だった。両手を離すのが怖かったからだ。

「本日の始球式の投手を紹介いたします」

ウグイス嬢は各地域の高校の放送部にお願いしている。今日の子は少しぎこちないが、まずまずの出来だ。彼女の紹介と同時に、イチゴが汗かき男をマウンドへエスコートする。そのうしろを茜が、つまりアリーちゃんが付いていく。

　汗かき男は汗をかいたままだが、事務室にいたときよりリラックスしていた。本番に強いタイプのようだ。しかもうしろ姿は意外にがっしりしている。いまでも趣味でスポーツを、それこそ野球でもやっているのかもしれない。アリーちゃんとイチゴがマウンドの真後ろに並んで立つ。

　打席には笹塚がバットを構えていた。芹沢がどう説得したかは茜も知らない。アリーちゃんの口の隙間からでは、距離もあるので笹塚の表情を窺《うかが》うのは不可能だ。

　審判がプレイボールと言うと、汗かき男が大きく振りかぶり、球を投げた。けっこう速度もあり、コントロールもよかった。捕手のミットへ直進していく。

「よしっ」

　投げた本人が呟《つぶや》いた瞬間だ。カキィィイインと乾いた球音がグラウンドに響いた。

「え？」汗かき男が空を仰ぎ、さらにうしろへ振りむく。ガッツポーズをしかけていたのだが、その両腕は中途半端な位置でとまった。茜も彼とおなじ方向へ、アリーちゃんの口先をむける。

　あろうことか、球はプロポーズの言葉が表示されるはずの電光掲示板にぶちあたっていた。

3

茜はちゃぶ台の前に正座をしていた。

なんで？

笹塚と荻野目もいる。三人でちゃぶ台を囲み、食事をしていた。質素な献立だ。どうやら我が家は貧乏らしい。

我が家って、どういうこと？

ぎぎ。ぎぎぎぎ。荻野目のからだのそこかしこに取りつけられたバネが音を立てている。彼はいま、お箸でたくわんを取ろうとしているのだが、バネのせいでなかなかできずにいた。右利きのはずが、なぜだか左手にお箸を持っている。

アニメではイッテツは一度しかちゃぶ台をひっくり返していないんだ。

離婚した亭主の言葉が浮かぶ。実生活に役立たない、どうでもいい知識ばかりが頭に詰まっているひとだった。つきあいはじめた頃には、彼のウンチクはなかなか楽しかった。ためになるとさえ思った。だが結婚して三ヶ月も経つと、うるさいばかりだった。健人が生まれてからはなおさらだ。息子のおしめを替えている横で、アニメや映画の知識を披露されてもいらつくばかりだった。

別れて悔いなし。よくぞ離婚した、あたし。エライ。

いつの間にか、ちゃぶ台にノートパソコンがあった。茜は『2400　ショー　金額』と検索していた。

「そんなもんに頼るなっ」笹塚が叫んだ。「野球だ。野球で客を呼べ」

気づくと笹塚の目の中で、真っ赤な炎が燃えあがっていた。

荻野目はまだ、たくわんをつかめずに、滝のような涙を流している。そしてついに、笹塚がちゃぶ台をひっくり返した。

「どわだぁは」

茜は目を覚ました。自分の声でだ。いまいるところがどこだか、すぐにはわからなかった。自分の部屋ではない。ワニバスだった。アリーちゃんの肩を枕に眠っていたのだ。

むかう先は球場ではなく市内の幼稚園だった。『アリーちゃんと野球で遊ぼ』という催しをおこなうためである。七時半には現地に着かねばならない。ケータイで時刻をたしかめると、七時十分だった。

アリゲーターズに限らず、CCCのモットーは地元貢献に地域密着だ。地元民のために力を尽くすのは、試合で勝利するのとおなじくらい、あるいはそれ以上に大切なことと言える。お祭りはもちろん、保育園や幼稚園、老人ホーム、病院、商店街のイベントにも選手達はでむく。県警や消防署からの依頼で、交通安全や振り込め詐欺防止、煙草《たばこ》のポイ捨て禁止、火災警報器設置促進といったキャンペーンにも借りだされた。さらには田植えや種蒔《ま》き、牛の乳搾《ちちしぼ》りや羊の毛刈り、養豚場や厩舎《きゅうしゃ》の掃除までも頼まれれば手を貸す。これらに茜も同行する。今日もまたアリーちゃんに扮しての参加だ。

そうなのだ。芹沢は、あとちょっとでアリーちゃん役の応募がくると言っていたが、全然こなかった。それどころかだ。

きみ、だいぶ上達したな。動きが滑らかになっている。前の子よりもずっといいぞ。

先日、芹沢にそう褒められてしまった。うれしかったものの、このさきもずっとアリーちゃんをやらせるために調子づかせたのかもしれない。

「どうしました、藤本さん」通路を挟んだむこうの席で、荻野目が心配げな表情で茜を見ている。「寝てる最中、ずいぶんと唸ってましたよ」

「だ、だいじょうぶです」

バスには彼の他に三名、選手がいる。じつを言えばひとり足りない。笹塚だ。集合時間の六時半を十分過ぎても姿を見せなかった。ケータイに電話をしても無駄だった。芹沢はCCCの会合で隣の県に出張中だ。こんなことでいちいち判断を仰ぐのもどうかと思い、茜はバスを出発させた。

笹塚は入団以来、地元貢献の活動に参加したことがほとんどなかった。スポンサーとの交流パーティーにも滅多に顔をださない。ならばはじめから参加者に挙げなければいいものを、芹沢が入れるのだ。そして彼自ら笹塚に、某日某所でイベントがあるので必ず参加するように、と告げていた。今回もそうだ。

で、結果はいつもどおり。まったくもってやれやれだよ。どうせきやしないって承知していても、実際、こないとやっぱり腹が立つ。

催しにはもうひとり、参加者がいた。イチゴだ。彼はワニバスを利用せず、自分のバイクで現地に直行している。

そうだ。

「荻野目さん。忘れないうちに」茜は自分のバッグから、ケースに入ったDVDをとりだした。「これ。お返ししておきます。結局、ひと月近く借りちゃって、申し訳ありません」

DVDには2400が録画されている。健人が友達と遊びにいってしまった日の回だ。荻野目が毎週、録画していることを知ったのち、事情を話してダビングしてもらったのだ。実家のデッキは録画どころか再生もできなくなっていたので、茜は自分の住まいのを運んでいき、荻野目から借りたDVDを健人に見せてあげた。

「さしあげますよ。もとからそのつもりでしたし」

荻野目はケースを受け取ろうとしない。やむなく茜はそれをバッグに戻した。

「息子さん、どうでした？　よろこんでいただけました？」

「それはもう」おかげで母親としての株もだいぶあがった。いくら感謝しても足りない。

「なによりも子供たちの笑顔が、ぼくのパワーの源なんだ」

「え？」突然、なにを言いだす？

「第二話『守るべきは世界か、家族か』で2400が言った台詞《せりふ》です」

「そういうの、おぼえてるんですか？」

「どの回も最低五回は見るんで、自然に」

最低五回。最高は何回なのだろう。興味はあったが訊かないでおいた。

「それより藤本さん。あの話、どうなりました？」

「あの話って」

「2400を呼ぶっていう」

「あれはお金かかるんで」

「駄目んなったんですか？」

「駄目というのでは」

思った以上にかかるんだな。

芹沢はそう言い、しばらく保留にしておくことになった。だがそれももう一ヶ月前の話だ。このまま没になる可能性が高い。

「本物の2400に会うためだったら、なんだってしちゃいます」

だから本物じゃないって。そう思いながらも茜は「たとえばどんなことですか？」と訊き返した。

「マウンドではもう泣かないというのはどうでしょう？」

おいおい。

「それは世間一般ではふつうですよ」

「そ、そうですね」荻野目は顔を強《こわ》ばらせながら、「ではたとえば、どんなことであれば」

「完全試合なんてどうです？」

試しに言ってみる。ただし茜自身、完全試合がなんたるか、いまいちよくわかっていない。

「ほ、本気ですか？」

「もちろん」茜は断言した。

「う、うう。うう」

荻野目が呻《うめ》きだす。まるで腹をくだした犬みたいだ。

完全試合じゃなくて、三連勝したら、くらいにしておけばよかったかな。

「限界は壁ではない、ハードルだ。越えられる日は必ずくる」

独り言にしては大きな声である。

「なに？」

「第五話『信じるべきは自分か、他人か』で、２４００が駆け出しのボクサーにそう言ってたんです」

その回は茜も見たおぼえがある。最後はボクサーが試合に勝つ場面でおわっていたはずだ。しかし台詞までは記憶にない。

「わかりました」荻野目はキューピーによく似た目をぱっちり見開き、宣言するように言った。「完全試合、チャレンジしてみます」


幼稚園には午前七時半前に着いた。茜と荻野目が園長先生をはじめ、先生達と挨拶を交わしているところに、「お待たせしましたぁ」とイチゴがあらわれた。今日も素敵にオシャレをしている。ショートボブのカツラを被り、おっきなサングラスをかけ、オレンジ色のワンピースだ。ノースリーブで肩まるだし、脇毛はきれいに処理してある。

サングラスを外し、「本日、司会進行役をつとめさせていただきます、イチゴです。どうぞよろしくお願いします」と挨拶をしてから深々とお辞儀をする。

先生達は呆気《あっけ》にとられるばかりだ。幾人かいる男の先生はワンピースからスラリと伸びた、細くて長い足に見とれていた。胸にはいつもどおりパッドを入れているので、イチゴが男性だとは気づかないだろう。

「あたし、バイクに乗ってきまして」イチゴが顔をあげる。幼稚園児が相手なので、化粧はふだんより控えめだ。「正門前に置いてあるのですが、どこかべつの場所に移動したほうがよろしいでしょうか」

「ああ、それでしたら」男の先生のうち、ひとりが前にでた。「ぼくが駐輪場までご案内しましょう」

「ほんとですかぁ。助かりますぅ」

「いや、ははは」

顔を真っ赤にする先生を、選手達が笑いをこらえながら見ている。

「それではすみませんが、そろそろアリーちゃんになっていただかないと」

園長先生が促す。催しは八時半からだが、その前に登園する園児達をアリーちゃんは正門前で出迎えねばならないのだ。

ワニバスで着替え、表にでると先生のひとりが出迎えてくれた。若い女性だ。二十二、三歳といったところか。ペコちゃん人形にそっくりな彼女は、正門前まで案内してくれるという。彼女に手を添えてもらい、パスッ、パスッ、パスッ、と間の抜けた足音をたてながら、園庭を横切っていく。

「球場で踊っているときも、藤本さんがアリーちゃんでいらっしゃるんですかぁ」

「ええ、まあ」いらっしゃるよ。

「すごいですねぇ」ペコちゃん先生はパチパチと手を鳴らす。

「ウチの試合、ご覧になったこと、あるんですか」

とても希有《けう》な存在だ。

「つい先日」先生の顔が赤らんだ。いよいよペコちゃんに似ている。「大明神《だいみようじん》様を拝みに」

なるほど。そういうことか。

大明神とは笹塚のことだ。このひと月でそう呼ばれるようになったのである。

笹塚が始球式の球をカッ飛ばしたのち、呆然《ぼうぜん》とする汗かき男に平謝りに謝ったのは芹沢だった。憩ストアのクーポン券を三万円分包んで渡しもしていた。

なんで打ったりしたんだ。

芹沢に怒鳴られても笹塚は涼しい顔でこう答えた。

なかなかいい球だったから、思わずバット振っちまったんだ。

その翌日、汗かき男が事務局にあらわれた。まだなにか文句を言われるのかと思いきや、そうではなかった。彼はお相手の女性を引き連れてきた。前日の一件を正直に話したところ、プロポーズを受けてくれたのだという。男性はさらにこうつづけた。

「笹塚選手がおれの球、打ってくれたおかげで、世の中そう甘くないんだってことに気づきました。プロの力を見せつけられたっていうか、実感できて、ほんとうによかったです。いま、板前の修業中なんですけど、おれも立派なプロを目指してがんばろうと心新たに思いました。ほんとにありがとうございました」

茜は彼とお相手の女性に許可をとり、事の次第を記事にまとめて、ホームページにアップした。証拠とばかり、仲睦《なかむつ》まじいふたりの写真も載せた。

すると反応がすぐあった。始球式の応募が増えたのだ。その効果を狙ってはいたものの、予想以上だった。電話やメールで一日に二、三件は問い合わせがあった。打席に笹塚は立つのかどうか、必ず念を押された。どんな球でも打ってくださるのでしょうか。電話口でそう訊かれ、茜は思わず、オッケーです、と返事してしまったこともあった。

今後も始球式の際、打席に立ってくれるよう、芹沢が笹塚に頼んだ。これが意外にも素直に承諾してくれた。

打ってもいいんだな。笹塚の質問に芹沢は大きく頷《うなず》いた。がんがん飛ばしてくれてかまわん。

自らの投球を笹塚に打ってもらえれば願いが叶《かな》う、あるいは運気が高まる。茜が記事で煽《あお》ったわけではない。いつの間にかそうなっていたのだ。

応募者が多数のため、一度の始球式でふたりか三人がマウンドに立つようになった。こうなるとはたして始球式と呼ぶべきかどうか、茜にはわからなかった。芹沢に訊ねても、「そのままでいいだろ」と言われた。プロポーズする男性が主だったが、奥さんの安産を願うダンナさんや、海外留学に旅立つ娘の無事を祈る父親もいれば、起業したての若き社長や、自分で店を構えることになった小料理屋の女将《おかみ》、就活中の学生などもいた。

しかしさすがの笹塚も、どんな球でも打てるわけではなかった。マウンドから投げても打席まで球が届かないひともいる。そのときには一応、本人に投げていただいてから、アリゲーターズの投手が入れ替わり、わざと甘い球を投げて、笹塚に本塁打を打たせた。

ネットではこれを『笹塚詣《もうで》』と書き込むひと達が多く見受けられた。だれが言い出しっぺだかはわからない。そしてまた、笹塚には『笹塚大明神』あるいはただ『大明神』というあだ名がついていた。

「今日は大明神様、いらっしゃらないのですか？」

「すいません」ペコちゃん先生に茜は詫びるほかない。

「そうですかぁ。残念だなぁ」

きっとこのひとにも恋い焦がれる男性がいるんだ。

大明神にその願いを叶えてほしいと思っているらしい。茜は心の底から申し訳ない気持ちになった。

「あっ、ここでストップです」

ペコちゃん先生に言われ、茜は足をとめた。アリーちゃんの口にあたる、わずかな隙間から外を見る。こちらにむかって、親子連れが数組、歩いてくるのが見えた。

「ママ、ワニだ、ワニ」

男の子が叫んで、駆け寄ってくる。そのあとを他の子供達もつづく。

「センセー、どうしてこのワニ、リボンしてるの」

「女の子だからよ」ペコちゃんが答える。「昨日、教えたでしょ。この子はアリーちゃん」

気づけば茜、というかアリーちゃんのまわりには、数人の子供が集まってきている。

「アリーちゃんに朝のご挨拶しましょうね。せぇの、おはようございますっ」

「おはようございまぁす」「おはよ、アリーちゃん」「おはよ」

茜も深々と、お辞儀をする。そして子供達に囲まれながら、息子のことを思う。ほんの半年前まで健人もこうだった。

あの子、いまごろ、どうしているだろ。

小学校はもう授業がはじまっている時間だ。健人は、元気なのはいいが、少し落ち着きがない。おとなしく席に座って先生の話を聞いている姿など、到底、想像がつかなかった。

心配ないわ。おりこうにしているようよ。

実家の母はそう言っていた。担任の先生に町でばったり会い、学校で健人がどんな具合か訊ねたのだという。

友達もたくさんいるって。なんの問題もないわ。

それはそれで寂しい。そう考えてしまうのは、親の身勝手だろうか。


ぱぱぷぱぱぱぁ。どんどどん。ぱぷぅぅ。どんどどん。

アリゲーターズ応援歌が、屋根にとりつけられたスピーカーから流れてくる。音が割れてしまっているが、もとがたいした音源ではないので気にはならない。

「はぁい、みんなぁ」

チアガール姿のイチゴの声が園庭に響き渡る。

「背筋をピィィンと伸ばしてぇ。音楽にあわせて足踏みよぉ。足踏みってわかるぅ？　わからないひとは、あたしの真似をすればいいわ。はい、1、2、1、2」

イチゴの右隣にアリーちゃんはいる。うしろには選手達が一列に並んでいるはずだ。はずというのは、前しか見えないので、たしかめようがないのだ。

「1、2、1、2、1、2」

どん、ぱふ、どん、ぱふ、どんどん、ぱふぱふ。

「顔をあげてぇぇぇ、はい、両手をVの字っ！」

♪さぁあ、いまこそぉお、ピンチをチャンスにぃい
田辺ツネの歌は園児達に大受けだ。ケタケタ笑う子もいた。

「はい、そこ、笑ってないで」

イチゴの注意が飛ぶ。いつもとちがい、男っぽかった。

笑って当然だ。聞き慣れたあたしだっておかしくってたまらないもん。

♪ラストまであきらめちゃダメぇだぜぇ
「右手を胸の前にっ。はい、すぐ左手も」

イチゴの声が女に戻る。

♪パワーの差なんか根性でうめろっ
ここでダンスは投球フォームになる。

「ハイ、荻野目選手、前へどうぞっ。手本を披露してください」

イチゴが言うと同時に、荻野目がさっと前にでた。彼のフォームを園児達が真似る。

つぎに間奏が流れる中、イチゴは中腰になり、両手を二、三度、大きく振ったかと思うと、からだを大きく反らせ、うしろへ飛んだ。見事なバク転だ。着地してから間をおかずにもう一回。

「スゴォオイ」「カッコイイ」「２４００みたぁい」

園児や先生のみならず、選手達からも歓声があがる。アリーちゃんも両手を広げて、

心底驚いてみせた。中身の茜は少しも驚いていない。試合前のショーやよそのイベントで、十何べんも見ているのだ、見事だとは思うものの、驚くまでには到らなくなった。

さあ、つぎは拍手をしなくちゃ、と思ったときである。

「オマケにもう一回転っ」

イチゴが叫ぶ。アリーちゃんの口の隙間のむこうで、彼は宙を舞っていた。バク宙だ。これには茜も驚いた。いままで一度も見たことがなかったせいだ。いつの間にか習得していたにちがいない。

「ぉぉぉおおおおおぉぉぉおぉ」

拍手が沸き起こる。もちろんアリーちゃんも手を打ち鳴らした。

応援歌のダンスがおわると、つぎはお楽しみ野球大会だ。それまで五分間のトイレ休憩となった。

「藤本さん、あぶないっ」

荻野目が叫ぶ。

駄目だって。中身のひとの名前言っちゃ。

そう思った途端だ。

「シロクジチュウキィィック」

２４００の必殺技だ。園児がアリーちゃんに蹴りをいれてきた。どこのイベントでもこういうヤンチャはいるものだ。たいがいはイチゴをはじめ、まわりにいる大人が止めに入り、事なきを得た。ところが今日は間に合わなかったらしい。

尾てい骨に激痛が走った。それだけならまだいい。アリーちゃんの中で、茜が耐え忍べばいいだけだ。しかしバランスを崩し、前のめりで倒れかけた。

「おっとっと」

やばいやばいやばいやばい。からだの重心ができるだけうしろへいくよう、胸を張り、背を反らす。なにせまわりを園児達が取り囲んでいるのだ、その上に倒れて、怪我でもさせてしまったら、大事である。茜は力士が四股《しこ》を踏むような体勢になった。これで転ぶ心配は消えた。もう安心だ。

「オスモーサンだ、オスモーサン」「はっけよいノコッタノコッタ」

園児達はきゃあきゃあ、はしゃいでいる。そんな中、「コラッ」と怒っているひとがいた。荻野目である。しかしこれほど迫力に欠けた怒鳴り声もないものだ。「きみは自分がなにをしたか、わかっているのか」

ワニの口から荻野目を見る。彼を睨《にら》み返している子供がいた。図体はでかい。健人よりも大きそうだ。

「このワニにシロクジチュウキックをくらわしてやったのさ」

男の子が口を尖《とが》らせて言う。少しも反省の色が見られない。それどころか、自慢げですらある。

「シロクジチュウキックは２４００の必殺技だろ。つまりは正義の味方が悪をくだすときのみに使うべきなんだ。なのにきみはなんの穢《けが》れもない、うら若きワニに見舞った。それがどれだけ罪深いことかわからないのか。もしきみの行為を知ったら、２４００がどれほど悲しむか。２４００に謝れっ」

いやいやいや。謝ってほしいのはあたしだよ、荻野目くん。きみの論旨は若干、オカシイぞ。

「２４００にどうやって、あやまるんだよ」

「誠心誠意だ」

荻野目が力んで言う。

「セ、セーシンセーイ？」

男の子は目をぱちくりさせた。

「すみませんが、荻野目選手」どこからか、ペコちゃん先生があらわれた。「この子にはわたくしどものほうから叱《しか》っておきますので、どうぞご勘弁を」

いやいやいや。だからさ。彼にはアリーちゃんに謝ってもらわないと駄目でしょ。

それをアピールするために、茜は蹴られたところをごくさりげなく、さすってみせた。

だれも反応してくんないよ。

「ナキムシ」男の子が呟いた。

「な」荻野目は顔色を失った。

「おまえ、コーシエンでナいたんだろ。こないだシエーキュージョーでもナいてたじゃん。ヒロシおじさんがいってたぞ」

「な、泣いてなんかない。甲子園では泣いた。でもこないだのは泣いたわけじゃない。目にゴミが入ってこすっただけだ」

できれば荻野目を援護したい。しかしだ。その試合のときに茜は球場にいた。アリーちゃんとしてである。ベンチのそばにいて、横を通り過ぎていく荻野目の顔を見ることはできなかったが、啜り泣いているのは聞こえた。

やっぱ、泣いてたよ、きみ。

「うっそだぁ」男の子がからかうように言う。

「ほんとだ」荻野目がムキになる。子供相手にと思うが、彼もまたじゅうぶん子供に見えた。「ほんとにほんとだ」

園庭には白線で小さなダイヤモンドが描かれている。その真ん中に荻野目が立っている。姿格好は試合をするときと変わらない。ユニフォームを着て、帽子を被り、グローブを左手に嵌《は》めていた。構えるその姿はやはりプロのものである。面長なキューピー顔も頼もしく見えないこともなくもなくも、うぅん、まあ、ない。

アリーちゃんは打席に立ち、プラスチック製のバットを構えている。荻野目がピッチャーで、アリーちゃんがバッターだという説明を、イチゴがしている。

「荻野目選手、第一球を投げますっ」

イチゴの言葉に荻野目は従う。ただし信じられないくらい緩慢な動きで、それも投げるというよりも放った。なにしろ彼とアリーちゃんの距離は五メートルもないのだ。球はピンク色である。カラーボールだった。

アリーちゃんは打てやしない。もともと打つつもりもない。空振りをして悔しがってみせる。これまた園児には大受けだった。

「はい、ではまずぅ、ピッチャーをやってみたいオトモダチ、手を挙げてぇぇ」

「はいはいはい」「はいはい」「はぁい」

さきほどとはちがい、園児の過半数が手を挙げている。立ちあがったり、ぴょんぴょん飛び跳ねている子までいた。なんとも騒々しい。

「ではそこのきみときみと、そしてあなたにあなたにあなた。荻野目選手のところへいってくださぁぁい。ほかのオトモダチもね、あとでできますから。いまは五人の応援をしましょう」

駆け寄ってきた子供たちに、荻野目が球の投げ方を軽く教える。だがいざ投げる段になると、教わったとおりになどしやしない。みな好き勝手だ。

荻野目よりもずっとずっと近くから投げるのだが、アリーちゃんのところまで球が飛んでくることはなかった。コロコロと転がってくるか、アサッテの方向へ飛んでいってしまう。それでもアリーちゃんは派手に空振りをしてみせる。

「フレッ、フレッ、ガンバレ、ガンバレ、フレッ、フレッ、ガンバレ、ガンバレ」

イチゴの指導のもと、園児たちが声高らかに応援をしている。大盛り上がりだ。イチゴの手にはポンポンがあり、少し踊ってもみせていた。

「ワニさんもがんばってぇえ」

あたし、アリーなんですけど。

「フレッ、フレッ、ワニさん、ガンバレ、ガンバレ、ワニさんっ」

はいはい、がんばります。


つぎは打席に園児が立つことになった。バットを持った子供の背中を覆うようにして選手のひとりがつき、子供の小さな手に自らの手を添える。そして荻野目が放るカラーボールを打たせてあげた。荻野目のうしろに残りの選手が三人、立っている。一応、守備だ。

アリーちゃんはイチゴとともに園児達と応援である。幾人かポンポンを持っているのは、イチゴが貸してあげたのだ。応援歌の振り付けを踊っている子もいた。完璧ではないが、なかなかうまい。これくらい踊れれば、AAギャルズでは上位クラスである。いっそスカウトしようかしらとすら思う。

ピンク色のボールが一塁側へ飛んでいった。

「わぁ、すごぉい。じょうずねぇ。よくできましたぁ」

イチゴがパチパチ手を叩く。打席にいる男の子はほんとにうれしそうだ。これで野球に興味をもってくれたらいいと茜は本気で思う。できれば好きになって、球場に足を運んでほしい。もちろんアリゲーターズの試合にだ。

「はい、つぎはどのオトモダチかなぁ」

手を挙げてやりたいと言った子達の番はおわっていた。

「ハヤテくん、やんないの？」

ポンポンを持った女の子が言った。AAギャルズにスカウトしようと思った子である。

「そうだよ、ハヤテくん、やりなよぉ」

べつの女の子が言う。

「ハヤテぇ。おまえ、ヤキュウやってるっていってたじゃん。なんでいま、やんないのぉ。おかしいじゃん」

今度は男の子が言った。他の子達も「やれって、ハヤテぇ」「ハヤテ、でろよぉ」「ハヤテったらぁ」と囃《はや》し立てる。

「ハヤテくんってどの子かなぁ？」

イチゴがそう言うと、園児達の視線がひとりの男の子に集まる。アリーちゃんのお尻に蹴りを入れた子だった。

「みんなからのご指名ですけど、どうするぅ？　やる？　それとも人前でやるのが恥ずかしいのかしら？」

イチゴの口調はからかい気味だ。挑発しているのかもしれない。ついにハヤテが動いた。園児たちをかき分けるようにして前にでてくると、打席へむかってきた。その貫禄《かんろく》たるや、とても幼稚園児には見えない。選手がうしろにはりつこうとすると、「けっこうです」と丁寧に断った。

「フレッ、フレッ、ハヤテ、ガンバレ、ガンバレ、ハヤテっ」

これまで以上に園児たちの応援に熱が入る。女の子から黄色い声があがった。

ハヤテはすぐには打席に入らず、バットを三、四度、振ってみせた。幼稚園の年長組ともなれば、どこかの少年野球のチームに入っていてもおかしくない。そういう子供はこれまでの保育園や幼稚園でも何人かいた。しかしその子たちと比べて、ハヤテは段違いだった。からだがでかいばかりではない。フォームはしっかりしているし、パワーもありそうだ。

荻野目はと言えば、さすがにビビってはいない。それはそうだ、相手は幼稚園児である。むしろ険しい顔つきだった。２４００の件に関して、まだ腹を立てているのかもしれない。

がんばってよ、荻野目くん。

公式戦のときよりもずっと、真剣に願う。

「ガンバレ、ハヤテぇ」「負けるな」「せぇの、がんばってぇぇ、ハヤテくぅぅん」

ハヤテが打席に入り、バットを垂直に立てる。

「イチローの真似ね」

イチゴが言う。野球を知らない茜でも、イチローがあのイチローのことなのはわかる。でもハヤテのしていることのどこがイチローの真似かまではわからない。

「荻野目さぁあああん」イチゴが呼びかける。「もっとうしろに下がって投げたほうがよくありませんかぁ」

荻野目は言われた通りに、二歩下がったうえに、もう一歩下がった。そして球を放った。試合時に比べればだいぶ遅い。しかしこれまでに比べればやや速い。

パコッ。

えらく間の抜けた音がした。

「やられた」イチゴがポツリと言うのが聞こえる。

「やったぁあああぁ」園児たちが沸き立った。

ピンク色のボールが、遥《はる》か彼方へ飛んでいくのが、アリーちゃんの口の隙間から見えた。

「さよなら、ワニさん」だからアリーちゃんだって。「またきてね」よろこんで。「おどりのオネーサン」イチゴのほうかい。

「ヤキューたのしかった」それはよかった。

「これ、もらってっていい？」

女の子がポンポンをさしだしてくる。

それはイチゴの管轄だよ。

「いいわよ」右隣にいたイチゴが答える。「あなた、踊りのセンス、抜群ね」

「ほんとですか」と言ったのは女の子ではない。「ほんとにうちの娘、踊りのセンスあります？」こちらのお母さんは茜よりも若く、二十代後半っぽい。そう見えるように化粧をしているだけかもしれないが。

「もちろんですよ。ウチのチアガールチームに入ってほしいわ」

イチゴもそう思っていたのか。

「かあさん、あたし、チアガールになりたぁい。このオネーサン、すごいのよ、お空をくるくるって、とんじゃうの」

あのバク宙はすごかった、と茜は同意する。人知れず日々、努力を重ねていたのだろう。あたしにはできない。バク宙はもちろん、日々の努力もだ。

「しょんぼりすること、ないわよ」

自分に言われたかと思ったが、そうではなかった。左隣の荻野目だ。彼の前にいる女の子が言葉をつづける。

「ショーブはときのウンよ。パパがいってたもの。あなたはがんばった。これからもがんばってね。オーエンするわ。アクシュしましょ」

ある意味、荻野目のファンがひとり、できたのだ。今日、ここにきた成果はあったと言えるだろう。

正門で帰宅する園児をアリゲーターズ一同で見送っている。迎えにきたお母さんに抱きつく子供も少なくない。そんな光景を目にするたびに、茜は胸が痛くなった。

去年の今頃、東京でおなじように健人を迎えにいっていたものだ。メンドクセと思ったことは一度や二度ではない。はっきり言っちゃえば、そう思わない日はなかった。

だがいまはちがう。できれば健人を小学校へ迎えにいきたいくらいだ。もちろん遠く離れて暮らしているいまは、それはできない。無理だ。どうしてあの日々を、もっと大切に思わなかったのだろう。悔やんでも悔やみきれない。男の子がみな、健人に見えてきた。やれやれ。どうかしてしまってる。そう思いながら、茜は涙を滲ませた。着ぐるみのいいところはその表情がひとにばれないことだ。どんなに中で嫌な顔をしていても、アリーちゃんは微笑んでいる。顔で笑って心で泣いてってことね。ちがうか。ちがうな。

帰りのワニバスでケータイが震えた。実家からだった。

あたしの思いが健人に通じたのね。

よろこび勇んででてみる。

「茜？」大外れ。母だった。でてしまったからには切るわけにもいかない。

「なぁに？」

「なぁにじゃないわよ。見てくれた？」

いきなりそう言われても、なんのことだかさっぱりわからない。母の電話はいつもこうだ。そのくせ聞き返すと叱られるので、「ちょっと時間がなくて」と言葉をにごす。

「困った子ね。一昨日、送ったんだから、もう届いているでしょ」

そういえば母から郵送物が届いていた。やけにでかく、集合ポストに無理矢理詰め込まれ、引きだすのに苦労した。まだ見てないとは口からでまかせだったが、ほんとにそうだったのだ。はたしてあれはなんだったのだろう。

「今日にでも先方に連絡しなくちゃいけないのに」

先方に連絡。その言葉で茜は母がなにを送ってきたのか気づいた。見合い写真だ。

あれは本気だったのね。

先週の水曜だ。いつものように朝方、実家からでようとしたときに、玄関口で母に呼び止められた。

あんた、いい縁談があるのよ。昨日、話すつもりだったんだけどね、健人の前ではどうかと思って。

茜には悪い冗談にしか聞こえなかったが、母は本気だった。四十五歳の弁護士で、住まいは隣の県の県庁所在地。ジェリーフィッシュの地元だ。見合いなんかしないよ、と言いかけたときだ。母が弁護士の年収を口にした。千三百万円だという。茜は一瞬迷い、考えておくわ、とだけ言い残し家をでてきた。

そういえば見合い写真を送るようなことを言ってたっけ。

「まだ写真見てないからなんとも言えないわ」

「とりあえず会うだけ会ってちょうだい」

「そんな」

「いいでしょ。それともなに、カレシができたの？」

「できてないわよ」

「だったらいいじゃない。日にちはまた連絡するわ。なるべく火曜日にはしてもらうけど、無理だったら、あなたのほうで休み取りなさい。いいわね」

「でも」

「あぁかぁねっ」母の声がひときわ大きくなる。茜は耳からケータイを遠ざけねばならなかった。「出戻り娘にあれこれ言う権利なんかないの。ね？　年収千三百万円の弁護士なんて好物件、そうはないんだから。是が非でもゲットしなくちゃ。いい？　あたしはあなたや健人の幸せを思っているんだからね。それだけは忘れないでよ。わかった？じゃ」

言うだけ言って、母はさっさと電話を切ってしまった。

ったくもう。

年収を聞いたとき、迷った自分を呪う。しかし、年収千三百万円に心の動かない女がいれば、呼んできてほしいものである。

ケータイをしまおうとしたときだ。アリーちゃんと目があった。どういう具合か、頭が茜のほうをむいていたのである。一言もの申すと訴えているように見えた。

「なによ？　なんか文句ある？」

つい声にだして言ってしまう。

「どうしました、藤本さん」

通路を挟んだ隣の荻野目が訊ねてきた。眉が八の字になっている。ほんとに心配してくれているようだ。いい子だ。でも他人に気を遣いすぎる。そこが彼の勝負弱いところだと、茜は思う。

「なんでもありません。独り言です」


ワニバスが憩ストアの駐車場に到着したのは三時すぎだった。アリーちゃんその他、今日のイベントに使用したものを選手達とともに倉庫へ運ぶ。こうしたときの彼らは、じつに気のいいアンチャンだ。茜が頼めば快く引き受けてくれるし、女性としても扱ってくれる。いっしょにいて楽しいものだ。体育会系の男子なんて汗臭くてむさ苦しいだけだと敬遠していた十代を反省すらする。自分自身、スポーツができなくても、つきあうことくらいはできたはずだ。それなのに歴代のカレシはすべて文系、最後に行き着き、結婚したのがただのオタクだった。

悔やんでも悔やみきれないよ。いまさらやり直しきかないし。

「はい、ご苦労様でぇす」茜は倉庫のドアに鍵をかける。「どうなさいます、みなさん。事務局でお茶でも飲んでいかれますか？　お腹空いてるようだったら、ロッテリアでハンバーガーでも買ってきますが」

どうしたことか、荻野目をのぞいた選手三人が一様に気まずそうな顔をしている。そのうちのひとりが「藤本さんにお願いがあるんですが」と詫びるような口調で切りだした。

「なんでしょう？」

「今日、おれらが幼稚園にいったこと、球団のブログに書いたり、写真をアップしないでもらえませんか？」

「どうしてです？」と言ったのは荻野目だ。訝しがっているというよりも、不思議そうな顔つきになっていた。

「荻野目はたぶん、だいじょうぶだよ。とりあえずおれらは勘弁してください」

「理由、きかせてもらえませんか」

茜は訊ねた。イタズラをした健人を叱る前とおなじく、できるだけにこやかに笑ってみせる。

どうしてあんなことしたの？　ママにお話しして。

三人の選手達は顔を見合わせた。どうする？　どうしよう。話していいか。そのほうがよくね？　といったふうに目で会話をしたのちだ。ひとりが口を開いた。

「おれら昨日、笹塚さんにメシ、奢《おご》ってもらったんですよ」

笹塚の名前がでたことに茜は驚かなかった。心のどこかで彼が絡んでいると思っていたのである。

「焼き肉です」べつの選手が付け加えた。

「昨日って、トレーニングおわってからですか？」荻野目が不満を漏らすように言う。

「なんでぼく、誘ってくれなかったんです？」

「おまえ、さっさと帰っちゃったろ。なんかテレビの録画見なくちゃいけないとかなんとか言って」

「あ、え、ええ。それはまあ、そうでしたけど」

なんの録画か茜には推測がついた。だがいまはどうでもいい。

「で？　笹塚さんに焼き肉をご馳走《ちそう》になったから、どうしたっていうんですか」

「どこの焼き肉屋です？」

うるさいよ、荻野目くん。

三人の選手達も彼を相手にしなかった。

「明日の、ってつまり今日の幼稚園の催しにはいくな。今後、一切イベントには参加してはいけないと」

「笹塚さんがあなたたちにそう命じたんですね？」

茜は自分でも驚くほどに強い口ぶりになっていた。

「命じたっていうか、その、まあ」選手達三人はふたたび目で会話をはじめた。「満足な野球もできないくせして、客に媚《こび》売るような真似をしてどうするんだと言われました。だったらその時間、トレーニングしてたほうが百倍マシだろうとも」

「あなたたちはそれを聞いて、どう思ったの？」

「どうって」

「もっともだと思いました」

べつの選手が答える。そしてまっすぐな視線で茜を見つめた。他のふたりもだ。

「でもあなたたちはきてくれましたよね。それはどうしてなんです？」

「前からの約束ですし、三人揃《そろ》ってドタキャンっていうのもさすがにどうも」

三人揃って照れ笑いに似た表情になった。やはり気のいいアンチャンだ。

「今日みたいのだったら、これからも参加するつもりです。子供に野球が好きになってほしい気持ちはあるし、やってて楽しいですからね。だけど牛の乳搾りや羊の毛刈りなんかは、その、おれ、ここでなにやってるんだって気になっちゃうんですよ」

「それはだって」

「地域密着、地元貢献が第一なのはわかります。芹沢さんに年中言われてますから。でもやっぱり、こんなことまでして野球をやりつづけたいのかって、正直、すごく落ち込むんです」

しばらく沈黙が流れた。

なにやってるんだって、あたしも思うよ。落ち込みもする。でもあたしの場合は夢がある。いつか必ず健人と暮らすのだ。他人にはちっぽけな夢と思われるだろうが、あたしにとっては大いなる野望だ。

荻野目を含めた四人の選手達を見る。

このひとたちにはどんな夢があるのだろう。

「わかりました」ため息まじりで茜は言う。「ブログにはあなたたちの写真も名前も載せません。約束しましょう」

「ありがとうございますっ」

「ただしこの件に関しては芹沢さんに報告します。それがあたしの仕事ですから」

「ぼくは」三人の選手達が去っていくのを見送りながら、荻野目がぼそりと言った。「牛の乳搾りも羊の毛刈りも好きです。キャベツの収穫だって全然、苦になりません。いつだって呼んでください」

もしかしてあたしのこと、慰めてる？

茜は荻野目を横目で見た。彼は口を尖《とが》らせていた。怒っているらしい。しかしキューピー顔では、それをじょうずに表現できていなかった。

「焼き肉を食べにいく余裕があるなら、その時間を練習に割けばいいだけのことです。

そう思いませんか、藤本さん」

でもきみ、焼き肉の話がでたとき、悔しそうだったじゃない？

そうからかってやろうと思ったが、やめておいた。そして代わりに荻野目をロッテリアに誘った。

4

「荻野目少年の立ち上がりは上々だったわ」

オーナーであり後援会長の田辺ツネは、すでにできあがっていた。顔は真っ赤だが、滑舌《かつぜつ》ははっきりしている。四畳半の個室で座卓をはさみ、面とむかっているとやかましくてかなわない。まだ呑《の》みはじめて三十分程度だが、すでに茜はぐったりだった。

田辺は九十歳の高齢にもかかわらず、アリゲーターズの事務局がある憩ストア本店に、毎日出社していた。それればかりか県内十四の支店にもそれぞれ三日にあげず顔をだしているという。元気なものだ。とてもではないが、茜には半世紀以上先の自分が働いている姿なんて想像できなかった。なによりこれほど長生きできるとも思えない。

田辺とふたりきりで呑むのはこれがはじめてである。芹沢のピンチヒッターなのだ。彼は昨日から東京に出張しており、今日の夕方までには戻ってくるはずだった。ところがだ。

すまん。もう一件、打ち合わせを入れちまってな。ちょっと遅れそうなんだ。ほんとにちょっとだ。ちょっとだけオーナーの相手を頼む。

芹沢から事務局に電話があったのは昼過ぎだった。ゼネラルマネージャーに頼まれては、いやとは言えなかった。

場所はどこです？

おれが嫌いなとこだ。

芹沢は不機嫌そうに言った。それだけで茜はピンときた。

「四回までは相手打線をきちんと封じていたのに、どうしてアリゲーターズはだれひとり満足にヒットを打てないんだい？」

あたしに言ったって、どうにもならないよ。

田辺がボヤいているのは、三日前にあったホーネッツとの試合についてだ。たとえ芹沢や薄井監督に言っても無駄である。過去の出来事はだれにも変えようがない。

田辺のお猪口《ちょこ》が空になった。すかさず茜は注《つ》ごうとしたが、「手酌でいいわ」と徳利を奪われてしまった。

早くきてくんないかなぁ、芹沢さん。全然、ちょっとじゃないじゃん。

茜は床の間に目をむける。そこにも背番号0のユニフォーム姿で、バットをかまえた芹沢が、精悍《せいかん》な顔立ちでいる。掛け軸の代わりにアルミ製の額に入ったポスターが飾ってあった。けっこうでかい。右下にサインがしてありと日付も書いてあるが、田辺の陰になって1998しか見えない。茜が美大を卒業して、社会人になった年だ。かれこれ十数年。結婚して子供が生まれることぐらいは、あるかもしれないとは思っていた。でも離婚して地元に戻って球団職員になるなんて夢にも思っていなかったよ。

ふたりは『英』の一文字で「はなぶさ」と読む居酒屋にいた。寂《さび》れた商店街の一角で、もとは二階建ての旧家だった。十五年前、改装をして居酒屋にしたのは片柳兄弟の父親だ。脱サラして店を開いたそうだ。

片柳父は彼とほぼ同い年である芹沢の熱狂的なファンだった。その証拠とばかりに壁のそこかしこに芹沢のポスターや写真、雑誌の切り抜きなどが所狭しと貼ってある。これは店がオープンした当初からだという。

芹沢自身がこの店を嫌うのはわからないでもない。これだけ昔の自分に囲まれたら落ち着かないに決まっている。

茜達がいる二階の座敷も例外ではなかった。床の間の他に壁や襖《ふすま》、天井まで芹沢で埋め尽くされていた。セ・パあわせて八つ、メジャーリーグも含めれば九つの球団を渡り歩いてきたせいだろう、さまざまな球団のユニフォームを着ている。どのユニフォーム姿も、ピンク色の背広よりずっと似合っていた。

「五回表」

猪口に酒を満たしてから、田辺は自分の右腿をぱんと叩いた。

「ライトの片柳兄の三塁への送球。ありゃなにさ。どうすりゃあんな見当違いなところへ暴投できるの？　あのおかげで無死満塁。そこへもってきて、レフトの片柳弟がつづく打者の凡フライを、お手玉した挙げ句に落としちまった。拾ってもどこへ投げたらいいかわからないで、キョロキョロしている始末だよ。ふたりとも少年野球からやり直せと言いたい。それで三塁走者が生還して、つぎの打者に二点タイムリーヒットやられてここまでで〇対三」

田辺はそこで言葉をとめて大きなため息をつき、しょんぼりしてしまった。心なしかからだが一回り小さくなったようにも見えた。猪口の酒を舐《な》めるようにして呑む姿は、行灯《あんどん》の油を舐める化け猫みたいだった。

「私は荻野目少年を責めやしませんよ。彼は彼なりに立派だったよ。がんばった。三人連続で三振奪って五回をおわらせて、六回七回と無失点に抑えることができた。ところが打撃はパッとせんまま。いや、笹塚ひとりがヒットを打つには打った。だがどれも点に結びつかなかった。さらには八回表でバッテリーエラー。あれも荻野目少年は悪くない。捕手のヘマだ」

それは茜も見た。アリーちゃんの口の隙間からだ。キャッチャーが荻野目の投げた球を取り損ねたのである。球はミットに収まらず、横に弾きだされた。その直後、塁にいたホーネッツの選手が走りだしたのを見て、ズルいと思ったものだ。だがズルでもなんでもなかったらしい。

「なのにどうしてあの子はまた泣いた？」

荻野目のことだ。またマウンドで泣いたのだ。袖で拭っていたが、隠しようがなかった。その回の途中で交替となった。

「あんなに泣くこともないだろうに」

だからあたしに文句言っても、なんにも解決しませんよ。

「その後、ふたりにヒットを許したうえにスリーランホームランで〇対八だ。そして迎えた九回裏、二死走者なしのところで、笹塚が思いだしたように本塁打を打って一点いれて、つぎの打者は三振で以上おしまい。いい加減、応援する気を失うよ」そこで田辺はため息をついた。「なんでこうもウチは弱いんだろうね」

それもあたしにグチられてもなあ。

胸の内でボヤきながらも、茜はアリゲーターズが弱い理由について、さまざまなひとの意見を思いだしていた。スポンサーのオジサン（オバサンも少しいた）達から直接、話を聞くこともあれば、ネットの記事や個人ブログなどを読むこともあった。

大方の意見はこうである。アリゲーターズの投手陣は他球団と比べ、劣ってはいないらしい。しかし五人いる彼らは皆、二十歳前後で試合経験が浅く、ここいちばんに弱い。そのときこそ、守備が支えなければならないのだが、そうはいかない。かえってつまらないエラーやミスを犯し、相手チームに有利な運びになることが多いという。加えて打撃にムラがある選手ばかりで打線がつづかないため、なかなか点がとれない。

うちのチームって選手が育たないんですよね、と言ったのはイチゴだ。田辺がいま、グチっている対ホーネッツ戦が終了したあと、更衣室で着がえている最中のことだった。

育てられないって言うべきですかね。コーチはいるにしても選手を兼ねてて、自分のことで精一杯ですし。まあ、選手達もだれひとり向上心がありませんからね。こんなもんでいいかって感じで野球やってますもん。あれじゃあ勝てませんよ。いい加減、応援する身にもなってほしいですよね。

イチゴは本気で怒っていた。聞いていて自分が叱られている気分になるくらいだった。

「このままだと今年もビリだよ。やんなっちまう」

田辺が吐き捨てるように言う。

「あ、あの、でも」

「なんだい？」

「観客動員数は増加の傾向にありまして」

「莫迦お言いでないよ。そんなはずないだろ。我がアリゲーターズは負けつづけているんだよ。こないだの金土日すべて負けた。これで五連敗さ。成績は下の下の下のビリっけつなんだ。そんな球団の試合をだれが見にくるって」田辺はそこで言葉を切り、首をかしげた。「そういや、こないだの日曜は客が多かった気がするわね」

田辺はホームゲームは欠かさず観戦にきている。ビジターゲームに駆けつけることもままあった。

「ですよね?」茜は自分のバッグからノートパソコンを引っ張りだし、座卓の料理を脇に寄せ、そこに置いた。スイッチを入れ、モニターに表をだす。「どうぞ、ご覧になってください」

そこに並んでいる数字は我らがアリゲーターズの、毎試合の観客動員数で、ピンク色の箇所はホームゲームだ。創立以来五年分が一目でわかるようになっていることを説明し、ホームゲームに限ってですが、と前置きをしてから、未使用の割り箸を手に茜は話しだした。

「四月の観客動員数は平均で三百十人と過去最低でした。それがゴールデンウィークに入ってから、動員数が四百人を超す日が何日かあったのです。そしてこないだの日曜ですね。市民球場でおこなわれた試合は、なな、なんと六百五十八人となったんです」

割り箸の先でその数字を示す。

「どうして増えたのさ」

「笹塚選手を一目見るためですよ」

「ああ」田辺は納得したようだ。

「始球式のことが地元テレビ局の朝番組で紹介されたじゃないですか。あれから応募者の数が倍増し、いままでは九月アタマまで予約で埋まっている状態なんですよ。このままいけば今週中にも今シーズンはいっぱいになりそうな勢いでして」

「へぇえ。そんな人気だったのかい？」

「それはもう」茜は深々と頷いた。

自らの投球を笹塚に打ってもらえれば願いが叶う、あるいは運気が高まる。ただしその投球が打席に届かなかったり、とんでもない暴投だったりした場合は、アリゲーターズの投手が代わって投げてもいい。さらに近頃は、笹塚の本塁打を見られただけでも、いいことがあるとネットで噂《うわさ》になっていた。

「なるほどね。だからここ最近、笹塚が打席に立つたびにあんだけ場内が盛り上がってたのかい。不思議には思ってたんだ。まさかこんなカラクリがあったとはね」

カラクリというほどのものではないが、茜は「そうなんです」とこれまた深々と頷いておいた。

「でもねぇ。だったら笹塚もここ一番ってときに、打ってくれたっていいじゃないか。なのになんだい。〇対八で相手が完全リード、その九回裏二死走者なしで、かっ飛ばしたって意味ありゃしない」

ほんとにそうだ。

「笹塚選手は球団ではどうなの？　選手達とはうまくやってるのかい？」

「え、ええ、まあ」

「地元イベントには顔だしていないらしいね」

「あ、はい」隠したってしようがない。

「試合で成果をだしてくれりゃ、いいっちゃあいいけど」田辺は顔をしわくちゃにする。ほんとはよく思っていないのだな。「でもねぇ」


笹塚が選手三人に焼き肉屋で奢り、その席で幼稚園の催しにでるな、イベントには参加するなと命じたのは一ヶ月前だ。その件を報告すると、芹沢は苦虫を嚙《か》んだ顔になり、おれから注意しとく、と答えた。

ところが、笹塚はあいかわらず選手達を食事に誘っては、おなじ話をしているらしい。それどころかつい先だってなど、移動中のワニバスで、地元イベントなんぞに選手が参加したところで、だれも試合を見にきやしないと近くに座る選手にむかって話していた。声の大きさからして、あきらかにそれは、芹沢に聞かせているにちがいなかった。

試合の最中でも満足に活躍できない選手にむかって、「ガキ相手に遊んでたから動きが鈍るんだ」「老人ホームに慰問いく暇あったら練習しとけ」「バット握るより牛のおっぱい握ってたほうがいいのか」などと言いたい放題だ。もとから敵味方かまわず野次を飛ばしてはいた。それが近頃は味方に対してのほうがより多くなったうえに、辛辣《しんらつ》極まりなかった。

茜はそれが不愉快でならなかった。アリーちゃんに扮し、ベンチ脇に立っていると、ずっと耳に入ってくるのだから嫌になる。だがどうすることもできない。試合経過が芳しくないと、彼はアリーちゃんをも標的にした。「邪魔だ、ワニ」「神聖なグラウンドをそんな格好でうろつくな」と罵声《ばせい》を浴びせてくるのだ。八つ当たりもいいところである。

だがそれはまだいい。問題は笹塚に同意し、地元イベントを欠席する選手もではじめたことだ。さすがにドタキャンする輩《やから》はいない。二、三日前に芹沢のもとを訪れ、最近不調なのでその時間を練習に当てたいと言うのだ。だが、だれも笹塚の名を口にはしなかった。

イベントに参加しても、写真と名前をださないでくれ、と茜に頼みにくる選手達もいる。彼らも笹塚の名は言わずに、わかってますよね、という目で茜を見るだけである。

しかも笹塚はアリゲーターズの選手が憩ストアで働いているのも快くは思っていなかった。

金がないからオーナーの会社でパートさせるって、どういうことだよ。ふざけんな。

だったらその分、野球選手としての給料だしてやれっつうんだ。

数日前、ワニバスで笹塚はそうも言っていた。正論だ。まちがってはいない。しかし彼の言動がチームにとってはマイナスでしかないのも事実だ。なによりも球団ぜんたいに不穏な空気が漂っている。芹沢と笹塚、どちらのゴウにつくか、とみんなで様子を窺っているせいだ。選手同士、疑心暗鬼とまでいかずとも、ギクシャクはしていた。もとより不調なのに、これでは試合も勝てるはずがない。

「オーナー、寝ちまったのか」襖が開き、芹沢が入ってきた。茜の隣にあぐらをかく。いつもどおりピンクの背広だ。「いつからだ」

「いましがたです」

観客動員数と笹塚大明神の話が済むと、田辺はふたたびアリゲーターズの弱さについてグチりだした。しかし十分もしないうちに、言葉が途切れだし、遂にはすぅすぅ寝息を立てだしたのである。

「オーナーはなんの話を？」

「こないだのホーネッツとの試合についてグチを聞かされました。あっ、どうします？起こしますか？」

「目を覚ましたら、またおなじグチを言うだけだ。九時になれば大学生のお孫さんが迎えにくるから、それまで寝かせておけばいい」

「なに呑まれます？　日本酒ですか。それとも焼酎？」

「車だからアルコールは呑まん」

　仕事の際、芹沢は移動に憩ストアの専用車を一台借りている。今日もそうだった。アリゲーターズ専用の車はないのだ。憩ストアのがすべて出払っているときは、電車やバスで移動せざるを得ない。よほどのことがない限り、タクシーは使わなかった。

「階下《した》でノンアルコールのビールを頼んできた」彼は割り箸を割り、卓の上にある料理をつまみだす。「じきに持ってくるはずだ。きみはどうする？」

「あたしはまだこれがあるんで」グラスには焼酎の梅割りが半分以上残っていた。

「食事は？」

「はい。だいぶいただきました」

「遠慮するな。なんだったら店でタッパー借りて、残った料理を持って帰ったらどうだ？」

「そんなことできるんですか」

「他のひとは知らないが、私はいつもそうさせてもらっている」

　話しているあいだも、芹沢はつぎからつぎへ料理を口の中に放りこんでいく。できるだけまわりを見ようとしないのは、自分の若かりし日の姿を見ないためだろう。

「どうしてここにきみのパソコンが置いてある？」

「観客動員数について」

「お待たせしましたぁ」茜の話を遮るように、陽気な声をあげて入ってきたのは片柳父だ。「ノンアルコールビール、持って参りました」

主人自ら運んできたのは、大好きな芹沢に酌をするためである。

「うちの息子どもがお役に立てなくて、ほんと申し訳ありません」芹沢が持つグラスにノンアルコールビールを注ぎながら、片柳父がほんとに申し訳なさそうに言う。「心苦しいばかりです」

「なかなか頑張ってくれてますよ」

芹沢はにこやかに答える。

でも目は笑ってないや。

片柳兄弟が「お役に立っていない」のは事実だった。そもそも兄弟ともにアリゲーターズ入団までの野球経験が乏しいのである。これはイチゴから聞いた話だ。彼らは地元のリトルリーグにこそ所属していたものの、中学高校では兄はテニス部、弟は陸上部だったらしい。

高校卒業後、兄弟で父の店を手伝っていた。しかしどうしても憧れの芹沢とお近づきになりたいと考えた父が、一昨年、息子達にアリゲーターズの入団テストを受けさせた。

これで大活躍すれば美談なのだが、現実はそううまくいかなかった。

　これまたイチゴの話によれば兄のほうがいくらかマシで、バットに球が当たりさえすればけっこう飛ばすのだが、フォームに問題があり、これがなかなか当たらない。弟はいわゆる鉄砲肩で飛距離はでるが、せっかく捕った球をしょっちゅう見当ちがいの方向へ投げてしまう。陸上部だっただけあって、俊足ではあるが、それを活《い》かすことも滅多にないという。

「来週の試合は必ず勝ちます。楽しみにしてください」

　片柳父が去ると、芹沢はネクタイを外し、寛《くつろ》いだ表情になった。口にこそださないが、やれやれと思っているにちがいない。芹沢の靴下にふと目がいく。

「あっ」

「どうした」

「靴下の親指、穴、開いてます」

「朝に比べて、大きくなってるな」

　開いてるの承知で穿《は》いてきたのか。

「コンビニいって、代わりの買ってきましょうか？」

「きみがそんなことをする必要はない。それに今日はもう、こっから家、帰るだけだし」

それだけではない。ズボンの裾もほつれていた。背広もシャツもヨレヨレで、クタクタだ。クリーニングにだしても手のほどこしようがないくらいである。いっそのこと買いかえればいいのに。二十年も第一線で活躍していたのだし、いまだってそれなりの給料はもらっているはずだ。

「藤本くん」芹沢はまだまだ食べつづけていた。料理が瞬《またた》く間になくなっていく。見ていて清々《すがすが》しい食べっぷりだ。「オーナーに観客動員数についての報告をしたって言ってたよな。おれにも教えてくれ」

「は、はい。あの」

十分前に田辺にした説明を繰り返す。

「笹塚のアレがそれほど受けるとはな」

芹沢は平然としている。でもその口ぶりはどこか悔しそうで、寂しげでもあった。


「茜ちゃぁあん」

アリゲーターズが負けつづけても、いつもと変わらないひとがいる。薄井監督だ。彼はいま、窓際にある来客用のソファに寝転がっていた。

朝十一時前に姿を見せ、職員三人と食事にいき、戻ってきてからずっと居着いている。まだしばらくいそうだ。水色のポロシャツに、チノパン、それにサンダル履きといった格好である。

「なんでしょう？」

「きみもしかめっ面で仕事してないで。こっちぃきて、お茶したらどうだい？」

しかめっ面になってるのは、あんたのせいでしょうが。

ぜんぶがぜんぶ、監督のせいだとは言わない。それにしたって、試合の采配を振るっているのは薄井である。少しは責任を感じていてもいいはずだ。だがそんな気配はかけらもなかった。

ムカツク。でも追いだすわけにもいかない。

「あたしはまだ、やることがあるので」

できるだけ笑顔をつくって答える。

「ふぅん、そう」

監督は視線をテレビに移す。顔が赤いのは昼食時にビールを呑んできたせいだ。彼ばかりではない。ソファには職員三人が集っていた。ひとりは『六十五歳からの資産運用・虎の巻』なる雑誌の増刊らしいうすっぺらな本を読み、もうひとりはプレステ３でゲームをやっていた。最長老はネクタイを外して、ベルトを緩め、靴下を脱ぎ、寝そべっていた。

おいおい。いくらなんでも寛ぎすぎだろ。鬼のいぬ間の洗濯にもほどがあるぞ。

鬼こと芹沢は、新規のスポンサーのもとへ挨拶にでかけている。帰社の予定は五時。それまでまだ二時間はあった。

薄井を含めた四人は、職場とは思えない雰囲気を醸《かも》しだしている。年齢からすれば老人ホームのようだが、それよりも中坊男子の放課後に近い。AAギャルズのどの子がかわいいかなんて、どうでもいい話で盛り上がっていた。

「あっ、ホンモノ王子」

資産運用の本を読んでいたほうが、テレビの画面に目をむけた。奥様向けの情報番組で、いまそこにはプロ野球選手が映しだされている。今年、ドラフト一位でセ・リーグの球団に入ったルーキーだ。ホンモノ王子とは彼のあだ名である。

ホンモノ王子は本物の王子ではない。しかし父親がヨーロッパの王族であるのはほんとだ。母は日本人で元アイドル歌手だった。ふたりは二十年前、パリで恋に落ちて結婚をした。その頃、女性週刊誌やワイドショーで取り上げられたらしい。らしいというのは当時十五歳だった茜は、日本の芸能界に興味がなく、テレビもあまり見ていなかったので、知らなかった。

「この子、二軍落ちも時間の問題でしょうなぁ」プレステ3から目を離すことなく、もうひとりの職員が言った。「私が監督だったらとっくにそうしてますね」

「薄井さんはどうです、そのへん。本物の監督さんとしては？」

資産運用の本を読んでいた職員は、それを丸めマイクに見立てて、薄井の口にむけた。

「四月に先発して初勝利を飾ったはいいものの、その後はさっぱりだったからねぇ」

「もともと実力なかったわけですよ」プレステ3の手を休め、もうひとりが吐き捨てるように言う。「人気ばっかり先行しちゃって。コイツのファンなんて野球知らないオバサンばっかかですけどね」

事実ではある。しかしやっかみにしか聞こえなかった。

そういえば。茜ははたと気づいた。ホンモノ王子がいる球団と、アリゲーターズって試合するんじゃなかったかしら。一軍とではない。二軍とだ。

テレビはホンモノ王子本人ではなく、彼の熱狂的なファンで、追っかけをしているオバサンの紹介をしていた。

「いくらおっかけしたとこで、ホンモノ王子に抱かれるわけでもないだろうに」

薄井がせせら笑う。同意するように職員達も笑った。

「ホンモノ王子くん、今度、女性ファッション誌でヌードになるんだってよ」薄井がつづけて言う。「ああいうの見て、こういう女性方はお股をジュンとさせたりしていらっしゃるんですかねぇ」

お股をジュンって。

茜は反吐《へど》がでそうになった。少なくとも彼らとおなじ空間にいたくはない。ロッテリアで仕事をしようと思い、ショルダーバッグにノートパソコンをはじめ、書類を詰め込んでいく。

そのとき事務局のドアが勢いよく開いた。

「うわ」「だっ」「どは」「ぐへ」

薄井と愉快な仲間達は一斉に立ちあがった。船を漕《こ》いでいたはずの長老もだ。直立不動である。芹沢が帰ってきたと思ったらしい。しかしちがった。

「みなさん、どうなさいました?」

「イチゴちゃんかぁ」薄井が言う。他の三人は胸を撫で下ろし、そのまま倒れるようにソファに座った。「脅《おど》かさないでくれよぉ」

「はぁ?」首を傾《かし》げながら、イチゴが事務局に入ってくる。「なんであたしが監督を脅かさなきゃいけないんです? っていうか、監督はどうしてここに?」

「見てわからないかい?」薄井もソファに腰をおろす。「休日を満喫しているんだよ」

ひとの職場ですることではない。

「イチゴちゃんこそ、なにしにきたの?」

「芹沢さんに渡すものがあって」

イチゴは今日も目が覚めるような派手な服装に身を包んでいる。それにしても、チアガールがゼネラルマネージャーになにを渡すというのだろう。

「なにかしら？」興味をそそられ、思わず茜は訊ねた。さらにこう申しでる。「よかったら、あたしが預かっておくわよ」

「いえ、あの」イチゴは茜に微笑みかけながらも、前を通り過ぎていき、ソファへむかった。「どっちかって言うと、監督に預けておくべきものなんで」

「ぼくに？」

薄井が訝しがる。めんどくさそうでもあった。鼻ほじくってるし。そんな彼の横にイチゴは腰かけ、「テレビ、ご覧になってます？」とオジサントリオに屈託なく訊ねる。

テレビではもうホンモノ王子の話題はおわっていた。

「え？」「あ、いや」「うん、ああ、どうぞ」

男とわかっていても、オジサントリオはイチゴに目を奪われている。

「ありがとうございまぁす」

イチゴは礼を言い、バッグから四角いプラスチックのケースを取りだした。それからテレビの前にしゃがむ。ケースの中身はＤＶＤだった。デッキのトレイを開いて、セットする。

「テレビはこのままでＤＶＤ、見れますぅ？」

「切り替えてあげよう」薄井がリモコンで操作する。「スタートしてもいいのかい？」

「はぁい」

画面に映しだされたのは、野球の試合風景だった。どちらのチームもアリゲーターズではない。ダックビルズとジェリーフィッシュの対戦だった。

ダックビルズは前期一位を勝ち取ったチームだ。CCC創立以来、四年連続優勝している。昨シーズンは三位に甘んじたものの、今シーズンは前期の成績からも優勝候補である。実力も人気もCCCで一番と言っていい。そして今シーズン、我らがアリゲーターズはダックビルズに一勝もしていなかった。

「これは？」と薄井。

「こないだの日曜におこなわれた試合です」

アリゲーターズはヒッポスとの試合のため、南へふたつ先の県にでむいていた日である。カメラがマウンド上にズームしていく。

ヤジロベエだ。

身長が二メートル弱あるその投手は、からだを折り込むようにしてアンダースローで投げた。球を握る右手はほとんど地面をこすりそうだ。ヤジロベエというあだ名のとおり、両腕とも異常に長いせいである。

実際、こする場合もありますと球団のホームページのインタビューでヤジロベエは話していた。その球はたいへんクセがあり、笹塚すら打つことが難しいときている。アリゲーターズのみんな、手も足もでないという状態だ。

画面のヤジロベエは見事三振をとった。昨年一昨年と連続して年間ＭＶＰを受賞しているだけのことはある。今シーズンも調子がいい。じつに鮮やかなものだ。しかも自信満々で頼もしい。荻野目とは正反対である。

「これってジェリーフィッシュがホームゲームにつかってる球場だよね。だれが撮影してきたの？」

「あたしに決まってるじゃないですかぁ」

薄井の問いにイチゴが明るく答えた。

「わざわざあそこまでいってきたのかい？　芹沢くんにでも頼まれたの？」

「ちがいますよ。応援してるだけだとなんか物足りなくて、もっとアリゲーターズにお役に立てればって思ったからです。いかがですか？」

「じゅうぶんお役に立ってるよ」薄井の言葉に嘘《うそ》はなかった。もうめんどくさがってない。鼻から指を離してもいる。「助かる助かる。うん」

「ほんとですかぁ？　よかったぁ。ヤジロベエの他にもですね。あ、ほら、見てください」

試合はダックビルズの攻撃となっていた。イチゴが打者を指差す。

「五右衛門《ごえもん》だ」薄井が身を乗りだす。

ＣＣＣ随一の強打者である。ただし日本人ではない。南米からの助っ人なのだ。アフロヘアでつり目の彼は、歌舞伎にでてくる石川五右衛門によく似ていたので、このあだ名がついたのだ。

その五右衛門がバットを振った。ぶぉんと風を切る音が聞こえそうなほどの凄い振りだ。

「打ったっ」薄井が小さく叫ぶ。職員のオジサン達も画面に見入っていた。

iPodでBOØWYの曲を聴きながら仕事を進めたところ、想像以上に捗《はかど》り、気づくと一時間半が過ぎていた。あと二十分もすれば芹沢が帰ってくる。そろそろ切り上げねば。

茜はロッテリアの二階にいた。窓際の席に陣取っている。野菜生活100の紙パックを手にとり、ストローをくわえ、ほんのわずか残っていたのをズズと啜る。

イチゴはもういないはずだ。前に通る国道を彼が五十CCのバイクで走っていくのを見た。

テーブルの片隅に置いてあったケータイが震える。母からのメールだった。

なんだろ。また見合いの話だったら勘弁だよ。

年収千三百万円の弁護士と見合いをするにはした。二週間前の火曜、場所は市内のホテルだった。

悪いひとじゃなかったんだけどなぁ。

見た目もまあまあで、話をしていて不快な思いもしなかった。だからといって楽しかったわけではない。十分もすると退屈で、何度もあくびをしかけた。それに母親をママと呼ぶのもどうかと思った。

そのママも戴《いただ》けなかったよな。

弁護士のママは終始、茜のことを見つめていた。観察というか監視に近い視線だった。行動のひとつひとつに点をつけているにちがいなかった。きっと総合で合格点に達しなかったのだろう。

翌日、弁護士のママから実家の母に、断りの電話があったという。そのすぐあと、茜に電話をしてきた母はカンカンだった。茜にではない、弁護士とそのママにだ。

いくら年収がよくたって、あんなマザコン弁護士なんかこっちからお断りよね、茜。母さん、もっと素敵なひと見つけてきてあげるわ。

母からのメールはタイトルも本文もなく、写真が数枚、添付されていた。つづけて見ると、息子の健人が鉄棒で逆上がりをしている連続写真だった。

逆上がり、できるようになったんだ、あの子。

先週の火曜に実家へ帰ったときは、公園の鉄棒で練習させたのだが、どうしてもできなかった。あたりが暗くなっても、健人は泣きながらやりつづけた。でも駄目だった。

できなくて悔しくて、さらに泣いた。

写真を見ているうちに、茜は熱いものがこみ上げてきた。目の縁に涙が溢《あふ》れ、鼻がグズグズする。するとふたたびケータイが震えた。実家からだ。

「写真、見てくれた？　お母さん」

健人だ。ママじゃなくて、お母さんと呼ぶようになさいと命じたのは、茜ではない。母だ。弁護士との見合いのあとである。

「見たわよ。すごいわね。よくがんばった。エライ」

泣いているのに気づかれないよう、茜は言った。

「今日、ガッコーでね、ヨシオくんにコツをおそわったら、できるようになったんだ」

「コツってどんな？」

「足をあげるんじゃなくて、おしりをあげるつもりですればいいって」

なるほど。そうだったのか。

じつを言えば茜も逆上がりができなかった。今度、試してみようと思う。

「逆上がりができたご褒美に２４００のベルト、買ってあげよっか」

即座に息子の歓声が聞こえてくると思いきや、違った。

「いいよ。いらない」

「なんで？　あんなにほしがってたじゃない？」

「お金がたまらなきゃ、ママ、じゃなかった、お母さんとぼく、いっしょにくらせないんでしょ？」

茜は言葉を失った。

「だったらムダづかいはだめだって。そのぶん、ためておいてね」

健人はいつもと変わらぬ話し方だ。茜に気を使っているのではなく、きちんと意見をいっているからだろう。

「わ、わかったわ」

「じゃあ、おシゴトがんばって。バイバイ」

「つらっしゃい、つらしゃぁいぃぃ。さぁ、いまからタイムサービスだぁ」「安いよ安いよ、お得だよぉ」

片柳兄弟だ。いつもどおり、アリゲーターズのユニフォームにハッピを羽織っている。ふたりの他にも選手が数名、憩ストアの入り口前の青空市にいた。

タイムサービスって、なにが安くなるのかしら。

思わず茜も近づいてしまう。

「ねぇ、片柳さん」兄弟ふたりに話しかけた。しかし彼らは茜に目をむけていなかった。まるでちがう方角を見ている。しかもどうしたことか、威勢のいいかけ声もストップした。気づくとハッピを着た他の選手達も、動きがとまっていた。何事かと振り向くまでもなく、茜の隣に、ひとがぬっとあらわれた。だれかはすぐにわかった。笹塚だった。

「チ、チワッス」「ッチワッス」

兄弟が頭をさげる。緊張しているのが手に取るようにわかった。

「タイムサービスはなんだ？」

笹塚が口を開く。低く重々しい口ぶりだ。

できれば茜はこの場を去りたかったが、そうもいかない雰囲気になっている。足、すくんじゃってるし、あたし。

「え、あ、あの」「た、玉葱《たまねぎ》です」

兄弟の前に山と積まれていた玉葱のうちひとつを、笹塚は左手で取った。

「うまいのか、この玉葱？」

「そ、それはもちろん」兄の声が甲高くなっている。

「昨日、ぼくらが収穫してきまして」弟の声は兄よりもさらに一オクターブ高い。

「おまえらが？」笹塚がふたりを睨みつける。「それはなにか。地元貢献のボランティアってことか」

そうだった。依頼されたのは月曜だった。以前も手伝いをしたことのある農家から、事務局に直接、電話があった。ふたりくらいでいいと言われたので、店にいた片柳兄弟にお願いしたのだ。ふたりは快く引き受けてくれたが、笹塚さんにはナイショですよ、と冗談まじりに釘《くぎ》を刺された。

それ、自分で言っちゃうなんて。弟のバカチン。

「おい、どうなんだ？」

「ろ、老夫婦なんです、手伝いにいった農家」「そ、それにあの、ほんの三時間程度で収穫もおわって」

兄弟が答えているあいだ、笹塚は玉葱の茶色の皮を器用に剝《む》いていく。ぜんたいが白くなったかと思うと、そのままがぶりと齧《かじ》った。

むっしゃむっしゃむっしゃ。

店の前には車が行き交っているし、憩ストアに出入りする客も数多くいた。夕方の空にはカラスが舞い、カァカァ鳴いてもいる。それでも茜に聞こえてくるのは、笹塚が玉葱を咀嚼《そしやく》する音だけだった。片柳兄弟もそうにちがいない。

ごくり。笹塚が口の中の玉葱を飲み込んだ。

「おまえら、楽しいか？」

「え？」「は？」

「玉葱を収穫したり、売ったりして、楽しいかよ」

「そ、それは」「楽しいと言うほどでも」

「野球と比べてどうだ？　どっちが楽しい？」

「や、野球です」「も、もちろん野球のほうが、ず、ずっと」

「嘘をつくな」

「う、う、嘘じゃありません」「ほ、ほんとです」

「だったらどうして毎試合、ああも守備でエラーやミスができるんだ？　空振り三振してアウトをくらっても、ニヤニヤ笑ってベンチに帰ってこられる？　相手に点を入れられ、なんで悔しがりもしない？　おまえらはほんとに野球を楽しんじゃいねぇ。本気で楽しむ気があるなら、勝とうとするはずだ。勝ったときの喜びを、メンバーと分かち合うために日々、練習を積み重ね、努力をするのが当たり前なんだ。そうでなきゃ、楽しめねぇものなんだ、野球っていうのはよ。なのにおまえらときたら、ろくすっぽ練習すらしねぇ」

笹塚の言うおまえらは、むきあう片柳兄弟だけではなく、アリゲーターズみんなのことではないか。

「結局、おまえらは片手間に野球やってるだけなんだろ」

「そ、そんなこと」「ち、ちがいます」

「ちがわねぇ。野球だけじゃねぇ。店の仕事も地元イベントもボランティアも玉葱の収穫も、人生ぜんぶ片手間ですまそうとしてやがる。おれはな、おれはそういうやつらが」

　ばっしゃっ。

　なにかが破裂した。途端、茜の頬になにかが弾け飛んできた。玉葱のかけらだ。笹塚が左手で握りつぶしてしまったのだ。

　ひ、ひ、ひえぇぇぇぇぇ。

「だいっきらいなんだよ。そんなやつらに野球をやっててほしくねぇんだ」

　片柳兄弟は完全にフリーズしていた。店頭に立つ他の選手達もだ。もちろん茜も。

　人生ぜんぶ片手間。笹塚は片柳兄弟のみならず、いまここで働いている他の選手達にも言ったにちがいない。そしてその言葉は茜の胸にも突き刺さった。仕事も子育ても片手間ですまそうとしていると言われた気がしてならなかった。

　ちがう。そんなことない。あたしはあたしで、一生懸命やってる。片手間なんかじゃない。

　しかし、そう言い切れる自信がいまの茜にはなかった。

「すっごぉぉぉい」

　そう叫びながら、笹塚のもとに制服姿の女の子ふたりが駆け寄ってきた。

「あ、あのぉ、アリゲーターズの笹塚選手ですよね」

「う、うん。ああ」

笹塚は不器用に頷いた。途端に女の子達は顔を見合わせて「きゃあぁぁあ」とよろこぶ。ぴょんぴょん飛び跳ねてさえいる。抱え持つバッグに刺繍《ししゅう》された学校名に茜は気づく。ふたりは高校生だった。

「サインもらえますぅ？」

「お、おお。待ってくれ」

笹塚はパンツのポケットからハンカチをとりだし、玉葱の汁が残ったままの左手を拭う。

女子高生ふたりはそれぞれに手帳をだした。どちらもキンキラなカバーがついている。彼女達の名前を聞いて、笹塚はさらさらとサインをしていった。じつに手慣れたものだ。さすが元スター選手と、皮肉でなく茜は思う。

「さっき握りつぶしたのって、なんだったんですか？」

「玉葱だよ」

「すごかったです」

「それにかっこよかった」

笹塚は強面《こわもて》を保とうとしているのだが、どうしても口元が緩んでしまっていた。

いいオッサンのくせして。いいオッサンだからこそ若い娘に弱いのか、と茜は思い直す。

「写メ、撮ってもいいですかぁ」

女の子達がケータイを掲げる。あたしが撮りましょうか、と茜が申し出ようとしたときだ。

「私が撮ってあげよう」どこからともなく全身ピンクの男が登場した。芹沢だ。目を瞬《しばたた》かせている女子高生達にむかって、「私は笹塚くんの友人だ。親友と言ってもいい」とトボケた自己紹介をする。「ここで待ち合わせをしてたものでね。すまんな、笹塚くん。すっかり遅れてしまって」

「し、親友っておまえ」

なにか言いたげな笹塚をよそに、芹沢はふたりのケータイを取り、「我が親友を真ん中に、三人並んで。そうそう」と撮影していく。「せっかく両手に花なのに、なんだい、笹塚くん。もっとニッコリしたまえ。スマイルスマイル」

芹沢に冷やかすように言われながら、笹塚は満更《まんざら》でもなさそうだった。ごく自然に目尻がさがる。

「すいません、もうひとつお願いがあるんですけど」

「きみたちのためなら、なんでもするさ。なぁ、笹塚くん」

芹沢も浮かれた調子になっている。こんな彼を茜ははじめて見た。ちっとも寂しげではないし、憂いのかけらもない。元気ハツラツだ。

「この子、一年先輩に好きなひとがいるんですよ。で、今度、コクるんですけど、それが成功するよう、笹塚選手に祈ってほしいんです。事務局に電話して始球式に申し込もうとしたら、すっごい人気で、九月になっちゃうって言われて」

あっ。その電話、受けたのあたしだよ。

「い、祈るってどうすればいい？」

さすがの笹塚も困り顔だ。

女子高生ふたりはまた顔を見合わせ、「どうする？」「どうしたらいいのかなぁ」と話をしている。

「だったらこうしよう」パチンと芹沢が指を鳴らした。にっこり笑ってる。口元からこぼれる白い歯がキラリと光っていそうだ。「明後日の土曜、県営スタジアムで試合があるんだけどね。そのとき笹塚大明神が」コクる予定の子を芹沢は指差す。「きみの愛のために、ホームランを打つ」

きみの愛！　そんな言葉が芹沢の口からでてこようとは。

笹塚の目が点になっている。そしてなにか言いかけたものの、きゃあきゃあ騒ぐ女子高生ふたりに遮られてしまった。

「ほんとですかぁ」

「よかったね。これで成功まちがいなしだよぉ」

「待ってくれ。おれは」

「できるよな」芹沢が断言してしまう。「やる前から駄目だって言う莫迦なんて、どこにもいないぞ」

「笹塚さん。握手してください」

「あたしもです。彼女のためにホームラン、打ってください。期待してます」

「お願いします。あたし、彼のこと、中学のときから思いつづけてきたんです」

女子高生の目がウルウルしている。

どうする、笹塚豪っ。

「わ、わかった。約束は必ず果たす」

「ステキぃぃ」

「彼のつぎに好きになりました」

女の子達は抱きつかんばかりだ。

笹塚はすっかり脂下《やにさが》がっていた。溶けかかったソフトクリームのようだ。それを横目で見て、芹沢がうっすら笑っている。こんな笹塚の表情を、茜はいままで見たことがない。

選手達は呆気にとられている。片柳兄弟などはうらやましそうな顔つきである。

もてたいのか、女子高生に？

もてたいんだろうねぇ。

5

無理。もう駄目。

茜はふらふらだった。これ以上つづけたら倒れかねない。右手を伸ばし、スイッチを切る。走行距離は二キロに満たなかった。

もっと走っているかと思ったのに。

ぜいぜいと肩で息をしながら、ランニングマシーンから降りる。腰を屈めて手を膝に置き、その場に座ってしまいそうなところをどうにか堪えた。壁にかかった時計を見る。七時前だ。準備体操をし、いくつかトレーニングマシーンにチャレンジしてから、ランニングマシーンをはじめた。まだ三十分も経っていない。これからまだ温水プールで泳ぐ気だった。そんくらい楽勝だと思っていた。

でももうギブアップ。

茜がいまいるのは県営スタジアムに併設されたスポーツセンター内にあるジムだ。アリゲーターズの選手もここをよく利用している。ただし、いまはトレーニングしている選手はいない。この時間、選手達はおなじスタジアム内にある屋内練習場で練習中のはずだからだ。わざわざそれを狙ってきたというのもある。

アリゲーターズの球団職員なのでタダで使える。それを知ったのはつい先日だった。アリーちゃんの中身はあいかわらず応募がなく、来週はもう七月だというのに、茜が入っていた。当分はあたしかと諦め、夏にむけ、体力作りをしておかねばとイチゴに話をしたところ、だったら県営スタジアムのジムにいかれたらどうです？　どうせタダなんですし、と勧められたのだ。

アリーちゃんを演じるための体力作りというのは、嘘ではない。だがそれ以上に、でてきた下腹をひっこめるという企みもあった。体重も出戻り当初から八キロも増していた。アリーちゃんに入って、汗だくになっているのにだ。これだけ汗をかけば、たくさん食べても平気だろうと思い、しかもそれを実行しているのがどうもマズかったらしい。

「どこかお加減悪いんですか」隣のマシーンで走っている男性が声をかけてきた。ナンパではない。本気で心配しているようだ。「係のひと、呼んできましょうか」

「へ、平気です」

今日はこれで引き上げることにしよう。かえって具合が悪くなったら、しゃれにならないもんな。

県営スタジアムのゲート前には、路面電車の駅があった。そこへむかって歩いていると、「ワニッ」とどこかで叫ぶのが聞こえた。街灯はあっても辺りは薄暗く、人通りもあまりない。茜は怖くなり、足早になった。

「どうして逃げる？　おまえ、ワニじゃねぇのか」

ん？　聞き覚えのある声だぞ。っていうかワニってもしかしてあたしのこと？

立ち止まり、振りむく。熊のような巨体が駆け寄ってきていた。まちがいない。笹塚だ。いつもとおなじパーカーに七分丈のパンツだ。でっかいバッグを肩にかけている。

「やっぱりワニじゃんかよ」

そばまできた笹塚が改めて言う。

「ワ、ワニってあたしですか？」

「だっておまえ、ワニん中、入ってるじゃねえか」

「え、ええ。まあ」だからってワニって呼ばないでほしい。

「なにやってるんだ、こんなとこで？　芹沢のお供か？」

「ちがいますけど。あの、笹塚さんは？」

「おれはこれから練習場へいくとこだ」

練習は六時からだ。一時間以上の遅刻である。

「まちがえたんだ」笹塚が不満そうに言う。「毎週水曜は国立大のグラウンドで練習のはずだったろ。それがいってみたら、ソフトボール大会やっててよ。監督のケータイに電話したら、今日はこっちだって。ったくいつの間にそんなことになってたんだか」

それはこないだ、移動中のワニバスで芹沢が言ってたではないか。きちんと聞いていなかった笹塚が悪い。

「だがちょうどいい。ワニ、おれはおまえに用があったんだ」

「あ、あたしにですか？」茜はつい身構えてしまう。

「そうビビるな。とって食おうってんじゃない。安心しろ。おれは莫迦な女が好きだ。頭が空っぽで、舌足らずで、胸と尻のでかい女が大好きなんだ。おまえは頭よさそうだし、滑舌はっきりしてるし、胸と尻は小さい。女としての魅力がない。かけらもない」

自分でもじゅうぶん承知だ。でも改めてひとに言われるとムッとするよ。

それにしても笹塚の饒舌《じょうぜつ》っぷりには驚かされた。試合中、ベンチ脇に立っているときに、彼が敵味方にかかわらず野次を飛ばすのはよく耳にしている。しかしアリゲーターズに入社以来、直接口をきいたことはほとんどなかった。

「立ち話でいいか。ほんの二、三分で済む」

「かまいませんけど」

「食うか？」笹塚はチョコボールの箱を掲げた。どこからとりだしたのかわからない。

「はあ」

「手ぇだせ」

　茜は命じられるがまま右手をだす。すぼめた掌にチョコボールが三、四個、こぼれ落ちてきた。それを口へ放り込む。噛んでみて、チョコの中身がキャラメルだと気づいた。これだったら舐めていたほうがいい。

「ここんとこ、ウチのチーム、調子いいよな」

「そうですね」

　六月第三・四週の金土日は、四勝一敗一引き分け。上り調子であることはまちがいないが、前期はCCの六チーム中、ビリにおわってしまった。明後日の金曜から後期である。このまま巻き返しを狙えればと茜だけでなく、アリゲーターズのだれもが思っているはずだ。

「観客は前よりも増えてんだろ」

「それはもう」茜は頷き、「笹塚さんのおかげです」とつけ加える。おべんちゃらではない。ほんとのことだ。

　憩ストアの青空市で会った女子高生との約束を、笹塚は見事に果たした。その週末、本塁打を放ったのだ。そして女子高生は一年先輩の男子にコクった。しかしあっけなくフラれてしまった。その経緯《いきさつ》のすべてをマコちゃん（というのがコクった子の名前だった）がツイッターにつぶやいていた。

『「おれ、カノジョいるから。ゴメン」センパイにはそう言われちゃいました。でもあたしはコーカイしてません。ツラくないって言ったらウソになるけど、いまは気持ちがハレバレしています。（つづく）』『ありがとう笹塚選手。あなたのおかげであたしは人生のつぎのステップをふみだすことができました。これからもあなたを、そしてアリゲーターズを応援します』

このつぶやきは瞬く間にネット上で評判になった。そして恋に悩む少女達、つまりは十代の少女すべてに勇気と希望を与えた。そればかりではない。彼女達は『人生のつぎのステップをふみだす』ため、笹塚を、彼のホームランを見るために球場を訪れた。押し寄せたといったほうが正しいかもしれない。

先週の金曜日にあったホームゲームも凄かった。試合は三時半からだが、四時を過ぎても、つぎつぎと観客がやってきた。ほぼ全員が女子中高生で、しかもほとんどが制服姿で学生バッグを持っていた。試合終了間近の五時になっても客足は衰えなかった。むしろ増えたほどである。

そして一対二の一点差でリードされていた九回裏、二死で一塁に走者がいる場面で、四番笹塚は内角低めの苦手な球を見事にとらえ、これを本塁打にした。そのときの観客席たるや凄まじいものだった。何百人もの女子中高生が絶叫していた。失神者がでて、球場に救急車がくる騒ぎにまで発展し、地元のマスコミを賑わした。

この日の観客動員数は七百二十人を超した。次の日曜はホームゲームなのだが、前売りのチケットが飛ぶように売れている。目標の千人も夢ではない。

アリゲーターズの調子がいいのも、観客が増えたせいなのではと茜は思っている。笹塚はもちろんのこと、女の子達は他の選手にも惜しみなく声援を送ってくれたのだ。はじめのうちこそ、「アリゲーターズさん、がんばってぇ」だったのが、やがて個々の名前も呼ばれるようになった。そうなると選手達はすっかり色めきたち、イイところを見せようと、グラウンドでは守備も攻撃も大張り切りだ。いくらなんでも現金すぎやしないかとアリーちゃんの中で茜はあきれた。

そんな茜も「アリーちゃん、かわいい」と女の子達に言われると、やはり気持ちは弾んだ。手やお尻を振ってみたりしてしまう。

ひとりつまらなそうにしているのは薄井だ。監督なので表立つことはない。ときどきベンチからでて両手を挙げ、観客席にむかってアピールしても、名前を呼ばれることはいまだなかった。かわいそうだがどうしようもないことだ。


「始球式の問い合わせはまだきているのか」

白いものが目立つアゴヒゲを撫でながら、笹塚が訊ねる。一度に三人もグラウンドに立って始球式もないのだが、他に言いようがなく、いまだこの名で通していた。

「今季は満員御礼、キャンセル待ちが百人という状態です」

「そんなにかよ。すげえな、おれ」

自画自賛し、満足そうに笑う。その笑顔を見ながら、いったいあたしになんの話があるというのだろう、と茜は考える。

ここ最近、笹塚は選手達の地元貢献の活動や副業について、あれこれ言わなくなったらしい。選手同士で呑みにいっても、その件には触れることがないという。イベントやボランティアの依頼をするときに、選手達から直接聞いた話である。ただ本人が参加することはいまだない。

「だったらよ。どうだ。おれひとりじゃなくて、もうひとり、始球式の打席に立たせるっていうのは？」

なるほど。その手があったか。

「いいアイデアだと思います」

「だろ？」笹塚が照れくさそうに笑った。「そいつにもみんなの幸せ願って、景気よく打ち飛ばしてもらえばいい」

「だれがいいですかね。やっぱりいちばん打率がいい選手でしょうか」

「あいつはどうだ。いそがしいのか」

あいつではわからない。

「だれです？」

「芹沢だよ」

「へ？」

「あいつ、毎日、駐車場で素振りしてんじゃねぇか。ありゃあ、グラウンドに立ちたくてウズウズしてる証拠だよ」

言われてみればそうかもしれない。

「知ってっか、ワニ」

「なにをです？」

「あいつ、ほんとはここに選手として呼ばれたんだぜ。それをよ。私のようなポンコツがグラウンドにしゃしゃりでる必要はない、ＣＣＣは若い選手達の活躍の場にすべきでしょうって断ったんだよ」

「だったら監督でも」

「その話もあったらしい。でも薄井さんに気ぃつかったのさ。あのじいさん、ここをお払い箱んなったら、いくとこないからな」

「へえ」

「ワニ、おまえ、いま、あんたもひとのこと言えないでしょって思ったろ」

「お、思ってませんよ」

「いいよ、思ったって」

ほんとに思ってなかったのに。

「芹沢がオーナーのバアサンに無理いって、おれをチームに入れたのはほんとだしな」

そうだったのか。

「おっと、そんな話はどうでもよかった。とにかく芹沢を打席に立たせろ」

「た、立たせろって、あたしがですか？」

茜はきょとんとしてしまう。

なに言ってるんだ、このひとは？

「おまえが言えば芹沢はオッケーする」笹塚は断言し、さらにこうつづけた。「ヤツの女房には三人とも面識があるからよ。芹沢とおまえが、男女の関係ではないのはわかる。でもヤツはおまえを信用している」

「あ、あたしをですか？」

「ヤツはな、信用している相手には、どんどん仕事を任せてこき使うんだ」

いまいちよろこんでいいのかどうか、わからない。

「やがてそいつの意見には耳を貸すようになる。ワニってここへきて半年だろ。だったらいまがちょうどその時期だ」

「笹塚さんからおっしゃればいいんじゃないですか」

「それは駄目だ。ヤツはおれの実力を認めてはいるが、ひととしては信用しちゃいない」

それはわかる。

「おい、ワニ。それはわかると思ったろ」

「い、いえ」今度は当たってしまった。

「まあ、いい。だからこれがおれのアイデアだってことも秘密だ」

「でもあの、もし駄目って言われたら」

「やる前から駄目だって言う莫迦がどこにいる」

ああ、もう。そういう体育会系のノリ、苦手なんだけどな、あたし。

「手ぇだせ。もっとチョコボールやるから。な？　頼んだぞ。あいつはぜったいやる。ぜったいだ」


「やろう」

笹塚の企画を話すと芹沢は即答だった。チョコボールをもらった翌日だ。

「ほんとですか？」

芹沢がためらったり、拒んだり、怒ったりしたとき、どうすべきか、茜は何パターンもの対応策を練ってあった。おかげで床に着いたのが四時過ぎになったくらいである。

それがなんだ。この呆気なさは。

茜はすっかり拍子抜けしてしまった。

「ほんとですか、はないだろう。きみが言いだしたことなのに」

芹沢はネクタイを外し、シャツの袖を両肘まで捲《まく》った。もちろん今日もすべてピンクで揃えてある。熊を思わせる笹塚ほどではないが芹沢も大きい。そんな彼がからだを丸めてキーを打つ姿は滑稽であり、哀愁が漂ってもいた。まるで狭い檻《おり》に無理矢理閉じ込められた虎のようだ。

「それにしても暑いな。いま、何度だ？」

事務局は、室温が三十度以上になってからクーラーをかけることになっている。茜は芹沢の席の前から移動して、壁にかかった昔ながらの棒状の温度計をたしかめる。二十九度だ。

「三十度超えました」と嘘をつく。

「よぉぉし」芹沢は席を立つと、接客用のソファにあったリモコンを手にとる。「ん？テレビのか、これは。クーラーのはどこだ。どこにある？」

事務局にはふたりきりだった。職員三人は揃って病欠だ。昨晩、薄井監督のマンションに招かれ、彼の手料理をご馳走になり、そのときに食べた岩牡蠣《いわがき》にあたったのではないかと三人とも電話口で言っていた。岩牡蠣のことより、薄井監督とオジサントリオの仲良しぶりのほうが茜には驚きだった。この件を芹沢に伝えると、監督が無事かどうかたしかめてくれと言われた。

なるほど明日の試合に差し支えがあったら大変だからだ。早速、自宅に電話をすると、薄井は眠そうな声ででてきた。彼も岩牡蠣を食べたそうだが、ノープロブレムだと言う。「昔から胃腸はじょうぶで、食べ物にあたったことはないんだよ」と電話のむこうでケケケと笑っていた。

芹沢がクーラーのリモコンをさがしているあいだに、茜は全開の窓を端から閉めていこうとした。

「あっ」

「あったか、リモコン」

「いいえ、片柳兄弟が」

なかよく駐車場のむこうにある空き地で、バットを振っているのが見える。ふたりともユニフォームを着ていた。憩ストアで働いているときは、つねにその格好だ。ただしハッピを羽織っていない。

「あん?」芹沢が窓際に寄ってきた。「あいつら、店の仕事はいいのか?」

「休憩時間じゃないですかね」

元はボウリング場だった空き地はけっこう広い。茜がここに勤めてすぐの頃はまだ取り壊しの真っ最中だった。一時はマンションが建つとかいう噂を耳にしたが、半年も更地のままで、あちこち雑草が伸び放題になっている。

「ふぅん」

気のない返事をしながら、芹沢の目が鋭くなったことを茜は見逃さなかった。

片柳兄弟は変わった。以前とちがい、試合でつまらぬミスやエラーをあまりしない。打席に立てばどんな球でも食らいつき、必ず打つ。女子中高生達の黄色い声援のおかげということもある。だがやはり笹塚にどやしつけられたのが、いちばん効果があったように思う。空き地で素振りをするようになったのもあの日以降である。

兄弟ばかりではない。憩ストアで働いているアリゲーターズの選手もおなじ場所にちょくちょくきていた。しかもそんな彼らのもとに、芹沢がいき、指導することもよくあった。

「ちっ」芹沢が舌打ちをした。「こないだあんだけ注意したのに、まだ肘があがってやがる」

兄弟のどちらかのことだろう。独り言はさらにつづいた。

「だからちがうんだって言うの。何度言ったらわかるんだ、まったく」

「あっ」

「今度はなんだ？」

「クーラーのリモコン。テレビの上にありますよ」

「きみがつけてくれ」

はいはい。

言われたとおりにしてから、窓をすべて閉め、茜はふたたび仕事にとりかかった。芹沢も自分の席に戻り、パソコンのキーを打ちだす。これがじつに荒っぽい。もとからだが、いまはなおさらだ。しかもちょくちょく打ちまちがいをしているらしく、「ったく」とか「クソッ」とか小さく叫ぶ。そして窓に視線をむけかけては「仕事だ仕事」とデスクにむきなおっていた。

うっさいな、もう。

「芹沢さん」

「あん？」

「気にかかることがおありのようでしたら、ぜひそちらへ」

「悪いな」茜の言葉がおわらないうちに、芹沢は椅子から腰をあげた。そして駆け足でドアにむかい、「そうさせてもらう。ちょっとで戻る」と早口で言い残し、またたく間に事務局をでていってしまった。

「それから一時間ですかぁ」

イチゴが言う。芹沢の椅子にうしろむきにあぐらをかいて、くるくる廻《まわ》っている。

「一時間半」

茜は時刻をたしかめてから答えた。三時を過ぎていた。全然、ちょっとではない。芹沢のちょっとはいつもこうだ。

イチゴが事務局にあらわれたのは十分ほど前だ。ポニーテイルに赤のカチューシャをして、薄く化粧をしているその顔を見て、だれが男と思うだろうか。イチゴの場合、小顔だからなおさらだ。

「弱っちゃいますねぇ」

イチゴは回転をとめた。背もたれに胸を押しつけ、長い足をおろして爪先を床につける。そして前に進む。椅子にキャスターが付いているのでできる技だ。そのまま窓際までいって、外を見下ろした。

窓は全開にしてある。室温は三十三度になっていたが、ひとりだともったいないので、芹沢が去ってからクーラーを止めたのだ。イチゴにかけてもいいよと言ったところ、冷え性だからいいですという答えが返ってきた。

どこまで女らしいのやら。

「べつにいいんだけどね。これといった急用はないし」

茜はモニターをじっと見つめていた。スポンサー様向けの企画書を作成していたのだ。

ミスタッチの有無や文面がおかしくないか、たしかめているところだった。よし、オッケー。

一時間半、芹沢はずっと片柳兄弟の指導にあたっていたわけではない。空き地にはもう兄弟はいない。休憩時間がおわり、店に戻ったのだ。入れ替わるように、やはり憩ストアで働くアリゲーターズの選手が数名、芹沢の元を訪れた。そして兄弟同様、素振りをはじめて、芹沢に教えを乞うていた。その時点で、事務局をでてから三十分経過だ。こうなるだろうと、茜もなんとなく予想はついていた。

そのうち荻野目があらわれた。ユニフォームではなく、Tシャツに膝がでたパンツというでたちだ。だれかがケータイででも呼びだしたのかもしれない。実家暮らしの彼は仕事に就いていないのだ。やがてつぎつぎとアリゲーターズの選手が、野球道具持参で空き地に集まってきた。

いまでは二十名近くになっている。格好はまちまちだ。アロハシャツにポロシャツ、スポーツウェアもいた。芹沢に至ってはワイシャツを脱ぎ、タンクトップ一枚になる始末だった。各自が素振りやキャッチボール、ノックなどをしていたが、だれの発案か、三角ベースで試合がはじまっていた。

いくらなんでもやりすぎなんじゃない？

でも芹沢に対して腹を立てたりはしなかった。こっちに戻ってきてくださいと呼びもしない。仕事の手をとめ、その様子をときたま眺めるだけにしている。あいだに駐車場を挟んでいるため、かけ声などは聞こえてきても、表情をはっきり読み取ることは難しい。だれもが楽しそうなのは間違いなかった。芹沢も、いつもの、事務局でデスクワークをしているときの寂しげで憂いを帯びた表情ではないはずだ。

そしてまた茜は、三角ベースの野球に興じるアリゲーターズの面々を見ていると、ひどく懐かしい気持ちになった。どうしてだろうと考え、すぐに思い当たった。

小学生の頃だ。掃除をさぼって、校庭で野球をしていた男の子達がいた。野球ばかりしていたわけではない。サッカーやドッジボールもやっていただろう。そんな彼らにむかって、目くじらを立てる女の子は何人もいた。みんなで先生に言いつけたりもしたはずだ。茜は彼女達に同調しながら、校庭ではしゃぐ男の子達がうらやましくもあった。自分を女に産んだ母が恨めしかった、とまではいかないが、女はつまらないと思ったのはたしかだ。

それから二十五年以上の歳月が流れた。小学生の頃と事情はあれこれちがっている。しかし空き地で遊ぶ男達がうらやましく、女はつまらないと思っているところは変わらない。

なんと進歩がない人生だこと。

ウィィイインと部屋の隅っこにあるコピー機が鳴った。パソコンのプリントアウトもこの機械からなのだ。少しお莫迦さんになっているので、立ち上がりがやや遅い。茜は腰をあげ、コピー機へむかう。その途中で心地よい球音が耳に飛びこんできた。

茜は窓際に寄り、空き地に目を落とす。

打ったのは片柳兄だ。彼はいま一塁を蹴り、二塁へむかって走っている。店に戻らなくていいのかしら、と茜はちょっと心配になった。弟もまだいる。兄が打った球を追いかけている最中だ。

「片柳のお兄ちゃん、バッティングフォームが安定してきましたね」別の窓から三角ベースを観戦しているイチゴが言った。「実際の試合でもコンスタントにヒット打てるようになってきてるし」

フォーム云々《うんぬん》については茜にはよくわからなかった。しかし片柳兄のヒット数が増えているのはたしかだ。そのたびにアリーちゃんである茜は、グラウンドの片隅で飛び跳ねているのでわかる。

「弟くんはイマイチなんだよなぁ。でもまあ、前よりはだいぶマシになってきたかな」

イチゴがそう言っているそばから、片柳弟は拾った球をアサッテの方向へ投げてしまい、ブーイングを受けている。あいかわらずの鉄砲肩だ。

それからしばらく、イチゴは三角ベースに興じる選手ひとりひとりについて、解説者よろしく説明してくれた。

この子が監督になれば、ウチのチーム、勝てるんじゃないかしら。聞いているうちに茜はそう思えてきた。

「あのさ、イチゴちゃん」

「なんです？」

「なんできみ、そんなに野球、詳しいの？」

じつは以前から思っていたことである。

「なんでって」イチゴは照れくさそうに笑い、そしてすぐさま真顔になった。「だれにも言わないって約束してくれます？」

口は堅いほうだ。茜も真顔になり、こくりとうなずいた。するとイチゴは、とある高校の名前を口にした。野球に暗い茜も知っていたのは甲子園の常連校だったからだ。イチゴは野球推薦でその高校に通っていたのだという。

「すごいじゃないの。ポジションは？」

「ピッチャーやってました。二年でレギュラー入りしたんですけど」

「けど、なに？」

「二年の五月でやめちゃったんです。そこの高校」

「どうして？　怪我でもしたの？」

「野球部の後輩に手ぇだしちゃったんですよ」

屈託のないその回答に、茜のほうが動揺してしまった。

「バレないようにうまいことやってたんですがね。監督にチクった不粋なヤツがいたんです」

イチゴの眉間に深い皺が寄った。

「で、やめちゃったの？」

「表沙汰になるといろいろ面倒なんで、あたしから退学届をだしてやりましたよ。それ以来、野球はしてません。こっちに戻ってからはカミングアウトして、この格好で暮らすようにしました。高校へ通わずに、バイトに精をだしながら、もとから好きだったダンスの勉強をはじめたんです」

相手の後輩は高校に残り、その後、大学へ進学、いまはそこの野球部で活躍しているという。

「生涯、野球とは無縁に生きようと心に誓ってはいたんです。だけどある日、駅前で芹沢さんがアリゲーターズのチケットを売っているのを見たとき、なんて言うのかなぁ、これは応援してあげねばって思ったんですよね。その日のうちにAAギャルズに入って、でも応援しているだけじゃ、物足りないっていうか、飽き足らなくなって」

「他の球団の試合、撮影にいってるわけだ」

「そうです、そうです」イチゴはうれしそうに言い「じつは今日も」と言いながら、バッグに手を入れ、プラスチックのケースをだした。

中身はDVDにちがいない。

「こないだの日曜、ダックビルズ対ゲッコス戦にいってきましてね。その模様を撮影してきたんですよ。ウチのチーム、あいかわらずダックビルズにやられっ放しじゃないですか」

そのとおり。六月第三・四週の金土日の四勝一敗一引き分けのうちの一敗はダックビルズだった。とにかくヤジロベエの球が打てない。どれほど打ちづらいものか、笹塚がベンチでぼやいているのを、茜はアリーちゃんの中で耳にしている。

あいつの球、このへんのが、と彼は自分の膝下あたりに手をあてていた。いきなりぐいって、這い上がってくるだろ。わかってるんだ。わかってても、おっ、低めがきたって思って、バットを振っちまうんだよな。

「前回はバックネット裏だけだったんですが、今回は一、三塁の内野席から左右の真横も撮影してきました」

「忍者の里までいってきたわけ？」

ダックビルズもまた、本拠地の球場はない。だがとくに使用頻度が高いのは、山間《やまあい》の町にある球場だった。こないだの日曜の試合もそこで開催された。その町は伊賀でも甲賀でもない、知る人ぞ知る忍者の里なのだ。

「バイク飛ばせば三時間ってとこかな」

「バイクで三時間？」

「やだ、そんなに驚くことでもないですよ」

イチゴはおかしそうに笑う。

「危なくないの？」

「じゅうぶん気をつけてます」

「えらいね、きみは」

茜は本心から思う。

「えらくなんか全然ないですって。これでお役に立てれば、なんてことありません」

じゅうぶんお役に立っているって。その点、あたしときたら。

芹沢から申しつけられた仕事をどうにかこなしているし、アリーちゃんの中でがんばってもいる。でもアリゲーターズの役に立っているかどうかは疑わしい。改めて考えると、茜はひどく心許なくなった。

「覚悟しろよ。おれに打たれても泣くんじゃねぇぞ、この泣き虫小僧がよぉ」

アロハシャツに短パン姿の笹塚が吠えた。今度は怒声ではなく罵声だ。だれにむかって言っているのかはわかる。三角ベースの真ん中で荻野目が大きく振りかぶっていた。

そして彼の右手から球が飛んでいく。バットがぴくりと震えたものの、笹塚は振らなかった。

「ストライィク」

審判は芹沢がつとめていた。彼の判定に笹塚が「いまのボールだろ」と文句を言っている。遠目だし、野球を知らない茜にはどちらかはわからない。だが笹塚が大人げないことだけはわかる。

「じゃあ、いまのはストライクでいいよ。おい、荻野目」笹塚がバットの先を荻野目にむける。「こういう遊びのときにスライダーなんか放るんじゃねぇ。直球で勝負しろ。今度、変化球投げやがったら承知しねぇぞ」

ほとんど脅しだ。荻野目はさすがに泣いてはいないが、ビビッていた。

「荻野目。言い返すんだ」芹沢が言った。「笹塚の悪口だったら、いくらでも思いつくだろう。デブとかブタとか」

「なんだと」笹塚がムッとする。

「例を挙げたまでだ。怒るな」芹沢は涼しい顔だ。

荻野目がなにか言っているが、事務局までは聞こえなかった。それどころか打席までも声は届かなかったらしい。

「なに言ってんだか、わかんねぇんだよ」笹塚がわめく。「かえってイライラするじゃねぇか」

「お、お、おデブさんです」

荻野目が絶叫した。段ボール箱から芹沢の机に封書をだしていたイチゴがぷっと吹く。芹沢や三角ベースで守備についていた選手達も肩を震わせていた。茜もうっかり笑ってしまう。

「それじゃあ悪口になってねぇよ。気持ちが和《なご》んじまうじゃんか」文句をつける笹塚も笑いを堪《こら》えているのがわかる。「悪口っていうのはな、もっと相手の心をえぐるようなこと言わなきゃ駄目なんだ。言えるまで球、投げさせねぇからな」

おかしな具合になってきた。遊びとはいえ、三角ベースは野球の練習だと言えなくもない。だがそれを中断して罵倒指南とはいかがなものか。傍《はた》から見ているぶんにはおもしろいからいいけど。

荻野目は腕組みをして考え込んでいる。

「早くしろっ」笹塚が怒鳴る。

「つ、潰れ肉マン」

「言うなぁ、荻野目さん」イチゴがケラケラ笑いだした。

「なかなかいい」芹沢が褒めた。「だがまだまだだぞ。なぁ、荻野目、笹塚はどんな顔をしているぅ?」

少し間があってから、荻野目は答えた。

「車に轢《ひ》かれてぺっちゃんこんなったウシガエルみたいな顔です」

「ははは」イチゴ大受け。

「まだ足りんぞ、荻野目」芹沢が煽る。「なぁ、笹塚。平気だよな」

「お、おぉお。もちろんだぁ。おれ様のアイアンハートはその程度じゃビクともしねぇ」

　笹塚は胸をどんと叩いた。そのくせ野太い声がさらに野太くなっているし、からだが怒りに震えているようにも見えた。

　ほんとは怒っているんじゃない？

　荻野目のほうはと言えば、もうビクビクはしていなかった。それどころか胸を張り、笹塚を睨んでいる。なにか吹っ切れたのかもしれない。

「あんたなんか所詮、プロ崩れの三流バッターだ」

　夏の陽射しが照りつけていながら、三角ベースが凍りついていくのが茜にもわかった。

「それは言っちゃマズイっしょ、荻野目さん」

　イチゴがツッコミを入れるように呟く。だが荻野目はさらにさきをつづけた。

「どこも引き取り手がないから、芹沢さんに拾ってもらっただけでしょう。あんたはなにもわかっちゃない。いいですか。ぼくらが好きな野球をできるのは、地元のみなさんに支えられているからこそなんですよ。だったら、その恩を返すのが当たり前じゃないですか。だからこその地元貢献なんです」

荻野目くん、きみの言うことはもっともだ。まちがいない。でもね。なんでいま、それ、蒸し返しちゃうわけ？　いまも笹塚さん自身はイベントにもボランティアにも参加していない。でも他の選手にはあれこれ言わなくなったんだからいいじゃん。

「みんなと野菜、収穫してくださいよ。牛の乳搾りや羊の毛刈りだって、やれば楽しいですよ。それに子供に野球を教えることの、どこがいけないっていうんですか。そういうのできないって言うんなら、こ、このチームからでてきゃいい。あ、あ、あんたなんか野球、やめちゃえ。ちょっと女の子に人気があるからっていい気になって。ふざけるな。このオイボレポンコツメタボクソ親父っ」

「んだとぉ、きさまぁあああ」

笹塚がバットを放り投げ、荻野目に突進していく。

「よせ、笹塚」芹沢が引き止めようとしても遅かった。「逃げろ、荻野目っ。みんな、笹塚を抑えるんだっ」

「これ、何本だ」

芹沢が荻野目の顔の前にVサインをだす。ふたりはおなじソファに横座りで向きあっている。

「二本です」

「じゃ、これは？」

「四本です」

「あそこにホワイトボードあるだろ。ひとの名前んところ、上から順に読め」

「芹沢さんに」つづけて荻野目はオジサントリオの名を並べる。彼は右頬を氷の入ったビニール袋で押さえていた。つい三十分前、笹塚に殴られたところだ。「いちばん下が藤本さんです」

「ぼやけて見えたりはしてないか？」

「平気です」

「頬はまだ痛むかね」

「それほどでもありません」荻野目は弱々しい笑みを浮かべた。「すいません、ご心配おかけしちゃって。ほんと、だいじょうぶです。さっきも言いましたけど、笹塚さんのパンチ、まともにはくらってませんから」

咄嗟《とっさ》に避《よ》けたらしい。

茜はほっとため息をついた。イチゴもだ。ふたりは芹沢達のむかいのソファに並んで座っていた。事務局には三角ベースに興じていた選手達も数名いる。

「芹沢さんこそどうなんです？　笹塚さんを倉庫へ連れていくとき、鳩尾《みずおち》にエルボーくらってたそうじゃないですか」

芹沢は笹塚を羽交い締めにし、ここでしばらく頭を冷やしておけと倉庫に押し込めたのだ。いまもまだ笹塚はそこに閉じ込められたままだった。

「なに、たいしたことはない。でもなんだな。笹塚にあんだけのこと、よく言えたもんだ。えらかったぞ」

芹沢の褒め言葉に、荻野目は戸惑っていた。

「タネを明かせばな、笹塚の悪口を言わせたのは、きみのメンタル強化の特訓だったんだ」

あれは泣き虫小僧の心を鍛えるためだったのか。

「笹塚のヤツも承知をしていたんだがな。まさか本気で怒って暴れだすとはな。ヤツもいい加減、オトナになってほしいものさ。でもまあ、きみがあそこまでやれるとは思っていなかった。本番の試合のときも、あの意気でマウンドに立つんだ。敵の打者なんぞみんなクソだと思え」

「正義の戦いに憎しみや怒りはいらない。必要なのは敵をも愛する心だ」

荻野目が呪文のごとく呟く。

「どうした?」今度は芹沢が戸惑う番だった。「倒れたときに頭、打ったりはしてないよな?」

「それって2400の台詞？」

助け舟をだすように茜が訊ねる。

「第十五話『憎むべきは人か、罪か』で、復讐を果たすため、殺人を犯そうとする少年に2400がそう言っていました」

「それがどうかしたのか？」

芹沢は訝しげに言う。他の選手達もおなじ表情で荻野目を見ていた。イチゴはポカンとしている。

「敵だって一生懸命、がんばっているんです。芹沢さんが言うようにクソだなんて思えません。そんな気持ちで戦っていたら、2400に叱られます」

「荻野目。おまえがやっているのは、正義の戦いじゃない、野球なんだ」芹沢は嚙んで含めるように、ゆっくりと話した。「そもそもその、なんだ、2400だかはこの世にいないんだぞ。どうしていないヤツにきみが叱られる？」

「私はみんなの心の中にいる。第十九話『大切なのは事実か、真実か』で2400が」

「わかった、もういい」芹沢が遮った。あきれると同時にあきらめてもいるようだ。

「とにかく明日の先発、がんばってくれ」

「はいっ」荻野目は元気よく答えた。「それはもちろん」

「おい、きみたちもだ」芹沢は選手達に言ってから、「じきに練習にいく時間だ。今日は国立大のグラウンドだからな。まちがえないようにしてくれよ。私もあとで顔をだす」

「そうだ」イチゴがぴょんと立ち上がった。「あたし、こないだのダックビルズ対ゲッコスの試合、撮影してきたんですよ。ＤＶＤに焼いてきたんで、ヤジロベエ対策に是非」

「おぉおおお」選手達が沸き返った。そのうちのひとりが「いま、そのＤＶＤあるんだったら、見せてもらえないかな」とイチゴに申しでた。

「ありますよ。ちょっと待ってくださいね」

イチゴは嬉々《きき》として準備をはじめる。ＤＶＤを見ようと群がる選手達に、茜はソファを譲った。少し寂しい気持ちにはなるが、いっしょにヤジロベエの投球を見てても、役立つアドバイスや意見が言えるわけではないので仕方がない。

窓際をまわって自分のデスクへいこうとしたとき、視界の端に灰色の人影が見えた。

「あっ」

「どうしたね、藤本くん？」

「笹塚さんが」倉庫に押し込まれているはずだ。しかしいま彼は駐車場を横切っていた。倉庫の窓からでも抜けだしてきたにちがいない。両手を上げて走る姿は、なんだかとても楽しそうだった。

「どうしますか」

茜が訊ねると、芹沢はにやつきながら、「ほっとこう」と笑うだけだった。


カモノハシが踊っている。

黒装束に身を包み、軽快なリズムでステップを踏んでいた。今日の対戦相手のマスコットキャラクター、カモ野ハシ蔵である。くの一軍団が彼を取り囲み、腰をクネクネさせていた。二十人近くいる彼女達は、でるべきところはでて、ひっこむべきところはひっこんでいる。

「たまらねぇなぁ、おい」

舌なめずりせんばかりに言ったのは笹塚だ。しかも右手で股間を押さえていた。下品このうえない。昨日の件に関しては、おくびにもださなかった。

憩ストアの駐車場を朝六時前に出発、三時間以上かけて、忍者の里にあるこの球場を訪れた。

笹塚に限らず、ベンチにいる他の選手達も超セクシーダンスに目が釘付けだ。さきほどグラウンドで練習をしているあいだは寝ぼけ眼《まなこ》だったが、一気に目覚めたらしい。爛々《らんらん》と輝いてさえいる。薄井などはベンチからでて、試合中よりも真剣そのものだ。

茜はアリーちゃんに扮して、いつもどおりベンチ横に立っていた。今日の球場は標高の高いところにあり、しかも曇り空のおかげで、気温は二十六、七度程度だ。アリーちゃんの中は快適とは言いがたいが、暑苦しくはない。一応、芹沢からはタイミングを見計らってベンチ裏で水分補給をするよう、命じられている。ずいぶん心配してくれると思ったが、きみが倒れても球団からはわずかな見舞金しかでない、じゅうぶん気をつけろ、と念を押された。

気をつけますとも。健人のためにも倒れるわけにはいきませんからね。

観客席がどよめいた。カモ野ハシ蔵がバク宙を決めたのだ。それからアリーちゃんを指差す。おまえもやってみろと言わんばかりだ。アリーちゃんができないことを知ってるくせに、いつもそうする。じつに嫌なヤツだ。

他球団のマスコット（クラゲにカバ、ヤモリ、スズメバチ）の中身とは顔見知りだ。茜とおなじように球団職員もいれば、地元の劇団員や学生などだ。着ぐるみに扮する前や脱いだあとに、挨拶を交わすこともよくある。ところがカモ野ハシ蔵だけ、中身がどんなひとなのか、茜は知らなかった。ほかのマスコット達も面識がないという。

曲がおわった。カモ野ハシ蔵&くの一軍団がグラウンドを去っていく。去り際にカモ野ハシ蔵がふたたびバク宙をする。これまた拍手喝采だ。観客をよろこばせているのだから、球団マスコットとしてはじつに正しい。あるべき姿だ。

でもなんかね。見せつけられてるみたいでムカツクのだよ。

ビジターゲームだと観客席はどこも相手チームの応援だらけだ。しかも今日の対戦相手、ダックビルズの場合、観客動員数が金曜でも千人を超える。こうなると九対九ではなく、千九対九の試合といっても過言ではない。アリゲーターズはこの雰囲気に弱い。くの一軍団に鼻の下を伸ばしている選手も、試合になればすっかり飲み込まれてしまうにちがいない。

「ゴォォゴォォオ、レッツゴォォ、アリゲーターズゥゥ」

アリゲーターズのベンチの上から声がする。イチゴだ。今日も三時間かけてバイクを飛ばしてきたという。少しも疲れを見せず、チアガール姿で足を大きくあげている。AAギャルズは他にいない。彼ひとりだ。

「しっかりおやり」そのうしろには田辺ツネが座っている。「今日こそカモノハシの野郎どもを叩きのめしてやるんだよ。いいねっ。負けたらただじゃおかないよ」

アリゲーターズの応援は以上、ふたりだ。

それに、そうだ。なによりあたしがいる。いまこそアリゲーターズの応援に情熱を燃やすときだ。カモ野ハシ蔵なんぞに負けてなるものか。

「プレイボォォォル」

試合は四回表まで〇対〇だった。やはりアリゲーターズ打線はヤジロベエになかなか歯が立たない。イチゴが撮影してきた映像で研究しているはずなのだろうが、どうもうまくいかないようだ。

ただし、だ。以前は三振でおわることが多かったが、今日はちがう。ほとんどの選手が打っていた。結果、ファールやフライだったりはする。だが段々とヤジロベエを追いつめているように、茜の目には見えた。ただひとり二打席連続三振がいる。笹塚だ。でかいのを狙って、大振りをしてしまうせいにちがいない。

アリゲーターズの先発は荻野目。二回まで三者凡退に抑えていた。なかなかやるじゃんとよろこんでいたのも束の間、四回裏から崩れだした。南米からの助っ人、CC随一の強打者である五右衛門が、ライトへのシングルヒットを放ったのだ。これを皮切りに二連打を浴びた荻野目は、動揺を隠しきれず、ついに四球をだしてしまい、押し出しで先制点を奪われた。

アリーちゃんの中にいて、相手チームに点を取られたときくらい困ることはない。がっくり肩を落とすわけにもいかないし、かといって励ますつもりで手を振り上げたりしたら、はしゃいでいるように見られかねない。腕組みをして首をひねるのも、エラそうでよくないように思う。

カモ野ハシ蔵は自分のチームが塁にでるたびに、くるくる廻っていた。前転バク転バク宙、自由自在である。ホームベースを踏んでベンチに戻る選手を迎えいれたあと、決まってアリーちゃんのほうにからだをむけ、指鉄砲を撃ってくる。そして人差し指の先をふっと吹く。

アッタマきちゃうよ、まったく。

茜は地団駄を踏む。ほんとに足をばたつかせていた。

しかし五回表で二死走者なし、ヤジロベエの球を片柳兄が捉えた。

「おっ。おおおおぉ」

アリゲーターズのベンチでは全員が腰を浮かせた。球はレフト方向へぐんぐん飛んでいく。これはもしかして、と期待した瞬間だ。外野手に捕られ、アウトになってしまった。

「あぁあぁあああぁ」

ベンチの中のみならず、上からもイチゴや田辺のため息が聞こえてきた。

五回裏、荻野目は続投した。ところがどうも芳しくない。五番六番にヒットをつづけて打たれてしまう。無死一、三塁で迎えた七番を荻野目はどうにかワンボールツーストライクと追い込んだ。そして四球目。打たれたが、レフトへの平凡なフライだ。

左翼手は片柳弟である。球の落ちていく位置で構えていた。風はそよとも吹いておらず、厚い雲に覆われているおかげで、空を見上げていても陽の眩《まぶ》しさはかけらもなかった。球は片柳弟のグローブへ吸い込まれるように落ちていく。だれもがアウトだと確信した。

ところが球は片柳弟の足下にすとんと落ち、一回跳ねたかと思うと、ファウルグラウンドのほうへコロコロ転がっていった。

「信じられなぁい」

みんなの気持ちを代表するかのように、イチゴが悲鳴に近い声をあげた。

打者も走者も同様だったらしい。しかし一瞬のち、我に返ったように走りだした。片柳弟は自分の身になにが起きたのか、理解できずにぼんやり突っ立っているばかりだった。

「なにやってるんだい、早く球、拾わんかぁ」

ベンチの上で田辺ががなりたてる。

ようやく動きだした片柳弟が球を拾った。しかしどこへ投げたらいいものか、きょろきょろしている。

「パニくってんじゃねぇよ」

ふたたびベンチの上から怒鳴り声がする。田辺ではない。イチゴだ。うっかり男に戻ってしまったらしい。

打者は一塁に、一塁にいた走者は二塁へ、三塁の走者はホームへまっしぐらだ。片柳弟がどこに投げるべきか、茜でもわかる。

「茜さん、あぶないっ」イチゴだ。女に戻った。

あぶない？　なにが？

そう思った瞬間だ。

お尻に激痛が走り、茜は前のめりに倒れた。

「どこむかって投げてんだ、莫迦っ」

笹塚が怒鳴った。お尻にあたったのは、どうやら片柳弟の送球だったらしい。

「だいじょうぶかい」

薄井だ。すぐそばにいるらしい。球の当たった尻が撫でられている。まちがいなくこのスケベ親父の手だ。なにしやがると思ったものの、不思議と痛みは和らいでいった。

6

クラゲがぶら下がっている。一匹ではない。五十匹は下らないだろう。どれも親指と変わらぬ大きさだ。キーホルダーなのだ。もっと小さなサイズのクラゲも大勢いた。こちらはケータイのストラップである。掌《てのひら》くらいのヤツもいるが、これはぬいぐるみだ。右を見ても左を見てもクラゲだらけだった。クラゲがプリントされたハンカチや手拭い、バスタオル、のれん、茶碗にマグカップなどが所狭しと並べられていた。饅頭やクッキーまである。茜の目には毒キノコにしか見えないが、けっこう人気のようだ。

これらのクラゲは明日の対戦相手、ジェリーフィッシュのマスコット、クラランだった。もともとが海岸沿いの町のイメージキャラクターで、地元にできた球団の手伝いをしている設定だ。

茜がいるのはその海岸沿いの町の土産物屋だ。店内にいても潮の香りがするし、かすかな波の音がする。健人にお土産を買おうと思い入ったのだが、息子がクララングッズなどよろこぶはずがない。といってめぼしいものは他に見当たらなかった。

旅館に戻るしかないか。

今日は八月第一週の金曜日である。昼間は南隣の県で、ゲッコスと試合をしてきた。結果は五対三の勝利だ。九回表同点だったところを、片柳兄がツーランホームランを放ったおかげだ。いまや彼は笹塚につぐ強打者になりつつあった。

試合自体は二時間足らずでおわり、四時には球場をでられた。移動はいつもどおり、ワニバスだ。五時半にはこの町の旅館に到着し、夕食まで自由時間となった。こうしたときでも、いつもならば芹沢に捕まり、あれを調べろ、これを確認してくれ、こないだの件はどうなった、などと仕事を言いつけられる。ところがなぜか今日はなく、それどころか芹沢には、海辺で夕陽でも見てこい、と言われてしまった。

ケータイで時刻をたしかめる。

海辺、いってこよっか。

後期になってからのアリゲーターズは絶好調だ。女子中高生が足を運んではくれないビジターゲームでも、白星をあげるようになったのだ。

きっかけは六月第五週の金曜、ダックビルズとの対戦だ。アリーちゃんが、というか茜が片柳弟の送球に倒れたのちのことだ。七回表、片柳兄が弟の失態を挽回《ばんかい》するかのように左中間ヒットを飛ばし、それ以降、アリゲーターズ打線に火がついた。ついにはヤジロベエをマウンドから引きずり降ろし、七対五で勝利した。選手達は優勝でもしたかのようにベンチで大騒ぎになった。だれが言いだしたのか、お尻の痛みを堪えてベンチ脇にいたアリーちゃんを胴上げしたほどである。

ちなみにその後、アリーちゃんのお尻には、おっきな絆創膏《ばんそうこう》が貼ってある。もちろん本物ではない。イチゴが白い布で×をつくり、縫い付けたのだ。今シーズン中は付けておくつもりだ。

七月は十四試合あり、地元では八試合がおこなわれた。ホームゲームの観客動員数は平均八百三十九人。つい先だっての七月第五日曜、県営スタジアムでの試合は九百人を超えた。

ようやくウチのチームは、自分たちの野球ができるようになったな。

さきほど国道を北上していくワニバスで、芹沢がそう言っていた。正直なところ、選手達とおなじようにグゥスカ眠ってしまいたかったが、熱く語る芹沢を無視はできなかった。

この調子でいけば、明日も勝てるはずだ。

芹沢はうれしそうだった。アリーちゃんの中からいずれの試合も見てはいた。でもなぁ。自分たちの野球って言われてもよくわからんよ。

茜にわかることと言えばだ。アリゲーターズの面々が前期よりも楽しそうだということくらいだった。勝とうという気合いはじゅうぶんあり、ビジターゲームだからといって、敵地の雰囲気に呑まれることもなくなった。

あいかわらず笹塚は味方に対しても野次を飛ばす。「しっかり打たねぇと、明日の夜明け前にキャベツ、穫《と》りにいかせるぞ」「そんなプレイやってちゃ、ガキの見本にもならねぇぞ。おまえこそどっか野球教室、いってこい」「店で呼び込みやってるときのほうが、声、でてるじゃねえかよ」

以前と内容はほぼ変わりなく、辛辣な口ぶりもおなじだ。にもかかわらず言われた当人をはじめ、他の選手達も声をあげて笑っていた。薄井監督が笹塚にむかって、「きみこそ畑仕事いって、足腰鍛えてきたらどうだい？」と混ぜっ返すこともある。おかげで試合の最中、チームは和みながらも、緊張が保てているという不思議な雰囲気になった。

このままの成績を維持できれば、後期優勝も夢ではない。その暁《あかつき》には前期優勝チームとプレーオフで五戦し、三戦先勝すれば今シーズン優勝だ。

芹沢は上機嫌でそう言っていた。

そんなウマいこと、いくかな。

あり得る。しかし優勝や一等賞といったものと無縁な人生を送ってきたせいで、茜にはいまいちピンとこなかった。

避けてきたっていうのが正しいかもしんないや。そういうの、目指したこともないし。自分はともかく、アリゲーターズの選手を見ていると、優勝できたらいいなと心から思う。手取り十二万円の月給で、彼らは野球をしているのだ。近頃はそのために日々の努力をけっして怠らない。みんな必死だった。その努力がきちんと実を結んでほしい。アリゲーターズの応援に情熱を燃やす純情可憐な乙女のワニとしては、そう祈るばかりである。

最近、茜は自分とアリーちゃんの差がつかなくなってきていた。笹塚が茜をワニ、ワニって呼ぶせいかもしれない。彼のみならず、ほかの選手も「ワニさん」と呼ぶしね。

海が見えてきた。夕陽が沈みかけ、空がオレンジ色に染まっている。いい男とふたりであれば、ロマンチックな気持ちに浸れること請け合いだ。

これからさき、そんな機会が巡ってくるとは思えないけどさ。いままでもなかったし。元亭主はもちろん、歴代のカレシに海へ連れていってもらった記憶がない。文系で運動音痴の彼らは、カナヅチが多かったせいだろう。車を持っているひともひとりか、ふたりだった。元亭主など免許すら持ってなかった。

若いときのあたしときたら。ほんと、莫迦だったよ。

いまはこの夕陽を健人に見せてあげたい。できればふたりで見たい。とりあえずケータイをとりだし、海にむけ、シャッターを切った。それをメールに添付して、母のケータイへ送信する。

「バッチこぉぉぉい」

さらに海辺へ近づいていくと、風の吹く音とともに、そんなかけ声が耳に飛び込んできた。

これってまさか。

少し足を速め、砂浜へでる。沈みゆく夕陽を背景に、男達が十数人、砂浜に散らばっていた。そう遠い距離ではないので、顔は確認できる。アリゲーターズの選手達にちがいなかった。どうやら三角ベースで野球をしているようだった。

打席にいたのは片柳弟だ。彼の打ち上げた球が、海からの風に流されていく。外野とも内野とも区別のつかない幾人かの選手達が、一斉にその球を追いかけた。まるで犬みたいだ。落ちた球を捕ろうとする姿などまさにそうだった。何人かは砂に足をとられ、転んでいる。あんなことして怪我しちゃわないかな、という茜の心配をよそに、みんな大口を開けて、ゲラゲラ笑っている。

一言で言えば莫迦みたいだ。でも茜はとても羨ましかった。自分もあんなふうに笑ってみたいと思う。そしたらどれだけ気が晴れるだろう。

「きゃっ」茜は短い悲鳴をあげた。だれかがお尻に触ってきたのだ。

「どうしたの、たそがれちゃって」

薄井だ。まあ、このスケベ親父以外に、ひとの尻を気安く触るひとはない。

「なにするんですか」

「そこにお尻があったからだよ」薄井が涼しい顔で言う。「なにせきみのお尻は縁起がいいからね。触っておくとご利益ありそうだもの」

「ありません」

「あるってば」薄井は力んで言う。「考えてごらんよ。きみのお尻に片柳弟の暴投が直撃してからこのひと月、うちのチームは絶好調でしょう。それがなによりの証拠」

反論するのも莫迦らしい。

砂浜での野球は、さらにつづいている。片柳弟のつぎにバットを握っているのは兄だった。

「監督も選手に交じって、おやりになってきたらどうです？」

「ん？　あれ？」

っていうか、いってくんないかな。セクハラ親父に隣にいられると、落ち着かないよ。

薄井は足を踏みだしかけたが、「やっぱりいいや」と引っ込めてしまった。

「なんでですか」

「すごい盛り上がってるじゃん」

「監督がいけば、さらに盛り上がりますよ」

「そんなことないよ。こんな年寄りがノコノコいったら、シラけさせちゃうだけだって」

そりゃあんたは、見た目は立派な年寄りだよ。でもほぼ同い年の、うちの父に比べたら、ずっとイキイキしているっていうか、ギラギラしているよ。

ふと気づくと、薄井は茜の腰に手をまわそうとしてきた。油断も隙もありゃしない。

茜はその手をぱしりと叩いてやった。

「痛いよ」

「痛いようにしましたので」

「つれないなぁ」と言いながらも、薄井は笑っている。「そういえば茜ちゃんってさ。荒川区に暮らしてたんだってね」

「ええ、そうですけど」

芹沢からでも聞いたのだろう。でもなぜいまその話を？

「荒川区のどこ？」

隠す必要もないので、茜は正直に答えた。都電の終点駅があるその町で、六年近く結婚生活を送った。素敵な思い出と嫌な思い出、半分ずつある。素敵なほうは健人を産んで育てたこと、嫌なほうは別れた亭主のことだ。できれば後者は記憶から消し去りたいがそうはいかない。

「そこに昔、球場があったのって知ってる？」

「聞いたことあります」

だれから聞いたかと言えば、生活に役立たない、余計でしかも不正確な知識をエラソーな口調で語る莫迦亭主だ。

「ぼくの野球人生のはじまりは、その球場が本拠地だった球団なんだ」

そうだった。このオジイサンも昔は野球選手だったんだ。

忘れがちな事実である。背は低いし、痩せっぽっちだ。腕や足も細い。野球どころかどんなスポーツ選手にだって見えやしない。茜にとってはただのスケベ親父にすぎなかった。

「ぼくが入団してから二年後には閉鎖されちゃったんだけど」

「監督って大学でてプロにお入りになったんですよね」

「ドラフトで入ったんだよ。十何位だったたっけかな。ひどく下のほうでね。契約金もたいした額じゃなかったけど」

薄井はバットを構える格好になり、からだをひねって、振る真似をしてみせた。

おぉぉ。ちゃんとしているではないか。

「けっこう強打者だったんだよ、ぼく。昼も夜もね」

つまらない下ネタを言わなければ、もっと感心できたのに。

「あれからもう四十年も経つのかぁ。まさかこの歳まで野球で飯が食えるとは思ってもみなかったよ。おなじ球団にドラフトで入ったヤツの中で、いまだに野球やってるの、ぼくくらいだからねぇ。解説者や評論家をやっているヤツもいることはいるけど、それもほんの二、三人。よくもまあ、ここまでつづけてこられたものだって、自分自身、驚いちゃうよ」

「他のひとたちはどうしちゃってるんです?」

気になって茜は訊ねてみた。

「さぁね」薄井は首を横に振る。「見当もつかないな。なにしろ入団したはいいものの、一軍の試合にさえでないまま、引退したヤツも何人もいたからね」

「大変なんですね、野球選手って」

茜はうっかり思ったことを口にしてしまう。薄井からの答えはなかった。彼は砂浜にいるアリゲーターズの選手達に目をむけている。夕陽は海に沈み、あたりは薄暗くなっていた。

「あの子達の中で、ぼくの歳まで野球やってる人間なんていているかどうか、怪しいものさ。でも、あれか。いまの子はキチンとしてるからねぇ。生涯、野球をつづけるなんて莫迦なこと考えてるヤツなんていないか。三十歳くらいまでだったら、他に仕事を探そうと思えば探せないこともないものね。大変なのは笹塚くんだよねぇ。選手としてやってけるのは、長くてもあと二、三年、それもこのままうまい具合にどこも故障しなければだもんな」

残酷なことを言う。だが事実にちがいない。サラリーマンであれば、まだ働き盛りの年頃だというのに、それから先の人生、どうなってしまうのだろう。

「芹沢くんもえらいよ。ただ働きでよくもあれだけがんばれるものだ。感心するね。さすがのぼくもお金もらわなきゃ、監督する気おこらないもん」

ただ働き？

「芹沢さんって、給料、もらってないんですか？」

「あれ？　知らなかった？」

「初耳です」

「言っちゃいけなかったのかな」

「どうしてお金、もらってないんですか？」

「自分から断ったんだ。マネージャーに着任してリーグ優勝するまでのあいだは、びた一文もらう気はありませんって。そういうとこはヘンな俠気《おとこぎ》だしちゃうんだ。それがまあ、芹沢くんのイイとこなんだけど。でもなあ。三人の元奥さんに慰謝料を払ってスッカラカンだっていうのにさ。いま暮らしてるとこなんかワンルームらしいし」

茜は芹沢がいつも着ている、クタクタでヨレヨレの服を思いだした。靴下の穴が開いていたこともだ。

「彼がぼくに気をつかって、監督の席も断ったって話、聞いたことある？」

ある。笹塚から聞いた。チョコボールをもらった晩だ。しかし茜は「いいえ」と首を左右に振った。薄井は横目でちらりと見たが、「ああ、そう」と言うだけだった。

「芹沢くんと笹塚くんを見てるとさ、このままふたりは野球と心中しちまうつもりなのかって思うよ」

そう言うこのひと自身も、そうなのでは？　と茜は思う。どうかしている。でもその反面、うらやましくもあった。好きなことに人生を賭けている。あるいは好きなものそのものが人生になっているのだ。じつにうらやましい。

あたしにはそこまで熱中できることはないもの。

「かぁんとくぅぅう」砂浜にいる選手達が手招きをしている。「いっしょにやりませんかぁ」

日が暮れ、あたりが薄暗くなっている。夕食まであと三十分もない。薄井は断るかと思いきや、ちがった。

「誘われちゃあ、しようがないねぇ」

さっきは渋っていたくせに、やる気満々だ。見ているうちにやりたくなったのかもしれない。

「きみもどう？」

「あ、あたしはいいです」

「なんで？　楽しいよ、野球。やってみればいいのに」

「い、いえ、あの、ほんといいです」

「そう？　無理強いはしないよ。でもそのうち、やりたくなったら言ってね。手取り足取り、教えてあげるから」

ええと。その言い方、セクハラですよ。

そう思いながら、茜は走り去る薄井の背中を眺めていた。

ちがうなぁ。

茜はひとり、洗面所の鏡の前で首を傾げていた。

右腕がこっちで左腕がこっちなのはまちがいないはずなんだけど。

長袖Tシャツに膝下までのパンツというでたちだ。部屋着であり寝間着でもある。旅館には浴衣《ゆかた》が備えてあるが、着たことがない。ここに限らず、どこの旅館のもだ。浴衣が嫌いなのではない。着慣れない衣服を身にまとうのが苦手なのだ。

気を取り直してもう一度。

「ヘエエエン」右腕は左斜め下、左腕は右斜め上。「シン、んん？　ん？」

やはり駄目だ。はじめとおわりしか思いだせない。そのあいだはさっぱりである。このあいだの火曜、健人に２４００の変身ポーズを習ったものの、茜はまるきりできなかった。つぎの休日までの宿題だからね、と息子にそう言われていたのだ。

洗面所からでて、寝床に戻る。横たわって、枕元のケータイで時刻をたしかめた。夜中の四時である。じつはつい三十分前に目覚めてしまい、それからどうしても寝つけず、変身ポーズの練習をしていたのだ。

やっぱりビール、呑んじゃおっかな。

ダイエットはあきらめた。県営スタジアムのスポーツジムにも一度しかいっていない。しかしこれ以上、体重が増えないよう気をつけてはいた。

ノンカロリーだったらいいか。

茜はむっくりと起き上がった。

ブゥゥウゥン。自動販売機が唸っている。五百円玉一枚を握りしめ、茜もうぅうんと唸った。生憎《あいにく》とノンカロリーはなかった。あるのはスーパードライの２５０ミリリットルのみだ。

一本くらいならいいか。

五百円玉を入れかけたときだ。荒い息づかいが聞こえてきた。今夜の宿泊客はアリゲーターズのみである。だれかが女を連れ込んでいるのか、それともエッチなビデオを鑑賞中なのか。いずれにしてもその声や音が、廊下まで漏れてくるはずがない。

茜は耳をすませた。五百円玉をパンツのポケットにしまい、薄暗い廊下を忍び足で歩いていく。たいした距離ではない。近づくにつれ、息づかいの他に、ぶぉんという風を切るような音もした。残り二、三歩でロビーというところで、茜は足をとめ、廊下の角から覗き込んだ。

ロビーといっても広くはない。お屋敷の玄関といった感じのそこも廊下と同様、わずかな明かりしか点《とも》っていなかった。

荻野目だ。Ｔシャツに短パンの彼が壁にある姿見の前で、シャドーピッチングをしている最中だった。鏡に映るその顔はいつもと変わらぬ、細面のキューピーちゃんだ。しかし少し引き締まっているようだ。なにより目に力が感じられる。

ぶぉん。

風を切る音はタオルだった。球を握るべき手にタオルが握られていたのだ。どのくらいの時間、やっていたのだろう。薄暗くても背中が汗で濡れているのがわかる。声をかけるのは憚《はばか》られた。といってすぐさまその場を去る気も起こらなかった。目が離せなくなったのである。ただじっと廊下の角から見守った。

あたしは星飛雄馬のお姉さんかい。

「ひぇえっ」突然、荻野目が叫ぶ。鏡に映る茜に気づいたのだ。「な、な、なんだ、藤本さんか。お、驚かさないでくださいよ」

驚かすつもりはなかった。しかしそこまで驚くこともないのにと思うが、「ごめんなさい」と詫びる。「ずいぶん遅くまで、はりきってるんですね。でも平気ですか？　明日、じゃないや、今日は先発でしょう？」

「だからなんです」荻野目は照れくさそうに言う。「先発の前の晩は、なかなか寝つけなくて。寝ても今日みたいに夜中、目を覚ましちゃうんです。それで眠れなくなって、部屋は他にひとがいるものですから、で、まあ、ここで」

ひとり、練習に励んでいたのか。えらいね、きみは。

「藤本さんは？」

「うん、まあ、あたしもおなじようなもんです」

ビールを買いにきたとはいささか言いづらい。

チームが勝ちつづけている中、荻野目はイマイチだった。あまりパッとしていないのが現状である。この試合はいけると思っていても、相手チームに一発、ぽんと打たれでもしたらもうおしまいだ。あっという間に崩れる。マウンドで泣きはしないものの、ビクついているのはアリーちゃんの口の隙間からでもはっきりわかった。明日はひさしぶりの先発だ。緊張とプレッシャーもひとしおだろう。

こうしたときに、気の利いた一言が言えたならばいいのに。がんばって？　ちがう。気楽にやれば？　これもちがう。なにを口にしたところで、ぜんぶ嘘になる気がしてならない。

「荻野目さん」

「なんでしょう？」

「あたし、なにかお手伝いできるかな？」

なにもあるはずがない。わかっている。でもそう言わないではいられなかったのだ。面長のキューピーは、まん丸な目をしょぼつかせるばかりだ。もう眠いのかもしれない。

「ご、ごめんなさい。お邪魔でしたね」

どうぞつづけてと言いかけたが、荻野目がそれを遮った。

「待っててください。いま、グローブと球、持ってきますんで」

「え？　なに？」

「あります」

まだ陽は昇っていない。しかし空は白々としはじめていた。涼しくて気持ちがいい。茜は左手にグローブを嵌《は》めている。記憶している限りでは、はじめてのことだ。嵌め方がわからないことはなかったが、荻野目に嵌めてもらった。やや大きめですけど、我慢してください、と言われた。

「いいですか？　いきますよ」

十五メートルほどさきにいる荻野目が言い、球を放った。ほんとに軽く、幼稚園児に投げていたよりもだ。

わ、わわわ。

茜は慌てた。飛んでくる球を捕る。ただそれだけだ。それだけなのにドキドキしてしまう。左手につけたグローブを右手で押さえて、どうにか捕ることができた。いや、できなかった。球はぽろりと落ち、転がっていった。

「あ、あぁぁ」

転がる球を追いかけ、腰を屈め、どうにか捕るというより摑まえることができた。

「そこからでいいんで、ぼくに返してください」

荻野目がグローブを構える。球を追いかけてきたせいで、ふたりの距離は半分になっていた。

「は、はい」

どちらかの足をあげようとしたが、どちらの足をあげればいいのかわからず、結局、直立不動で球を投げてしまった。荻野目のところまで届きはしたが、膝のあたりだ。そんな球でも彼はすっと腰を下げ、グローブにおさめた。見事なものだ。茜にとっては神業のようだった。

「す、すいません」

頭を下げて詫びてしまう。

ふたりは旅館脇の舗道にいた。荻野目に、キャッチボールをしてください、と言われたのである。なんとかなるだろうと思っていたが、なんともならなかった。想像以上のひどさに、自分自身あきれるくらいだ。

「藤本さん」

「は、はい」

「グローブをですね、こう」荻野目は顔と胸のあいだでグローブを開いていた。「構えててくれませんか」

「こ、こうですか」

「手を伸ばして前にだしてください」

そう言いながら荻野目は後ずさりしていく。茜は彼に言われるがままである。

「そうです。いいですか。いきますよ。動かないでくださいね」

ふたりのあいだには、さきほどより距離があった。そう思えるだけなのかもしれない。

球が飛んできた。ばしっ。グローブの中で左手が痺《しび》れる。添えていた右手もビリビリだ。

それればかりか、からだも雷に打たれたかのように震えた。

「だいじょうぶですか」

「だいじょうぶです」まだビリビリしているが、笑顔をつくって返事をする。

「もっと緩く投げるつもりだったんですが。力の加減をまちがえました。すいません」

やはり速かったのか。

「でもすごいですよ。いまの球、受け取れるなんて。たいしたもんです」

「ありがとうございます」

おほめの言葉、いただいちゃったよ。お世辞かもしれないけど、うれしいね。うん、うれしい。

荻野目が近づいてきた。もうおしまい？

「こんくらいかな」茜から五メートルくらいのところで、荻野目は足をとめた。「では藤本さん」

「なんでしょうか」

「球を投げ返してください」

まだつづけるんだ。

「腕だけ使って投げてもらえばいいですから」

足はあげなくていいということね。

グローブの中の球を右手で握る。こんなものを投げたり打ったり捕ったりしているなんて、信じられない。よくできるものだと感心してしまう。いまさらだけど。

「ぼくの顔、めがけて」

言われたとおりにする。荻野目はたやすく球を捕った。

「いいですよ。ただですねぇ。こんな具合に肩と肘をおなじ高さにして投げると、なお素敵です。はい、グローブをさっきとおなじ位置で開いてください」

荻野目がひょいと球を投げてきた。グローブにおさまりかかったが、落っこちてしまう。

「すぐ拾って」

「はいっ」

球を拾い、構える。

「肘が肩より下がってますよ。もっとあげて。はい、そしたらまた、ぼくの顔めがけて投げる」

投げた。荻野目のグローブに球が入る。

「ぼくが投げるのを待たずに、グローブを構えて」

やれやれ、忙しい。今度は球が捕れた。

「肘は肩とおなじ高さですよ。そのとき下をむかないで。下を見るのは財布を落としたときだけにしろ。第八話『資源ゴミは水曜日か、木曜日か』で2400がそう言ってました」

お互い十球ほど投げあっているうちに、茜は球を落とさなくなった。

「じゃ、今度は左足を一歩前にだして投げてください」

やってみた。これが意外に難しい。投げるときのどの瞬間で足を踏みだしていいのか、タイミングがつかめないために、からだがギクシャクしてしまう。

「もっと自然な動きになりませんか」

あたしにとってはこれが自然だよ。

それでも幾度か投げているうちに、左足がすっと前にでるようになった。コツを摑めばなんということはない。

「悪くないですよ。やればできるじゃないですか」

昔、母さんによく言われたよ。あんたはやればできる子だって。

外にでて三十分は経ったかもしれない。あたりはだいぶ明るくなってきた。

やっぱい。眠くなってきた。

送球したあとに、あくびをしてしまう。慌ててグローブで隠そうとしたが間に合わず、ばっちり荻野目に見られた。

「このへんでおしまいにしましょうか」

「ふああい」なかなかあくびがおわらない。無理矢理に口を閉じてから、「ありがとうございました」と礼を言い、頭をさげた。

でもいったい、これが荻野目の手伝いになったのだろうか。とてもそうは思えない。あたしが球の投げ方、教わっただけじゃん。

「楽しかったですか」

「あ、はい」

「それはよかった」茜からグローブを受け取りながら、荻野目は笑った。本物のキューピーよりも愛らしい笑顔だった。「けっこう野球のセンス、おありになりますよ」

「ほんとですか？」

「ほんとです。今度また、教えてさしあげますよ。なんだったら空き地の三角ベースに参加してください」

「あたしが？」

「事務局の窓から、ぼくらがやってるの、よくご覧になってるじゃないですか。昨日だって砂浜でやってるとこにいらしてたし」

「あれはあの」

「いっしょにやろうって誘ったのに断られたんで、監督、がっかりしてましたよ」

小学生の頃、掃除をさぼって遊びほうけていた男の子達をずるいと思いながら、うらやましかったことを茜はふたたび思いだしていた。

そうか。あたしはもう、我慢することなかったんだ。みんなと遊んじゃってよかったんだ。

「できるだけ前むきに考えておきます」

「ぜひよろしくお願いします。あと、それから」

「なぁに？」ついうっかり、息子に呼びかけるように、問い返してしまう。茜は焦ったものの、荻野目は気にしていないようだった。

「ぼくが完全試合をしたら、２４００を呼ぶ約束、まだ有効ですか？」


クラゲが踊っている。

浴衣に身を包み、手拍子をしていた。

♪ク、ク、クララン、クラ、クララン
きみの魅力にクラクラ、クラクラよ
ク、ク、クララン、クラ、クララン
きみなしじゃ暮らしていけない♪

アリゲーターズの応援歌とどっこいどっこいの歌が、球場に流れている。クララン音頭だ。ジェリーフィッシュのマスコットキャラクター、毒キノコと見紛《みまご》うクラランだ。おなじ浴衣姿の女の子達が、クラランと輪をつくり、まわっていた。二十人近くいる彼女達は、正直なところ、ダックビルズのくの一軍団よりもスタイルは劣っていた。

「いまいちだなぁ」

残念そうに言ったのは笹塚だ。彼に限らず、ベンチにいる他の選手達も、くの一軍団のときほど熱心には見ていない。ただひとり、薄井だけはベンチからでて、試合中よりも真剣な眼差しで凝視している。たいしたものだ。行動に一貫性がある。

クラランの中身を茜は知っている。球場に入ってすぐ、むこうから寄ってきた。町役場のオジサンだ。歳は知らないが、五十歳前後のように思う。町のイメージキャラクターでもあるクラランには、十三年入っていますと、以前聞いたことがある。お互いがんばりましょうと毎回、握手を求められるのが、茜はちょっと嫌だった。

だってなんか、ぬるぬるしてるんだもん、あのひとの手。

クララン音頭がおわった。カモ野ハシ蔵のようにバク宙をすることもなく、クラランは引き下がっていく。ベンチ脇に立つアリーちゃんに、というか茜に手を振っているのが見えた。できればシカトしてやりたいが、そうもいかず、両手で振り返した。

一回表、アリゲーターズの攻撃は冴えなかった。初《しょ》っ端《ぱな》、一番打者が塁にでたものの、二番、三番はふるわずツーアウトをとられてしまった。迎えた四番、笹塚も左中間に打ち返したが、いともたやすく外野手に捕られてしまった。

「あれはいったい、なにしてるんだ？」

薄井がそう訝しがったのは、一回裏、アリゲーターズの選手がグラウンドに散り、守備についている最中だった。だれのことを言っているのか、アリーちゃんの中で茜は気づいた。

荻野目だ。

マウンドに立つ彼は右腕を左斜め下に、左腕を右斜め上にしていた。そして左腕を左へ、右腕を右へとまわしだす。声をだしてはいないが、口は動いている。

ヘェエエエンシィィィイン。タァイムアップッ。

２４００の変身ポーズだ。

動きに切れがあり、スマートで美しかった。本物以上に荻野目は２４００だった。

かっこいいぞ。

7

「ね？　ほんと、ヨシオくんって、おもしろいヤツでしょ？」

健人の声が耳をくすぐる。茜は事務局でひとり、にやついていた。

芹沢は朝、三十分ほど事務局で雑用を済ませてから、でかけていった。行き先は地元のテレビ局や新聞社だ。アリゲーターズとセ・リーグ球団の二軍との交流戦が間近に迫っているのだが、それを取り上げてくれるよう、頭を下げにいったのである。

職員三人組は「こう暑くちゃ仕事になりませんな」と十一時半にはランチにでかけてしまった。芹沢がいなくなるといつもこうだ。戻ってくるかどうかも怪しい。

茜のランチはロッテリアだ。なんこつつくねバーガーのセットを買ってきて、自分の席で食べていたところに、ケータイが震えた。それがいまでている電話である。

「あっ、そうだ。母さんって、つぎの火曜、こっちにこれないんでしょ」

その日こそがセ・リーグ球団の二軍との交流戦なのだ。毎週火曜は休みなのだが、さすがに試合となれば出勤しなければならない。

「うん。そうだけど」

やっぱり嫌だってダダをこねるつもりかしら。

もしそうだったら困ると思う反面、そうしてくれてもいいと思う気持ちもあった。このところ、息子はイイ子になりすぎだ。もしかしてあたしに気ぃつかってる？　と心配になることもある。

「その話をヨシオくんにしたらね」

茜もヨシオくんとは何度か会っている。大人びた頭のよさそうな子だった。

「だったらヤキューを見にいけばいいじゃんって、いうんだよ。どうかな？　ぼく、いっちゃダメ？」

「駄目なことは全然ないよ。でも野球をやってるあいだ、母さん、あなたのこと、面倒見れないわよ」

「しってるよ。母さん、ワニの中に入って、おどったりするんでしょ。それも見てみたいなぁ。ねぇ、いいでしょ」

「うん、まあ」

「おばあちゃんもいってくれるって」

用意周到だ。

「わかったわ。大歓迎よ」

試合は平日の三時からだが、息子は夏休みの真っ最中である。まったく問題がない。

席はまだじゅうぶんある。

「やったぁあ。たのしみにしてるからね。そうだ、あと、それと母さん」

「なぁに？」

「２４００の変身ポーズ。今度こそきちんとおぼえておくんだよ」

先週の火曜、息子に変身ポーズを教わったが、できなかった。つぎの休みまでの宿題ね、と言われ、それが昨日だった。これまたできなかったのである。

「わかったわ」

もっと話したかったが、健人は「じゃあね」と電話を切ってしまった。

まったくもう。

不平を漏らしながらも、茜はうれしかった。健人が球場にくる。アリーちゃんに扮した母親を見にくるのだ。

そうだ。ＡＡギャルズとのダンスの合間に、２４００の変身ポーズをしてみようかしら。

ホームゲームの際は毎回、試合前にグラウンドで田辺オーナーの応援歌にあわせ、ダンスを披露している。どこで２４００の変身ポーズをとったらいいものか。なんにせよイチゴの許可が必要だ。駄目だとは言うまい。

待てよ。あれがまだ、あったはず。茜は机のいちばん上の引きだしを開ける。あった。

以前、荻野目に録画してもらった２４００のＤＶＤだ。返そうとしたが、差し上げますと言われ、その後ここへ入れっ放しにしていたのである。

茜はそのＤＶＤを片手に、窓際に近いテレビの前へ移動した。

窓の外からかけ声と声援が聞こえてくる。今日もアリゲーターズの面々が駐車場のむこうにある空き地で、三角ベースに興じていた。

十一時くらいにぽつりぽつりと選手が姿を見せ、それぞれ素振りやキャッチボールをはじめる。正午になれば休憩時間に入った憩ストアで働く選手達も、やってくる。そして三角ベースがプレイボールだ。だれが運んできたのか、いつの間にか古ぼけたベンチが二つ置いてある。打順を待つ選手がそこに腰掛け、応援したり野次を飛ばしたり、サンドイッチを頬張ったりペットボトルの飲み物をがぶ飲みしたりしている。和気あいあいとして、以前にもまして楽しそうだ。

さらにはこのところ三角ベースのまわりには、ひとが群れるようになった。いまもロッテリアからの帰り道、駐車場を横切ったときに見た限りでは二十人はいた。憩ストアの店員やお客さん、通りすがりのサラリーマンもいる。

イチゴもいた。へそだしルックだが、腰がくびれているせいで、とてもではないが男には見えない。彼はあいかわらず、ダックビルズに限らず、ＣＣＣの球団の試合を撮影してきた。実際、選手達はそれを見ながら対策を練っているらしい。このところの快進撃はイチゴくんのおかげさ、と芹沢から聞かされもした。

「荻野目さぁぁん、がんばってぇえ」

若い女の子達が数人、声援を送っている。三角ベースの真ん中に立つ面長のキューピーは、少し照れているように見えた。

先日の土曜、ジェリーフィッシュとの試合で、荻野目は見事、完全試合という快挙を成し遂げた。九回裏、九番打者を、三球三振に仕留めた彼を、ベンチからとびだしたアリゲーターズの選手一同が胴上げした。ジェリーフィッシュの地元球場なのに、スタンドからは拍手がいつまでも止《や》まなかった。

茜はアリーちゃんの中でおいおい泣いた。もちろんうれし涙だ。あんな涙は何年かぶりだった。健人が幼稚園のとき、はじめての運動会で、必死の形相になって走っているのを見たときとおなじ気持ちになったのだ。さらには胴上げが済んだ荻野目に抱きついてしまった。

その後、完全試合を果たしたら、２４００を呼ぶ約束だったことを芹沢に説明し、許可していただけるかどうか、お伺いをたてた。

もちろんオッケーだ、と芹沢は快諾した。もともと特撮ヒーローを呼ぼうって言いだしたのは私なんだからな。それにしても特撮ヒーローに会いたい一心で、完全試合しちまうなんて、いったいどういうことだ？

ＤＶＤをデッキに入れ、ソファに転がっていたリモコンでスタートにし、早送りで変身する場面を探す。変身前の２４００は、虎刈り頭のイケメンくんだ。ホンモノ王子と荻野目のどちらに似ているかといえば、ホンモノ王子寄りと言えた。

ここだ。

茜は再生ボタンを押す。絶体絶命のピンチに見舞われた虎刈りくんは、どこからか大きなアナログ時計をとりだした。正式名称はタイムなんとかで、機能も時計ではない。２４００に変身をするための道具だ。

リモコンをソファに放り、茜は両足を肩の幅に広げ、軽く腰を落とす。

虎刈りくんはアナログ時計をへそに当てる。するとそこからベルトが飛びだし、腰に巻きついた。これまたどこからとりだしたのか、虎刈りくんは鍵を持っていた。色違いで二十四本あるのだが今日は金色のだ。それを時計に差し込み、ギィギィと巻いた。時計の長針と短針が激しく回転し、やがて十二の数字でピタリとあわさる。

「ヘェエェエェン」

虎刈りくんは右腕を左斜め下に、左腕を右斜め上にする。茜もおなじポーズをとった。ここまではわかる。こっからさきがいまいちわからないんだよなぁ。

「シンッ」虎刈りくんはつぎの動作に移ってしまう。「タァァアイムアァァップ」

「ま、待ってよ」時すでに遅し。虎刈りくんは２４００に変身済みだ。そして敵との戦いに励みだす。

「あぁあ、まったくもう」

ふたたびリモコンを手にとり、巻き戻す。２４００は虎刈りくんに戻った。アナログ時計をへそに当てたところで一時停止をし、スローボタンを押す。

超スロー状態の虎刈りくんは左腕を左へ、右腕を右へまわしだしていた。茜もその動きにあわせる。と、その最中、電話が鳴った。

「はい、もしもし、アリゲーターズ事務局ですが」

「あ。あの」かけておきながら、こちらがでたことに動揺しているようだった。「し、始球式の参加受付は、この電話でかまいませんでしょうか？」

「はい、もちろん。ただし笹塚選手の場合、キャンセル待ちになりますが」

「芹沢剛選手でお願いします」

芹沢は選手ではないが「わかりました」と茜は答えた。

始球式に芹沢が打席に立つようになったのは七月の第二週からだ。正直なところ、笹塚に比べ、芹沢を希望する応募は圧倒的に少ない。電話の他にもメールやはがき、球場のグッズ売り場や憩ストアに設置した応募箱などでも参加者を募っているが、芹沢のほうはぜんぶあわせて、週に二、三人にも満たなかった。だがそのぶんと言うべきか、応募者のだれもがとても濃かった。

二十代後半から四十代の男性で、たいがいは芹沢の熱狂的ファンだった。彼に会うなり、感激のあまり男泣きしてしまうひとまでいるくらいだ。そして彼らは恋愛成就や商売繁盛などの願掛けにくるのではなかった。憧れの芹沢選手とガチで勝負するために、マウンドに立った。中には甲子園出場経験者もいれば、かつてプロ野球で投手をしていたという兵《つわもの》もいた。

アリゲーターズのユニフォームに身をつつんだ芹沢はそんな彼らに本気で立ち向かった。余裕など一ミリたりとて見せない。このひと月で十二人を相手にしているが、ワンストライクも許していない。初球ヒット、ときには本塁打を飛ばしていた。当然のことながら全身ピンクでデスクワークに勤《いそ》しむ彼とは、別人のようだった。

ちなみに茜はこの企画がはじまる前、『英』にでかけ、芹沢相手に投球しませんかと片柳父を誘ってみた。ふたつ返事で承諾してくれるかと思いきや、滅相もございません、あたくしのような人間がそんな大それたことできやしません、どうぞご勘弁くださいと頑《かたくな》に拒まれてしまった。

「そちらの県の住民ではないのですが、応募は可能でしょうか」

「かまいませんよ。どちらにお住まいですか」

「鹿児島です」

「か、鹿児島?」

「はい」

「鹿児島からこちらにいらっしゃるんですか？」

「いけませんか」

「い、いえ、少々お待ちください」

保留ボタンを押して、茜は自分のデスクへむかう。テレビでは虎刈りくんがちょっとずつ動いていたが、リモコンで停止し、テレビの電源も切った。席に着いてから、ノートパソコンを開き、始球式の参加者リストを画面にだす。

鹿児島から電話してきた男性に希望日を訊ねる。そして試合は一時から、始球式はその三十分前、参加者にはさらにその三十分前、つまり正午には試合が実施される県営スタジアムまできてもらわねばならない。その旨を相手に告げ、最寄り駅からの地図を郵送することにした。

「鹿児島からはなにでいらっしゃる予定ですか」

「夜行バスで大阪までいって、そこから電車という経路がいちばん安上がりなんで」

それにしてもけっこうな旅費のはずだ。しかも、きたはいいが雨天などで試合が中止になりでもしたら大変である。そのあたりのことも話したところ、「ぼくは晴れ男だからだいじょうぶです」と言われてしまった。とりあえず前日には茜から確認の連絡をいれることにした。

電話を切り、茜はふたたび変身ポーズの練習に取りかかろうとしたが、時刻を見てためらった。すでに二時近い。オジサントリオが帰ってきてもおかしくない時間である。

そう思っていると、「がんばってくださぁぁい」と外からオジサンのひとりの声がした。つづけてべつのオジサンが「フレーフレー」と言い、長老の名を叫んだ。

ん？　どういうこと？

空き地に目をむける。驚いた。長老が三角ベースの打席に立っていたのだ。とんだへっぴり腰である。荻野目がふだんの何倍ものスローな球を投げる。長老はバットを振った。まるで振り遅れていたが、同僚のふたりは「惜しいっ」「残念っ」と本気で悔しがっていた。

「がんばってくださぁあい」

そう叫ぶのは憩ストアの上着を着た男女だ。定年前の部下達かもしれない。

ちぇっ。なんだよ、みんなで楽しんじゃって。

窓から顔をだしていた茜は、荻野目と目があった。彼はにこりと微笑む。

そうだ。いっそ、やっちゃえばいいんだ。あんなへっぴり腰の長老が打席に立つんなら、あたしだって。

そう思ったとき、電話が鳴った。無視はできない。いまの九州男児か、あるいは芹沢？

「はい、アリゲーターズ事務局です」

「ちょっとお伺いしてよろしいかしら？」

オバサンだった。言葉遣いは丁寧ではあるが、その口ぶりときたら、いやに横柄だ。

こんなタイプのひとが、事務局に電話をしてくるのは珍しい。

「そちらでホンモノ王子くんの試合のチケットが買えるって話、ほんとかしら？」

「は？」

なに言ってるんだ、このオバサン？

「は？　じゃないわよ。どうなの？　来週の火曜にホンモノ王子くんのチームとおたくとで試合があるって、いま、テレビで言ってたわよ。なに、あれは嘘なの？」

そこまで聞いて、茜ははたと気づいた。

「しばらくお待ちください」

茜は相手の返事を待たずして、保留ボタンを押す。そしてパソコンをネットにつなぎ、ニュースを確認した。

やはり、そうか。

ホンモノ王子の二軍落ちが報じられていた。もう一度、受話器を手にしかけたときだ。

事務局すべての電話がつぎつぎ鳴りだした。

これってまさか。

どれも交流戦のチケット予約である可能性が高い。とてもじゃないが、ひとりでは対応しきれない。

ぜったい無理。

茜は窓際に駆け寄り、外にむかって叫んだ。

「だぁれかぁぁあ、たぁすけてぇぇぇぇ」


三時間後、茜はぐったりしていた。彼女ひとりではない。事務局には他にオジサントリオ、それに笹塚、荻野目を含めた選手数名、そしてイチゴがいた。みんなへとへとだった。

茜が助けを呼んだところ、何事かとオジサントリオはもちろん、選手全員、さらには応援していた人々も駆けつけてくれた。手短に事情を話したところ、よし、おれも手伝おうと、だれよりも先に笹塚が申しでた。それどころか彼は選手にも手伝うよう命じた。

電話はひっきりなしにかかってきた。一時間足らずで事務局発売分のチケットは完売してしまった。だからといって電話が鳴りやみはせず、さらに応対をつづけねばならなかった。事務局のチケットは売り切れたこと、コンビニや県内のプレイガイドでも購入できるが、そこでも売り切れている可能性があることを電話口で説明しなければならなかった。

これがじつに大変だった。なにしろ相手はすべてオバサンだ。それもホンモノ王子の熱狂的ファンときている。そうあっさりと引き下がらなかった。自分がどれだけホンモノ王子を愛しているかをアピールし、やがて泣き落としにかかり、それでも駄目だとわかると、口汚く罵《ののし》ってくるというのが大方のパターンだった。

二時間も経つと電話も五分に一本、十分に一本と次第に減りだした。この二十分ほどはどの電話も沈黙を保っている。選手の中でも憩ストアでパートをしている者は、そちらへ戻っていった。茜が確認をとると、コンビニもプレイガイドも交流戦の前売りチケットは売り切れていた。

交流戦は県の最北端にあるメェメェ球場でおこなわれる。観客収容数は七千人、そのすべてが売れてしまったのだ。目標として掲げた千人の七倍である。

よろこぶべきことだ。しかし茜は釈然としなかった。はっきり言って不満だ。屈辱的だと言ってもいい。すべてはホンモノ王子のおかげにすぎない。素っ裸でニヤついていた彼の顔が、脳裏をよぎる。

クソくらえ。

「ったくよぉ」笹塚が唸るように言った。「耳の奥でババァどもの声ががんがん鳴り響いてやがる」

茜もそうだった。おかげで頭がクラクラする。

「ホンモノ王子がなんぼのもんだっつうの。所詮は二軍落ちしたヘッポコルーキーじゃねぇか」

「ですよね」即座に茜は笹塚に同意する。

「だよな、ワニ」

その呼び名、やめてほしいんですけど。

「よし、決めた」笹塚は机をばんと叩いた。「ホンモノ王子のヤツ、一軍に復帰できないくらいまでに叩き潰してやる」

「やっちまってください」茜は右手の拳をぐっと握った。「応援します」

「あたしも」とイチゴ。

「荻野目」笹塚は隣にいた荻野目の肩を拳で小突いた。「おまえはどうなんだ」

「な、なにがですか」

「なにがですかじゃねぇよ。おれら、ホンモノ王子のせいで、三時間も口うるさいオバチャンどもの相手をする羽目になったんだぞ。おめえはなんとも思わねぇのか」

「ほんと、すっごい人気ですね」

とぼけてはいない。荻野目のことだ、本気でそう思っているのだろう。そんな彼に、笹塚はデコピンを食らわした。

「痛っ」

「感心してどうするんだ、この莫迦っ。なにくそって思わなきゃ駄目だろうが」

「所詮は敵《かな》わない相手に腹立てても無駄ですよ」

ゴツン。さきほどよりも低くて鈍い音がした。笹塚は荻野目の額をグーで打っていた。拳にモノを言わせるのはいかがなものかと思うものの、いまは笹塚のほうが正しい。

「莫迦野郎っ。その相手と今度、対戦するんじゃねぇか。ハナから敵わないなんて言うヤツがどこにいる？」

荻野目は両手で額を押さえていた。でも茜は同情しなかった。笹塚の言うとおりだからだ。

「おい、ワニ。おれらもういいよな」

「あ、はい。助かりました。ありがとうございました」

茜は立ち上がり、ぺこりとお辞儀をした。

「礼には及ばねぇよ。ワニはアリゲーターズの一員だ。チームのだれかが困っていたら、手助けするのは当然の行為だろうが」

アリゲーターズの一員。その言葉が茜の胸に響いた。

そっか。そうだよな。あたしもアリゲーターズの一員なんだよな。

そのことがうれしくて、茜はまた「ありがとうございます」と言ってしまった。

「だから礼はいいって」

「笹塚さんも2400をご覧になっているんですか」

荻野目が口を挟んできた。ちょっと涙目だ。二発もやられれば仕方がないか。

「なに言ってるんだ、てめえは？」

「いまの台詞ですよ。細かいところは若干ちがいますがね。仲間のだれかが困っていれば、手助けするのは当然だ。第十二話『きみを救うのは友か、運命か』で、2400が」

荻野目が最後まで言わないうちに、笹塚は彼の右耳を摑み、引っぱりあげた。

「痛い、痛い、痛たたたた」

荻野目が悲鳴に近い声をあげる。

「いいからてめえもおれとこい。特訓だ、特訓」

8

ホンモノ王子が茜に微笑みかけている。もちろん本物ではない。新聞に掲載されたモノクロ写真だ。地元紙のスポーツ欄である。『ホンモノ王子来たる！』と見出しがついていた。

おもしろくない。じつに腹立たしい。

先日、電話受付をしてから、茜は毎晩のように悪夢を見る。顔ははっきりしないが、オバサンだとわかる何百何千という人達が、「ホォンモォノォオウジィイサァマァア」と言いながら、受話器片手に押し寄せてくるのだ。目覚めると汗びっしょりになっていた。ホンモノ王子を恨む気持ちはない。しかし直接ではないにしろ、悪夢の原因は彼である。

それにしても扱いがでかすぎる。いったいどういうことだ。荻野目の完全試合は写真も載らず、記事自体も切手二枚分くらいしかなかった。そのうち荻野目のコメントなど『一生懸命がんばりました』の十一字だけだった。それでもはしゃいでいた荻野目が、茜には不憫《ふびん》に思えてならなかった。

なによ。

茜は写真のホンモノ王子を睨みつける。

ニヤついちゃってさ。ぶん殴ってやろうか。

だがほんとにやったら大変だ。その新聞を読んでいる芹沢を殴ってしまうことになる。単線で三両しかない列車の客席はすべてボックスシートだった。

事務局で仕事をしていたら、突然、芹沢に「でかけるぞ」と命じられた。行き先は明日、交流戦が開かれるメェメェ球場だ。今日はそこで昼一時から対戦相手であるセ・リーグ球団の二軍が、公開練習をおこなう。これを見にいく途中だ。

憩ストアの軽自動車はすべて出払っていたため、今日は列車だ。

窓の外には田んぼが広がり、青々とした稲が風に揺らいでいる。茜は昔、この風景が嫌いでたまらなかった。早く東京へいきたいと願ったものである。

正直言えば、いまもとりわけ好きではない。結局ここがあたしの居場所かとあきらめに近い気持ちになり、ときどき東京を恋しく思うこともある。

元亭主さえいなければ戻ってもいいんだけど。

そんな母親とちがって、息子の健人は、こちらでの暮らしを満喫していた。夏休みに入ってからはなおさらである。とても楽しそうだ。東京に帰りたい？　と訊ねたことがある。途端に泣き顔になり、いやだいやだ、とぐずられてしまった。

健人、いまごろなにしてるだろ。また学校のプールかな。

ケータイに届く写真の息子は、日ごとに黒くなっていた。

明日には会えるとわかっていても、いますぐ会いたいと思ってしまう。歴代のどのカレシにも、これほど愛しい気持ちになったことはない。

「藤本くんはアレ、買ったのかね」

芹沢に訊かれ、茜は「アレってなんです？」と訊き返し、窓の外から彼へ視線を移す。いつの間にか新聞が畳んであった。

「特撮ヒーローのイベントは夏休み最後の日曜だったな。告知は？」

「今朝、事務局からあちこちへメールしておきました」

「野球教室の公募のチラシは？」

「入稿済みです。十万枚でいいんですよね？」

けっこうな数字だが、２４００のイベントのある日に配布するだけではなく、ホームゲームに利用している各球場や、県内の主だった施設にも置いてもらう予定だ。

「ヒーローがくる日も、その場で野球教室に応募できるよう、準備しておきます」

「よろしく頼む。きみもどうだ？」

「なにがです？」

「息子さんとふたりで、野球教室に入ってみたら？」冗談にもほどがある。しかし芹沢は真顔だった。「きみ、荻野目にキャッチボールを教わってるそうじゃないか」

「それはまあ」あの朝を含めて三回だけだ。ぜんぶあわせて一時間にも満たない。

「なかなかセンスがいいと、荻野目が褒めていたぞ」

「は、はあ」

「やっぱり、あれか。ワニの中に入って、試合を見ているうちに、やってみたくなったんだろう」

言われてみれば、そんな気もしなくもない。

「楽しいぞ、野球は」芹沢はうれしそうに言う。「どうしてこれほど楽しいことを、みんなやりたがらないのか、私には不思議でならないよ。この世のひとすべてが野球をすればいい。そうすれば世界は平和になるだろうに」

これまた冗談ではないようだ。

「うまくなればさらに楽しくなる。だから、な？　ぜひ教室に入りたまえ。もちろん息子さんともども、金をとるつもりはない」

「か、考えておきます」

スポーツジムの代わりに野球教室か。はたしてダイエットになるかどうか。

「おお。それとな」

まだなにかあるのか。

「きみはファンレターを書いたことがあるか」芹沢の突飛な質問には慣れっこだ。それにしても突飛すぎる。「アイドルやスポーツ選手、だれ宛でもいいのだが」

「いえ、そういうのは一度も」

「そうか」芹沢は腕組みをして首をかしげた。「ならば文面は私が考えて、きみに書いてもらおうか」

なに言ってるんだ、このひと。

「それはあの、ファンレターをですか？」

「ああ」こともなげに頷かれてしまった。

「いったい、だれ宛です？」

「薄井監督だ」

いよいよもってどうかしている。

「ホームゲームでも、あのひとだけ、観客席から名前を呼ばれないだろ。きみですら呼ばれるのに」

この場合のきみとは、アリーちゃんのことだろう。

「だって、薄井さん、監督ですし」

「それはそうだ。でも本人は気にしている。というか、半分拗《す》ねている」

茜もそれを感じなくはなかった。アリーちゃん、こっちむいてぇ、などと観客席から声がしたときなど、きみでさえ呼ばれるのに、とぼやくことがままあった。うらやましそうにというより、恨めしそうに見られたこともある。

「ファンレターの一通でもくれば、機嫌がよくなるはずだ」

「そういうもんですかね」

「そういうもんだ」芹沢は断言した。「さっきも言ったように文面は私が考えよう。これでも昔は腐るほどファンレターをもらっていたからね」

おやまあ、自慢げだこと。

「メールで送られてきたってことで、プリントアウトしたのを渡せばいいんじゃないですか」

　実際、笹塚や荻野目、その他の選手達に、ファンから励ましのメールが送られてくるときがある。そのときにはそうしていた。

「駄目だ」芹沢はえらく力強く言う。「手書きのほうが効果抜群だ」と言ってから腕時計に目を落とした。「まだ二十分もあるな。よし。藤本くん。紙とペンをだせ。いまから私が言うのをメモるんだ。あとで清書すればいい」

　芹沢には逆らえない。やむなく茜はバッグから手帳をだす。

「いいかね。拝啓、薄井様。暑さ厳しき折、あなた様のご活躍、いつもスタンドから拝見しております」

「ちょ、ちょっと待ってください」

「どうした？」

「このファンレターって、何歳くらいのひとの設定なんです？」

「女子高生だ」

「いまどきの女子高生が、拝啓とか、暑さ厳しき折とか、書かないと思うんですが」

「肩まで伸びた長い髪に日傘をさして、白いワンピースを着ている。病弱なために本人は運動が苦手だがスポーツマンに憧れる、趣味は読書と押し花づくり、滅多に外出をせず、日がな一日、お屋敷の中で暮らす、無垢《むく》で清楚《せいそ》で慎《つつ》ましやかな美少女だ。そんじょそこらのアバズレといっしょにするな」

　いないよ、そんなヤツ。っていうか、もしかしてそれって、芹沢さんの好み？

「わかりましたよ。あなた様のご活躍、いつもスタンドから拝見しております」滅多に外出しないいんじゃねえのと思いつつ、茜は手帳に書いていく。「それからなんです？」


「なんですか、これ？」

　イチゴが気味悪そうに言う。その手には茜の手帳がある。開いたページに綴《つづ》られているのは、つい一時間前にメモした薄井宛のファンレターの文面だ。あまりの面白さにイチゴに読ませたのである。はじめは笑っていたが、最後まで読みきったいま、すっかり引いていた。

「それがさ」茜は芹沢の設定した差出人も含め、すべてを話した。

「これ、芹沢さんが？　瞼の裏に薄井の小父様《おじさま》の姿が焼きついてしまい、なかなか寝つけませんとか、胸の高鳴りを家族の者に聞かれてしまったらどうしようと心配の毎日ですとか、歳の差はわたしの愛で埋めることができるでしょうかとか、そういうのもぜんぶ、芹沢さんの口からでてきたんですか」

「そうよ」

「羽がありさえすれば、小父様の元へ飛んでいきたい、も？」

んですね」

「なんていうか、その、芹沢さんって」イチゴは手帳を閉じ、茜に戻した。「奥が深い

「そうだってば」

「そうだね」としか茜は言いようがなかった。

ふたりはメェメェ球場にいた。バックネット裏に並んで座っている。バイクを飛ばしてきたイチゴが先に到着し、席を確保しておいてくれたのだ。

内野席はほぼ満席だった。アリゲーターズの試合よりも観客の数が多い。もちろん、みんなホンモノ王子を一目見ようと訪れたひと達だ。オバサンだらけだが、夏休みのせいか子供も多い。ざわついてはいても騒がしくはない。ほとんどのひとがグラウンドにいるホンモノ王子の一挙手一投足を見守っていた。

報道陣も尋常な数ではなかった。大砲かと見紛うばかりのレンズをつけたカメラを手にするひとが山ほどいる。テレビ局のクルーも多い。マイクを持った女の子が数人、グラウンドの端をうろついている。

「なに、あの子」

前の席に座るオバサンが吐き捨てるように言う。彼女はオペラグラスをのぞいていた。

「なに、どうしたの」とその隣のオバサンが訊く。

「あそこにほら、何チャンネルだか忘れちゃったけど、スポーツニュースにでている女

子アナがいるじゃないの。あの子、あんなミニスカート穿いて」

　肉眼でもその女子アナを確認することができた。なるほど、すごいミニだ。太腿が半分以上も見えている。

「あれであたしたちのホンモノ王子の気を引こうって魂胆よ」

「いやだわ。浅ましいわね」

　オバサンふたりは顔を見合わせ、反吐を吐く真似をした。

　当のホンモノ王子は両手を頭の上で組み、大きく伸びをしている。練習前の準備体操らしい。彼は他の選手とからだつきがちがった。細くしなやかだ。そして気品がある。さすが王子様。敵チームの選手ではなく、女性ファッション誌にヌードグラビアを載せたりしなければ、ファンになってあげてもいいくらいである。オバサンたちが熱中するのもわからないでもない。

　いかん、いかん。それでは自らオバサンだって認めることになるじゃないの。

「どうしました？」

　思わず左右に首を振っていた茜を、イチゴが訝しそうに見る。彼の手にはデジタルビデオカメラがあった。掌にぴったりのミニサイズだ。

　試合をするからには勝つための手段を考えよう。作戦をたてるには時間が足りないが、全然知らないよりマシだ。

芹沢はそう言い、イチゴにホンモノ王子の撮影を依頼した。マスコミなどひとりもいないはずの県営スタジアムのグラウンドで練習中の監督をはじめ選手達とは、四時に事務局で落ちあい、撮った映像を見ながら交流戦の策を練る予定だ。

「芹沢さん、どうしちゃったんでしょうね」

カメラを三脚にスタンバイしながら、イチゴが言う。

今日は選手時代の私を追いかけまわしていた記者やレポーターも、大勢きている。きっと私に気づいて、コメントをとりにくるだろう。アリゲーターズについて取材させてくれと言われるかもしれん。

列車を降りてから、芹沢はそう言っていた。ところが球場の中をくまなく歩き回っても、だれからも声をかけられはしなかった。それどころか内野席をうろついていたら、「そこの桃色のひと。どいてくださらない？　ホンモノ王子が見えないわ」とオバチャンに叱られる始末だ。茜は居たたまれない気持ちになった。やがて彼は、地元のテレビ局や新聞社などにケータイで電話をかけだした。

「実物のホンモノ王子をこの目でたしかめておこうと思いまして。おたくはいま、どちらに？　やはりメェメェ球場に？　だったらどうです？　会ってお話ししましょうか？　私のほうはいつでもかまいませんよ。はい」

それでどうにか一件だけ、地元のフリーペーパーが取材をしてくれることになった。

茜にはイチゴのところへいくように言い、芹沢は取材を受けるため、正門入り口へむかった。

観客の歓声が沸いた。双眼鏡をグラウンドへむけた。ホンモノ王子がマウンドにいる。投球練習をはじめるようだ。二、三球、肩ならしとばかり、軽く投げてみせる。

「やっぱり王子くんは、投げてるときがいちばんねぇ」

「ほぉんと素敵」

まわりのオバサン達が口々に賞讃《しょうさん》する。みんな、目がハートマークになっているようだ。

そこへ芹沢がやってきた。茜の隣にどすんと腰を下ろす。不機嫌そうだ。ふてくされているといったほうが、より正しい。

「どうでした、取材は？」

「どうもこうもない。むこうが場所を指定したくせに、十分も遅刻してきた。なのに取材は五分。しかもその質問ときたら、ホンモノ王子にご馳走するなら、どこの店がいいでしょうか、だと。私の写真も撮りゃしなかった」

ふてくされている原因はそれか。茜は芹沢が気の毒になった。しかし慰めの言葉をかけるわけにもいかない。

ホンモノ王子は左足を高くあげた。右足一本で立つ姿は、バレエの一場面のように優雅だ。バックに『白鳥の湖』でも流れてきそうだ。右腕がしなやかに振られる。つぎの瞬間、球は捕手のミットに収まっていた。

ちがう。全然ちがう。

自分自身、キャッチボールも満足にできないが、三月なかばから昨日まで、茜はアリーちゃんの口からアリゲーターズのみならず、ＣＣＣの投手を数多く見てきた。そんな彼らとホンモノ王子はまるでちがっていた。

たしかに完全試合を果たした荻野目は素晴らしかった。だがいまのホンモノ王子に比べれば確実に劣る。段違いだ。大人と子供ほどにちがう。

ホンモノ王子は本物の王子ではない。しかし本物の投手だ。

あんなひとが二軍落ちしちゃってるなんて。それだけプロが凄いってわけ？

ヒュゥウウウ。

カメラを構えたまま、イチゴが口笛ともため息ともつかぬ音をだした。そんな彼に

「ちゃんと撮れたかい？」と芹沢が訊ねる。

「ええ、ばっちりです。でもやっぱ、すごい球だなぁ。去年の夏、甲子園で投げてたときよりも、格段に成長してますしね。あれでどうして失点を繰り返すような不調だったんでしょう？」

「監督がイジワルなのよぉ」

前のオバサンが振り向き、訴えかけるように言った。

「ほんとですかぁ？」

こういうときのイチゴはそつがない。見知らぬオバサンにも、にこやかに応対ができる。

「ほんとよぉ。メンバーのイジメにもあったそうよ」もうひとりのオバサンが付け加える。「嫉妬よ、嫉妬。男の嫉妬のほうが、女のよりも怖いって言うじゃない」

女子アナのミニスカートに文句言ってたくせして。

男も女も嫉妬は怖いということだ。茜もつい最近、男の嫉妬を目の当たりにしたばかりである。

昨日までの三日間の試合、アリゲーターズのベンチには、ホンモノ王子のヌードグラビアが貼ってあった。例の女性ファッション誌の切り抜きだ。どこからか手に入れたようだ。それを笹塚が貼り、ダーツの矢を投げつけていた。試合がはじまる前どころか最中でもだった。ときどき他の選手にもやらせた。ぼくにもやらせて、と薄井監督は自ら進んでやっていた。

このホンモノ王子ダーツは、遠征先の旅館でもおこなわれた。ワニもやれよ、と笹塚にそそのかされ、茜もやった。放った矢はホンモノ王子の尻に見事、命中した。浴衣姿の選手達は大喜びだった。

ホンモノ王子は二球目を投げた。これがまた凄い。ミットに入る音があたりに響き渡る。

ぜったい無理だよ。こんな球、アリゲーターズのだれも打てやしないって。

「うぅぅうん」薄井がうなった。彼はソファに浅く腰かけ、テレビの画面に見入っている。そこにはホンモノ王子がいた。捕手からの返球を受け取っている。「聞きしに勝るとは、まさにこのことだね」

テレビに釘付けなのは薄井ひとりではない。アリゲーターズの選手達もだ。職員のオジサントリオまでいっしょになって見ていた。彼らに囲まれ、イチゴがビデオカメラを操作していた。テレビにコードをつなげ、撮影したてのホンモノ王子を再生しているのだ。

監督や選手は時間どおり、四時に集合していた。芹沢と茜が事務局に戻ってきたのは、それより二十分遅れてだった。イチゴのバイクはずっと早く到着していた。

テレビの中のホンモノ王子は、さらに投球をつづける。一球ごとに事務局の空気が重くるしくなっていく。選手はみな、自分との違いを思い知らされているにちがいない。それもやむを得ないな、と茜は彼らに同情した。オジサントリオなど、その空気に耐えきれなかったのか、いつの間にか姿をくらましていた。

「おい、おまえら。なに、通夜の席みてぇに暗い顔、してやがんだよっ」

薄井の隣にいた笹塚が、立ち上がるや否や、活を入れるかのごとく声を張りあげた。だれもがビクンとからだを震わせる。茜もだ。芹沢は自分の席で腕組みをしたまま、その様子を窺っている。

「ビデオ見ただけでなに圧倒されちまってるんだ。あん？　いいか。この球を打ってやろうって気概がおまえたちにはねぇのか。まさか、こりゃ駄目だってあきらめちゃねぇだろな。どうなんだ、翔太っ」

翔太は片柳の弟のほうだ。

「そんなことはありません。ただ」

「ただ、なんだ？」

「どうしたら打てるか、想像がつかなくて」

「そりゃ、おまえ」笹塚は言葉がつづかなかった。彼も想像がつかないらしい。「打てると思えば打てるさ」

そこ、テンション下げちゃ、駄目なんじゃないの？

「あ、あの」荻野目がおそるおそる手を挙げたときだ。

「マジ、ここ？」

「まちがいないよ。書いてあんじゃゃん、アリゲーターズって」

廊下から聞こえてきた若い女の子の声に、選手一同が耳をそばだてた。

「ほんとだ。おじいちゃん、おばあちゃん、やっぱりここでしたぁ」

「はいよ、すまんね」

「ありがとよ」

コンコン。ノックの音がする。

「どなたかいらっしゃいませんかぁ」

「は、はぁい」

茜が駆け寄り、ドアを開ける。弾けんばかりの若い女の子ふたりが並んで立っていた。見覚えのある顔だ。

「なに、どうしてこんなにたくさん？」

ひとりの子が中の様子を見て驚いている。大の男達が二十数人も狭い部屋にたむろっているのだ、当然の反応かもしれない。

「もしかしてあたしたち、お邪魔でした？」

もうひとりの子が言う。

「だいじょうぶですよ。ただ、できましたら手短に」

「この方達が片柳ブラザーズに会いにきたそうなんですよ。いつもだったら店で働いてるか、空き地で三角ベースしてるじゃないですか。で、今日はどこにいるか訊いてるとこに、あたしら通りかかって」

「じつはあたしらも三角ベース、見にきてたんです」

「店員さんが言うには球団の事務局じゃないかって」

「でもおじいちゃんとおばあちゃんは、どこなのかわからなくて」

「あたしらがここまでお連れしました」

よくまわる舌だ。しかもずいずいと前にでてしゃべるので、茜は後ずさりしてしまった。

「そ、そうなの。どうもありがとう」

「すまなかったねぇ。すっかり厄介になっちゃって」

詫びながら、おじいちゃんとおばあちゃんが前にでてくる。

「たいしたことありません。あたしら、当たり前のことをしたまでですもの」

「おふたりはね、片柳ブラザーズにお礼を言いにきたんですって」

「藤本くん。みなさんに中へ入ってもらって」

背中から芹沢に言われ、茜は四人を事務局に招き入れた。

「笹塚選手もいるぅぅ」

「ほんとだぁ。おひさしぶりですぅ。あたしたちのこと、おぼえていらっしゃいますぅ？」

「おぼえてるさ」笹塚は女の子のひとりを指差した。「おれはきみの愛のためにホームラン打ったんだ。忘れるはずがないだろ」

「そうですぅ」

そこで茜はふたりをどこで見たか、思いだした。玉葱を握りつぶした笹塚に、サインをねだった子達ではないか。女子高生のはずだが、今日は制服姿ではないうえに、化粧までしていたので、なかなか思いだせなかったのだ。選手達に活を入れ、厳しい表情だった笹塚は、すっかり脂下がっている。

再会に盛り上がる笹塚と女子高生たちとはべつに、片柳兄弟は年老いた男女とお辞儀をしあっていた。

「片柳さんおふたりにはお世話になりっぱなしで」とおじいちゃん。

「野球の試合、見にいくこともできなくて、申し訳なく思うとったんですよぉ」とおばあちゃん。

「そんな、いいんですよ。気になさらないでください」と片柳兄。

「いつでも気兼ねなく呼んでください。ぼくらにできることであれば、なんでもお手伝いしますから」と片柳弟。

「笹塚選手っ。このおじいちゃんとおばあちゃんはね、笹塚選手が握りつぶしていた玉葱をつくったご夫婦なの」

女子高生に言われ、笹塚は「握りつぶす前に食べたさ」と気まずそうだった。「あの玉葱はうまかった。甘みがあって、生でもじゅうぶんいけた」

あの玉葱は片柳兄弟が収穫したもののはずである。

「手伝っていただいたのは、玉葱だけじゃないんですよ。なあ、ばあさん」

「そうそう。茄子《なす》やトマトも穫るのを手伝ってもらって。こないだなんか、こわれたビニールハウス、なおしていただいちゃったわ」

玉葱の収穫は茜が頼んだことだ。しかし茄子やトマト、ビニールハウスの件は頼んだおぼえはない。たぶん片柳兄弟が自主的にしているのだろう。

「片柳さん達だけじゃなくて」おばあちゃんが選手達の名をつぎつぎと十人以上、挙げていく。その中には荻野目も含まれていた。「みなさんに手伝ってもらって、ほんと助かってるわ。ありがとうねぇ」

「あ、いや」「とんでもない」「ど、どうも」

きっと片柳兄弟に誘われていったにちがいない。笹塚を気にしながら、名を呼ばれた選手達は照れくさそうに答える。

いいヤツじゃんか、きみたち。

「今朝、新聞で読みましたらば、みなさんが明日はなんですか、なかなかの強敵と戦うことを知りまして」

「それってホンモノ王子でしょ、おじいちゃん」女子高生が口を挟んできた。「あたし、あいつ、大っきらい」

「あたしもぉ。ナルシストでキモいよね」

「ヌードとかなってサイアク」

「ほんとは王子じゃないくせして、ホンモノ王子とかいっちゃってさ」

「ニセモノ王子だっつうの」

女子高生ふたりのやりとりに、選手達はニヤニヤしていた。最後の「ニセモノ王子」にはみんなが声をあげて笑った。茜もである。

「わしらにできることはなにかないかと考えたところ、やはりここは精がでるものを召し上がっていただくのがよかろうと、近所の養鶏場にかけあいまして」おじいちゃんは背中のリュックサックをその場に下ろすと、中から茶色い紙パックを三つとりだした。

「そういうことであればと、卵をもらって参りました。ひとり一個はあるはずです。どうぞ、お受け取りください」

「明日も畑の面倒があるもんですから、試合にはいけんですよ。ほんと、申し訳ございません。でもみなさんの勝利をだれよりも願っております。ぜひ、がんばってくださいね」

「あたしたちはいきますから。ゴォゴォォ、アリゲーターズッ。はい、おじいちゃんもおばあちゃんもやりましょ。ゴォゴォ、アリゲーターズッ」

女子高生に言われるがまま、老夫婦は拳をふりあげた。

「ゴォォォゴォォ、アリゲーターズッ」

「ゴォォォゴォォ、アリゲーターズッ」


「うめえな、この卵」

口元を袖で拭いながら、笹塚が言った。女子高生と老夫婦が去ったあと、彼は差し入れの卵を片手で割り、顔を上にあげ、一息に口の中へ注ぎこんだ。

「おめえらもどうだ。マジうめえぞ」

笹塚にすすめられるがまま、選手達は卵を手にしたが、どう食べていいのか戸惑い気味だ。

「だれもおまえみたいに器用には食えんよ」

芹沢が苦笑いを浮かべて言う。

「だったらコップつかえばいいじゃねえか。ワニ、ここにコップねえのか」

来客用の茶碗ならある。といっても五、六個だ。とりあえずそれをだし、みんなでまわしてつかうことにした。茜もご相伴にあずかった。なるほど、おいしかった。市販のモノより味が濃く、力が湧きでてくるような気もした。

「荻野目っ。おまえ、さっきなにか言いかけたな」

　笹塚が訊ねた。

「そのぉ、この球ですけどね」イチゴが再生したので、テレビではふたたびホンモノ王子が投球をはじめている。「これ、まだ本気じゃないと思うんです」

　これがまだ本気じゃない？　だったらいったいどんな球を投げるというんだ？

「明日にはもっと凄い球を投げてくるというのか？」

　笹塚が言う。他の選手達は不安そうな目つきで、荻野目を見ていた。

「その逆だと思います」

「逆？」

「この試合で本気をだすのは無駄、半分の力もださなくても勝てると踏むと、彼、手を抜くんですよ。ここらで一発、打たせてやるかって、わざと甘い球を投げてきたりするんです。彼の出身校は彼以外に頼れる投手がいないせいで、ほぼ毎試合マウンドに立たなくちゃならなかったものですから、そうせざるを得ない面もあったんでしょうけど」

「なんでおまえ、そんなこと知って」いるんだよ、と笹塚はつづけるつもりだったのだろう。しかし途中ではたと気づいたらしい。「そっか。忘れてたよ。おまえたち、同い年で、去年の今頃はどっちも甲子園に出場していたんだもんな」

　ああ、そういえば、と他の選手達もそこで納得顔になった。

「ぼくは一回戦敗退の泣き虫野郎、彼は優勝投手という差はありますけどね」荻野目は照れくさそうに笑う。「対戦するはずはないと思ってましたが、彼のことはずっとチェックしてました。じつはいまもそうでして」

「おまえにとっちゃ、ホンモノ王子はライバルってわけだ」

笹塚が冷やかすように言う。

「むこうはぼくのことなんて、なんとも思っちゃいないでしょうが」

「つまりはだ、荻野目くん」薄井が口を開いた。「ホンモノ王子は完全に我々を舐め切っている。だからきっと、手を抜くにちがいない。そういうことかね？」

「そうです、そういうことです。ぼくが思うに一、二回くらいまでは、そこそこ本気で投げてはくるでしょう。でも三回以降はぜったい手を抜きます」

「打ってくださいとばかり、甘い球を放ってくる」

「はい」

薄井は相好《そうごう》を崩し、くくくと忍び笑いをしだした。

「それでいこうよ。敵から送られた塩は有効に使うべきだ。そして驕《おご》り昂《たかぶ》った鼻を明かしてやろうじゃないの」

聞きようによっては、ひどく自虐的で卑屈ともとれる台詞だ。だが薄井の口ぶりは、図太くたくましかった。表情もである。選手達から笑いが漏れる。それに薄井は気をよくしたようだ。さらにこうつづけた。

「なんだったら天狗《てんぐ》のようなあの鼻をへし折ってやってもいい。塩なんて送らなきゃよかったと後悔させよう。たとえ相手がウサギでも必死に戦わなければ、ライオンがどんな目にあうか教えてあげるんだ」

9

メェメェ球場のゲート前は大賑わいだ。グッズ売り場をはじめ、鯛焼《たいや》きやたこ焼き、お好み焼きに焼きそば、綿菓子、焼きトウモロコシ、金魚つりや射的までさまざまな屋台が軒を連ねていた。まるでお祭りだ。今日はいつも以上に人出が多いので、さらにそう思える。

きれいに着飾った厚化粧のオバサマ連中がとくに目立つ。何人かで輪になり、ホンモノ王子の話題で盛り上がっていたりする。もちろんアリゲーターズファンだっている。主に女子中高生だ。彼女達は笹塚の顔写真が刷られたウチワを持っていた。

パスッ、パスッ、パスッ。

間の抜けた足音を立てながら、アリーちゃんに扮した茜は、そんな中をうろついていた。

健人はもうきているかしら。

茜の頰は自然に緩んだ。健人に会うのは一週間ぶりである。そのあいだに電話で話もしていたし、母から写メを日に十枚以上、送ってもらってもいた。でもやはり実物の息子に触れられないのは寂しい。

「パパ、たこ焼き買って、たこ焼き」

「わかった、わかった。おい、待て。ありゃなんだ？」

若いお父さんがアリーちゃんを指差す。男の子は健人と同い年くらいだった。

「なんであの恐竜、リボンしてるんだ？」

「なに言ってるんだよ。あれは恐竜じゃないよ」

「じゃなんだ。トカゲか」

「ワニだよ。やんなっちゃうな。あれはアリゲーターズのマスコットのアリーちゃんさ」

「よく知ってるな」

「夏休み前にアリーちゃん、ぼくの小学校にきたんだよ。お風呂でお話ししてあげたじゃんか。忘れたの？」

「あ、ああ。忘れたわけじゃない。思いだせなかっただけだ。アリーちゃんに握手してもらえ。写真、撮ってやる」

親子は茜のところまで近づいてきた。右手を差し伸べ、子供と握手をする。どこの小学校の子だろう。夏休み前には立てつづけに学校や幼稚園を訪問している。一日に二、三カ所、ハシゴした日もあった。

茜はしゃがんで、男の子の肩に右手をかける。健人よりも少し背が高いように思う。

「お尻の怪我、まだ治らないの？」

男の子が心配げな顔つきで訊ねてくる。アリーちゃんのお尻にはまだ×の絆創膏が貼ってあるのだ。もうだいじょうぶよと示すために、首を横に振り、ガッツポーズを取ってみせる。

「はい、こっちむいてぇ」パパがケータイを構えた。

とても仲がいい。微笑ましいと思っているうちに、針にでも刺されたような痛みが胸に走った。

健人はあの男の子のように、父親と野球を見ることもできなければ、小突きあったり、じゃれあったりもできないんだ。ほんの一年前まではできていた。でもいまはもうできない。これからさきもずっと。

莫迦な亭主と別れて、後悔はしていない。それどころか清々している。健人はお母さんといたいと茜を選んだ。

お母さんを泣かせたお父さんなんかきらいさ。

だけどうなのだろう。健人は父親がいないことを寂しいと感じてはいないのかしら。

「あ、いたいた」

イチゴが近づいてきた。チアガールのユニフォームに身を包んでいる。そばまでくると、アリーちゃんの頬にキスをするかのごとく顔を近づけ、「会議室にお母様がいらしてますよ」と言った。

アリーちゃんの頭を左腕に抱え、ドアを開くと、母が笑っていた。品のいい女性とソファに並んで談笑していたのだ。そのうしろには背広姿の男性達がたむろっている。

母さんが話してるの、だれだったっけ。見覚えあるんだけど。

「もちろん、地元球団の応援をする気持ちはありますわ。今日だって、そのつもりではいます。でもやっぱり、ホンモノ王子くんの魅力には抗《あらが》えないんですよねぇ。町長さんもそうお思いになるでしょう？」

「え、ええ。まあ」

彼女が、この町の町長さんだと茜は気づいた。芹沢とふたりで、役所へ挨拶にいったことがある。となると男性達は役場の職員だろう。

今日は一般参加の始球式は予定してなかった。すると三日前、町長直々にやらせてもらいたいと事務局に電話があったのだ。どうやらホンモノ王子に会うのが目的と思われる。

母が町長と知りあいのはずがない。はじめて会ったひとでも、五分後には十年来の親友のように接することができるのは、母の特技なのだ。母以外は全員、茜に気づいている。

「あたしもね、最初は全然だったんですよ。だってねぇ、二十歳にもならない子に、この歳になって興味もってもねぇ。でもテレビ見てたら、王子くんがでてきてね。それでもう、ヒ・ト・メ・ボ・レ」

「母さん」

「やだ、あなた。ほんとにその格好してるんだ。びっくり」

母は吹きだし、口元を手で押さえた。今年六十歳になる彼女は、絣《かすり》の着物を着ていた。化粧も濃い。野球観戦よりも父母参観にふさわしいいでたちだ。

「ウチの娘ですの。アリゲーターズの職員でしてね」

茜は町長に会釈をしてから、母に「こっち、きて」と手招きする。

「じゃあ、町長さん。失礼しますわ」

「健人は?」廊下にでて、茜はすぐに訊ねた。「トイレ?」

「あの子はこないわ」母はあっけらかんと言う。

「こないって、熱でもだしたの?」

「だったらあたしはここにいないわよ。熱だした孫を放っておくはずないでしょ」

「じゃ、なんでこないの。昨日の電話じゃ、ぜったいいくって言ってたわ」

「でがけにヨシオくんがきてねぇ。学校のプールに誘われて、いっちゃったのよ」

母は呑気な口ぶりだ。昔からこうだった。父や娘が怒りを露《あらわ》にするとこうなる。

「あたしも引き止めはしたわ。だってそうでしょ？　学校のプールはいつでもいけるけど、本物のホンモノ王子を見られる機会は今日を逃したら、そうはないんだし」

「ホンモノ王子なんて、どうだっていいわよ」

声を荒らげてしまいそうになるのを、茜はぐっと抑えた。母ときたら平気の平左だ。眉間にわずかに皺を寄せるだけである。

「知らないわ。あの子も散々迷っていたけど、最後は自分でプールって決めたの」

「もともとヨシオくんに野球にいけばって言われたのよ、あの子。それがどうして」

「ルールがよくわからない野球の試合を見るよりも、学校の友達と遊んだほうが面白いに決まってるわ。健人の気持ちになればわかるでしょう？」

「あたしはいつも健人の気持ちを考えているわ」

「だったらどうして離婚したのよ」

ずるいよ、母さん。それ、だされちゃったら、あたしがなんにも言えなくなんの、わかってるくせに。

「そりゃ旦那さんの浮気が原因なのは知ってるわよ。あなたに散々聞かされましたからね。でもそんなの、あなたが少し我慢すればいいだけだったんじゃないの？　まぁ、あなたはお父さんに似て、怒りっぽい質《たち》だから無理だったんでしょうけどね。でも離婚までしなくてもよかったと思うわよ。ほとぼりが冷めたら東京に帰るっていう手もあったんじゃなくて？　そしたらあなただってそんなおかしな格好しないで、健人と同じ屋根の下、毎日、いっしょに暮らせていたはずでしょう？」

茜は堪えた。言い返してやりたいのは山々だ。でもそれをしたら、自分が泣きだしてしまうのがわかっていた。母の顔を見ることもできず、うなだれた。

「健人とは今日は会えなくたって、あなたが時間つくって、ウチにくればいつだって会えるわ。そう残念がることでもないわよ。じゃ、仕事がんばって。あたしはホンモノ王子を堪能させていただくわ」

下を見るのは財布を落としたときだけにしろ。

２４００の台詞を思いだす。

「茜さん」

イチゴの声に、茜は顔をあげた。母が去ってから、アリーちゃんの頭を抱えたまま、その場に立ち尽くしてしまっていたのだ。

「あ、うん。なに？」

「町長をマウンドにお連れする時間なんですが」

「あ、ああ。うん」

「どうなさったんですか、ぼんやりしちゃって」

「べつになんにも」茜は早口で答える。

「茜さんって、お母様にそっくりなんですね」

　茜は顔をあげ、イチゴを睨みつけてやった。いちばん言われたくないことだったからだ。しかもいまのタイミングは最悪だ。イチゴは自分の失態に気づいたらしい。

「今日はあの、健人くんもきているんですよね。試合おわったら、会わせてくださいよ」

「友達と学校のプールいっちゃったんで、今日はこないの」

「え？　そうなんですか」さらに墓穴を掘ったことに、イチゴは動揺を隠しきれなくなっていた。「そ、それは、え、残念ですね」

「残念でもなんでもないわ」

　茜は無理矢理、笑ってみせる。いまは仕事だ。町長をマウンドへ連れていかなくちゃ。

「母親と友達を天秤にかけて、友達をとったってだけ。それを悔しがるのは親のエゴよ。むしろ成長したってよろこばなきゃ。東京にいた頃なんてね。昼間でもひとりでトイレに入るのが怖くって、ママ、ドアの前で待っていてね、なんて甘えていた子だったのよ。

ほんとにもう」

やだ、あたし。涙声になってる。

茜はアリーちゃんの頭を被った。

「いこっか、イチゴちゃん」

これで涙を流してもばれやしない。


白球が大空高く舞いあがっていく。それを見ながら、アリーちゃんの中にいる茜は悲鳴をあげた。ファールになれ、ファールになれ、ファールファールファールファールと必死に願う。

しかし生憎と願いはかなわなかった。

「あっちゃぁああ」ベンチで薄井監督が悲痛な声をあげる。「打たれちゃったかぁ」

球は外野席に落ちていった。いつものアリゲーターズの試合であれば、人っ子ひとりいないが、今日はちがった。落ちてきたホームランボールに人々が群がる。

マウンドでは荻野目が呆然としていた。ベンチの選手達も同様だった。茜は振っていた手を下げ、「あぁぁぁあっ」とアリーちゃんの中でうめいてしまう。できれば膝を落として、からだを丸め、地面をばんばん叩きたい。それくらい悔しかった。

打ったのはホンモノ王子だ。四回表、二死走者一、二塁で、見事に本塁打を放ってしまった。スタンドのオバサマ連中は「ホンモノちゃぁん」「王子様ぁ」「こっちぃむいてぇ」「素敵ぃぃ」と大はしゃぎだった。これまでの試合の流れは、彼女達のためにあると言えるだろう。ホンモノ王子のワンマンショーなのだ。先発の彼は三回までアリゲーターズのだれをも塁にだしていなかった。投げてよし、打ってよし。つまりは絶好調。

ホンモノ王子が塁をまわっていく。じつに軽やかな走りだった。優雅でなおかつ華麗だ。彼が走ったあとには、バラでも咲き乱れそうだった。オバサマ連中の声に応え、手を振る。それでまた観客席は大盛り上がりときた。

この観客の中に自分の母親がいるかと思うと情けないよ。

ダイヤモンドをまわってきたホンモノ王子は、ぴょんと飛び跳ね、ホームベースを両足で踏んだ。そして彼はベンチに戻るまでのあいだ、観客席に投げキッスを送りつづけた。それにまたオバサマ連中が反応する。観客席からはピンク色の湯気が立ちのぼりそうだった。

気色《きしょく》悪っ。うんざりだ。

守備から戻ってきた選手達はみな、虚《うつ》ろな目をしていた。映画にでてくるゾンビだってもう少し活き活きしているというものだ。

中でも荻野目の落ち込み具合といったらなかった。泣いていないだけマシといったところである。完全試合を果たしたときのように、今日も彼はマウンドで変身ポーズをとった。一、二回までは抑えることができた。ところが三回表、相手チームの四番打者に左中間ヒットを打たれてから、怪しくなってきた。たてつづけにヒットを許してしまい、一点をとられた。そして四回表でこのざまだ。

「ったくよぉ」

怒りに任せ、笹塚が壁を蹴った。恋の大明神もまたホンモノ王子に二回裏、三振をとられてしまった。自らの不甲斐なさに苛立《いらだ》ちと怒りを感じているのだ。

ベンチの壁には今日もホンモノ王子のグラビアが貼ってあった。すっかり穴だらけだ。しかしダーツをする選手はいなかった。それどころではないのだ。

笹塚はそれを引きはがし、くちゃくちゃに丸め、投げ捨ててもまだ飽き足らなかったのか、「このヤロ、このヤロ」と何度も踏みつけた。

気持ちはわかる。でもそんなことしたってどうしようもないよ、笹塚さん。

マウンドの上にはホンモノ王子がいた。降臨したと言ってもいい。ありがたやありがたやとオバサマ連中が手をあわせて拝みだしても不思議ではないくらいだ。

打席にむかうアリゲーターズの選手の足取りは重かった。刑の執行当日の死刑囚さながらだ。

満員御礼の観客席は、八割、いや、九割方がホンモノ王子ファンである。アリゲーターズファンの声援があっても、オバサマ連中の黄色い声にかき消されてしまう。敵はホンモノ王子をはじめとした相手チームの九人だけではなく、このオバサマ連中もまたそうなのだ。

　ホンモノ王子が球を投げる。優雅で美しいフォームだ。打者はぴくりともせずに、球を見送る。

「ストラァイィイク」

「こぉの莫迦たれがぁっ。なんでいまの球、見送るんだい」ベンチの上で田辺ツネが憤っている。「バットを振りさえすりゃ打てるはずだろ。なにやってるんだい。この役立たずっ」

　オーナーの怒りもわからないではない。

　昨日、荻野目が言っていたとおり、二回まで得意のスライダーを連投していたホンモノ王子は、三回裏ではときどき緩めの甘い球を投げるようになった。いまこそアリゲーターズのチャンス、もらった塩を有効に使うべきなのだ。

「ストライィク、バッターアウトッ」球審が叫ぶ。

「しっかりおしよ。いまのだってど真ん中の直球だったじゃないかぁ」

　田辺ツネの声が怒りに震えている。

　つぎの打者は片柳弟だ。バットを固く握りしめ、打席にむかおうとする彼を薄井監督が呼び止めた。

「なんでしょう？」

「アリーちゃんのお尻を触っていきなさい」

「は？」

は？　茜はアリーちゃんの中で、片柳弟と声を揃えてしまった。

「きみが球をぶつけた×のしてあるほうを触りなさい」

「ど、どうしてです？」

どうしてよっ。

「彼女のお尻は必ずや、きみに幸運をもたらすはずだ」

「ほんとですか？」

嘘よっ。

「ほんとだ。そのお尻は必ずやきみに幸運をもたらすはずだ」澄ました顔で薄井が言う。尊き教えを伝授する高僧のようだ。「ぼくを信じなさい」

茜は薄井を睨みつけたが、アリーちゃんの中からでは伝わりようがない。

「失礼します」

片柳弟は薄井の言葉に従った。ただしとても遠慮がちだったので触れたかどうか、茜にはわからなかった。

「そんなんじゃ駄目だって」

ベンチからでてきた薄井は片柳弟のうしろに立ち、バットを握っていないほうの手の甲に、自分の掌をあわせた。すると「こうして」と言い、片柳弟の手をアリーちゃんの×印がついたお尻に押し当てた。「こうしなきゃ、運がつかない」

アリーちゃんの、もちろん茜のお尻が鷲掴みされた。

着ぐるみの中とはいえ、公衆の面前でこんな目にあうなんて。あんまりだ。健人が観客席にいなくてよかったと本気で思うよ。

「これでオッケー。ぜったい打てるからな」

ちっともオッケーじゃない。これで打てずに戻ってきたら、片柳弟にはパンチ食らわしてやる。もちろん薄井監督にも。

「走れ走れ走れ走れ」

田辺が叫ぶ。彼女だけではない。一塁側にかたまっているアリゲーターズのファン全員が声を振り絞り、叫んでいる。ベンチの選手達もだ。茜もアリーちゃんの腕を、ぐるぐる振り回す。

ダイヤモンドを走っているのは片柳弟だ。初球から食らいついた彼は右中間へ飛ばした。この球を敵の右翼手が捕り逃したのである。見事なトンネルだった。すぐに追いかけ、球を拾い、二塁へ投げたのとほぼ同時に、片柳弟は二塁を蹴り、三塁へまっしぐらだった。球は二塁手から三塁手へ。だがときすでに遅し。一足先に片柳弟は三塁に辿り着いていた。

「よっしゃぁぁあぁあ」

球場のごく一部が沸き返った。これまでオバサマ連中に、押されっ放しで目立たなかったアリゲーターズファンの皆様だ。

茜もアリーちゃんの中で大喜びだ。ぴょんぴょん飛び跳ねてしまう。

これはもう、ぜったいあたしのお尻のおかげだよ。

ついさきほどは屈辱とすら感じていたはずなのに、現金なものだと自分自身思うが、チームが勝ちさえすればなんでもいいのだ。

「失礼しますっ」

背後で声がした。かと思うとぽんとお尻を叩かれた。×印がついたほうだ。振りむくと片柳兄がいた。彼はヘルメットをとり、深々とお辞儀をすると、打席へむかっていった。

観客席ではオバサマ連中が金切り声をあげている。ホンモノ王子の応援はもちろんだが、片柳兄にむけての罵声も多い。

しかし片柳兄は冷静だった。足取りも重くない。打席に入る直前で幾度か素振りをしているその姿は、のびやかで柔らかだった。野球をするのが楽しくてたまらない、その気持ちを動きでしめしているようだ。

「あっ」荻野目が声をあげた。

「どうした？」と薄井。

「変わってます」

「あん？」

「ホンモノ王子ですよ。本気モードにチェンジしちゃってます」

「もうかい？　それってマズくない？」

　第一球が投げられた。

「ストラァイィイクッ」

　荻野目の言うとおりだった。片柳弟が打ったのとは、段違いの球であることは茜でもわかった。もしかしたら一、二回までよりも球に勢いがあるかも。

「こんな片田舎の球場で、独立リーグ相手にあんな球、投げないでよぉ」

　一挙に薄井は弱気になる。

「だいじょうぶだ、監督」笹塚が口を開いた。「あきらめるのはまだ早い。片柳の兄チャン、ビビっちゃいない。打つ気満々だ」

「打つ気はあっても実際、打てなきゃ」薄井が言いおわらないうちに、グラウンドに球音が響く。「へ？　打った？　打ったの？」

薄井が空を仰ぎ見る。茜もそれに倣《なら》う。惜しい。ライト方向へのファールだ。打席にアリーちゃんの口をむけると、片柳兄がバットを構え直していた。その表情を読み取るのは難しい。距離もあるし、アリーちゃんの中からだとなおさらだ。それでも彼の気迫はじゅうぶん伝わってくる。

ホンモノ王子の三球目はボールだった。

「えらいぞ、片柳っ」笹塚が声をあげた。「よく見極めたっ。じっくり見ろよ。必ずおまえの打てる球がくるからなっ」

四球目もボールだった。この判定にホンモノ王子は納得がいかなかったらしい。しきりに首をひねっている。口を尖らせてもいた。オバサマ連中から「かわいい」なんていう見当違いの声援があがる。

五球目もまたボール。捕手が大きく手を伸ばして捕らなければならないほどのスッポ抜けだった。

「動揺してますね、ホンモノ王子」

荻野目が言う。アリーちゃんの顔はグラウンドにむけたままなので、声しか聞こえてこない。その声から推測するに、彼はほくそ笑んでいるように思えた。それもとっても意地悪そうに。つづけてこうも言った。

「弱い相手に手を抜いた。それで打たれたんで、ちょっと脅すつもりで本気で投げてみた。ところがそれをまた、打たれてしまった。ファールでもけっこうでかい当たりでしたからね」

捕手がマウンドに小走りでむかい、なにやら話をしたものの、ホンモノ王子はそっぽをむいて、まともに取り合っていない。

「ホンモノくぅん、ひとの話はキチンときくものよぉ」

アリゲーターズファンの野次ではない。オバサマからのようだった。

六球目。片柳兄がバットを振った。球が飛ぶ。弟は走りかけたものの、三塁に引き返す。またしてもファールだったのだ。

七球目も八球目も九球目も、ファール、ファール、ファールだ。十、十一、十二、十三、十四、十五球。ファールがつづく。そのあいだに球場ぜんたいが静まり返っていった。うるさかったオバサマ連中も固唾《かたず》を飲んで見守っている。

「アイツ、へばってきてるな」

笹塚が言った。ホンモノ王子のことにちがいない。片柳兄はちがった。打てば打つほどパワーが増しているようだ。

「いまので何球目かね」

「二十五球目です」薄井の問いに荻野目が答える。「ファールは二十一球、あっ、これで二十二球」

「この勝負。決着、つくのかよ」笹塚が言う。おもしろがっているようだ。「永遠につづきそうだぞ」

ホンモノ王子の二十七球目も片柳兄は打った。

「これはもしかするともしかして」と薄井。

「もしかしたらもしかするんじゃねぇのか」と笹塚。

「入れっ」田辺だ。「入るんだよっ」

茜は両手をあわせて天を拝んだ。

球はこれまで以上に高く遠くへ飛んでいく。やがてスタンドに立つファールポールを直撃し、あさっての方向へ跳ね飛んでいってしまった。

えぇと。いまのはファール？　それとも。

茜がそう思っていると、スタンドから割れんばかりの大歓声が起きた。ホンモノ王子を応援していたはずのオバサン達も、惜しみない拍手を送っている。敵ながらあっぱれといったところだろう。

ところが当の片柳兄は打席でぼうっと立ち尽くしている。自分のしたことがよく理解できていないようだった。

「なにぼんやりしてんだぁ。早くダイヤモンドを一周してこい」

笹塚が怒鳴る。そこでようやく片柳兄が一塁にむかって走りだした。

「莫迦っ。バット、持ったままいくな。おまえ、何年野球やってるんだ」

笹塚がなおも叱りつけた。つづけて薄井も注意する。

「そんなしけたツラで走っちゃいけません。いいですか、いまのあなたはヒーローなんですよ。このグラウンドでいちばん偉いんです。堂々、胸を張って両手を上げて、ニッコリ笑いながら走ってきなさい。ベースは一つ一つ、きちんと踏んでくるように」

片柳兄は薄井に言われたとおりにしたものの、じつにぎこちなかった。スタンドからの拍手は鳴り止まない。

ホンモノ王子は腰に手を添え、ひとり不機嫌そうだった。当然と言えば当然だ。ダイヤモンドをまわってきた片柳兄は、ぴょんと飛び跳ね、ホームベースを両足で踏んだ。さきほどのホンモノ王子の真似である。

よほど頭にきたらしい。それを見た途端に、ホンモノ王子はグローブを外し、マウンドに叩きつけた。王族の血を引く優雅さなど、すでにかけらもない。ただの駄々っ子だった。やがて三塁側のベンチから監督があらわれ、投手交代を告げた。

その後、茜は散々、お尻を触られた。とはいってもほとんどの選手達は遠慮がちに軽くタッチするくらいだ。笹塚はバンと叩いてきた。

そしてその笹塚が七回に満塁ホーマー、片柳兄も八回にだめ押しとばかりに二度目の本塁打を放った。CCCの試合でもこれほどまでに調子がよかったことはない。

先発だった荻野目は最後まで投げ通した。ホンモノ王子が降板したつぎの回に、薄井が、まだいけるよね？　と訊ねたところ、荻野目は、いけます、やらせてください、と応じた。そして薄井がアリーちゃんのお尻に触るように勧めたところ、「けっこうです」と丁寧に断った。

結果は十対四。圧勝である。

球団設立以来、プロの二軍との交流戦はこれで十回目、勝利したのは今回がはじめてだ。

「よし、ワニを胴上げしようっ」

笹塚の号令の下、選手達がアリーちゃんを囲んだ。胴上げされるのはこれが二度目だ。一度目は怖かったが、今回は楽しむ余裕があった。

ところがだ。

宙に浮いている最中、突然、視界が開けた。

「あっ」と声をあげたときにはもう遅かった。

アリーちゃんの頭が取れ、グラウンドに落ち、ゴロゴロ転がっていってしまった。

10

茜は姿見の中の自分を見る。スポーツブラにボクサーパンツ。顔がてかてかしているのは、風呂上がりでスキンケアをしたあとだからだ。回れ右。からだを横にむけた。下腹がでているのが一目瞭然である。昔はちがった。痩せっぽっちでガリガリだった。いつからこんなになってしまったのだろう。

健人を産んでから？　いや、ちがう。それ以前からだったように思う。新婚当時、亭主に腹をつままれた記憶がある。

お腹《なか》のことはさておき。

茜は右手を軽く握り、その上に左手をかぶせる。背筋を伸ばし、左足を上げ、一歩前へ踏みだしながら右腕をうしろに。

藤本茜選手、第一球、投げましたっ。ストライィク。

胸の内で呟く。声にだしたってかまわない。ワンルームの一人暮らしだ。だれに聞かれるでもない。でもなんだかそれは気恥ずかしい。

２４００の変身ポーズも、この姿見の前でチェックしながら練習した。そのときもやはり、ヘェエエンシィィン、タァァアイムアァァアップと声にだせなかった。ちなみに変身ポーズはいまでは完璧だ。火曜の休日、実家で健人に見せ、百点満点を戴いた。ダンスに取り入れてはいない。まだ健人は母の職場を訪れていなかったからだ。

ほんとは明日、夏休み最後の日曜に、県営スタジアムでの対ヒッポポス戦にくる予定だった。野球はオマケで、球場ゲート前で催される２４００のショーを見にくるはずだったのだ。

ところが今日の昼間、四十度の熱をだして寝込んでしまった、と母から連絡があった。プール熱と診断されたそうだ。ヨシオくんもだという。彼もいっしょに２４００のショーを見にくるはずだったのだ。

ごめんね、母さん。

電話のむこうで母と代わった健人が詫びた。

いいのよ。

ごめんなさいと言わなければならないのは、あたしのほうだった。熱をだした息子を看護できないなんて。飛んで帰りたいところだ。

茜はシャドーピッチングをつづけた。荻野目のと比べ、ずっとへなちょこだ。どう頑張ってもああはならないだろう。当然だ。なんといっても彼は甲子園の土を踏んだことのある男なのだ。

二十回も繰り返すと息があがってきた。五十回でへとへとになったが、がんばって百回やった。ここのところの日課だ。ダイエットにはならない。でも深くよく眠れるようになった。

じきに十二時だ。カーテンを開き、窓を開ける。今日は対ホーネッツ戦で、むこうの地元の球場へ乗り込むはずだった。しかし日本を縦断している大型台風の影響で、雨に見舞われ中止となった。このままだと明日のホームゲームも危うい。

その場合、2400のショーは、県営スタジアムのゲート前ではなく、おなじ敷地内にある体育館で実施する。困るのは始球式に参加する人達だ。明日の朝、九時にはご連絡します、と夕方に電話を入れた。芹沢との対戦を申し込んできた鹿児島の男性にもである。

だいじょうぶですよ。ぼくは晴れ男ですからね。ぜったい晴れます。

電話のむこうで彼はそう言い切った。

ほんとだった。空を見上げたところ、雲の切れ間から星が見えていたのだ。

ベッドにあぐらをかき、リモコンでテレビを点《つ》ける。天気予報はやっていないかとザッピングしたが、どこもやっていない。そこでスポーツニュースを見ることにした。キャスターはメェメェ球場でミニスカートを穿いていた女子アナだ。全国区のこの番組でアリゲーターズが取り上げられたのは一度きり。ホンモノ王子の所属するセ・リーグの球団と交流戦をおこなったときだ。二週間以上が経つ。勝利したアリゲーターズよりも、マウンドにグローブを叩きつけたホンモノ王子のほうが、扱いが大きかった。

それが原因でここ最近、ホンモノ王子へのバッシングが過熱していた。週刊誌やスポーツ紙、そしてテレビなどのマスコミ、ネットでも叩かれている。はじめのうちこそ、いい気味と思っていたものの、さすがに気の毒になってきた。茜ばかりではない。事務局のオジサントリオも、あんだけ祭り上げておいて、こりゃないでしょうという意見で一致していた。

アリゲーターズのほうと言えば、それ以後、公式戦を七試合こなし、六勝一敗となおも好調だ。そのうちホームゲームは三試合おこなわれ、観客動員数はウナギのぼりとまではいかないが、徐々に増している。さすがにホンモノ王子のときのように、七千人なんてことはない。でも目標の千人までは間近だ。先週の土曜、市民球場でおこなわれた対ゲッコスは九百四十九人だった。

公式戦もあと一ヶ月。いつか芹沢が言っていたように、後期優勝も夢ではない。射程圏内だ。後期に入ってから、前期優勝を果たしたダックビルズと白星の数はいまのところ、おなじなのだ。

アリゲーターズの快進撃は、六月第五週の金曜、ダックビルズに勝ってからだ。しかしその後、ダックビルズに一勝もできていない。

どうしてこうもダックビルズにだけ弱いのか。理由は歴然としている。対戦する際、先発は必ずヤジロベエなのだが、彼は一球たりとも手を抜かなかった。全力で勝負を挑んでくるのだ。よその球団相手ではそうでもない。イチゴが撮影してきたものを見れば茜でもわかった。顔つきからしてちがうのだ。ヤジロベエばかりではなく、他の選手もその傾向があった。よほどアリゲーターズに一勝を許したことが悔しくてならず、目の敵《かたき》にしていると言っていいかもしれない。

それにカモ野ハシ蔵率いるくの一軍団。あれがよろしくないよ。彼女達のセクシーダンスにウチの選手達が惑わされちゃうんだ、ぜったい。

もう寝ようかとテレビを消そうとしたときだ。

「さてつぎはホンモノ王子の登場です」女子アナがそう言うのを聞いて、茜は手をとめた。「二軍に降格後、はじめてのインタビューです。はたしてその胸の内は？　彼の本音、じっくりお聞きください」

スタジオに生出演するのかと思ったが、そうではなかった。場面が切り替わり、あらわれたホンモノ王子は、ホテルの一室らしき場所にいた。えらく神妙な面持ちだ。そして彼は女子アナの質問によどみなく答えていく。

「ファンの皆様には申し訳ない気持ちで一杯です。プロの世界を甘く考えていました」「天狗になっていたと言われても返す言葉はありません。恥ずかしい限りです」「この現状をいかに打破するかがいまの課題です」「でも焦っていてはいい結果を得られないことはわかっています」

茜はうんざりしてきた。これが本音？　そんなはずはない。ホンモノ王子の言葉はどれも嘘臭かった。だれかに言わされているような感じだ。そのだれかとは彼のファンと称するオバサン達を代表する世間ではないだろうか。

インタビューの途中で、ホンモノ王子がメェメェ球場のマウンドに、グローブを叩きつけた場面が映る。一般のニュース番組やワイドショーで繰り返し流れていたものだ。かわいそ。気の毒を通り越して、哀れみ感じちゃうよ。

お金はあるに越したことはない。億に近い契約金に一千万円以上の年棒と、月に十二万円、それもシーズン中だけの給料とでは比べようがない。なのにどうしてだろう。ホンモノ王子よりも、アリゲーターズの選手達のほうが幸せに思える。少なくともいまは充実した日々を送っているはずだ。

男ふたりが宙に舞った。見事なバク宙だ。そのあいだで、チャパツの青年がポーズを決める。するとそのうしろから、大柄なひげ親父が覆い被さるように襲ってきた。青年はこれをひらりとかわす。いや、かわせずに、彼らは揃って前のめりに倒れてしまった。

「あぁあ」

茜の隣でため息に近い声をもらしたのは荻野目だ。横目で見ると、悔しそうでも残念そうでもあった。どちらにせよ、ひどく冴えない表情なのだ。

「駄目じゃん、なぁに、やってんだよぉ」

サングラスをかけた男が注意する。彼とは電話やメールで連絡を取り合っていたが、会ったのは今日がはじめてだ。それもほんの三十分前である。キャラクターショーを中心におこなっているイベント会社の社長で、ショーの演出も手がけているらしい。

「そこはさ、もっと早めに避けなきゃ駄目だって。ね？　何度言ったらわかるの？」

「す、すいません」

青年が詫びる。すでに汗びっしょりだ。これまでの流れを見ている限り、彼が2400を演じるにちがいない。歳は荻野目と変わらないくらいだ。背格好もよく似ている。

「あんまり時間ないんだぞ。頼むよ。音つけてやってみよっか。そっちのほうがタイミングつかみやすいだろうし。おい、音響、音はもうだせるかぁ」

モニターなどの機材に埋もれるように座っている女性から「オッケーでぇえす」と答えが返ってくる。「アタマからですかぁ？」

「悪の親玉が登場する場面からだ。はい、それじゃあみんな、配置についてくれぇ」

「悪の親玉なんかじゃない」荻野目が不満げだ。独り言らしいが、茜にははっきりと聞こえた。「2400の敵は悪じゃない。地球の先住民だ。人類を襲うのは、自分たちの権利を訴えるためなんだ。だからこそ2400は戦うたびに苦悩する。はたして自分がしていることがほんとうの正義なのかと」

そんな設定だったのか、２４００は。

茜も健人と録画されたのを見るが、毎回ではないので、まともに筋を追っていなかった。２４００にしろ、変身前の虎刈りくんにしろ、苦悩している姿など一度も見たことがない。だが荻野目が言うのだから、まちがいないだろう。

舞台両脇にあるスピーカーから聞き覚えのある歌が流れてきた。２４００の主題歌だ。縦ノリの激しい曲調である。歌詞のほとんどが聞き取れない。テレビを見ながらサビの部分だけ唄う健人の姿が脳裏をよぎる。

陽の光が眩しい。朝の九時だ。県営スタジアムのゲート前は屋台もまだ一店もない。あるのはパイプで組まれた舞台だけだ。今日はそこで２４００のショーが催される。試合開始一時間前に一回、試合終了後にもう一回、さらに握手会だ。丸一日拘束することになるので、けっこうな額になった。ファクシミリで送られてきた見積書を芹沢に見せた途端、間髪を容《い》れずに「値切れ」と言われた。交渉の末、悪の組織の手先をひとり減らし、一割値引いてもらった。

イベント会社のスタッフとは七時半に待ち合わせだったので、茜は路面電車に七時前に飛び乗った。すると車中に荻野目がいたのだ。

２４００に会えると思ったら、いてもたってもいられなくなったものですから。

ここに着いてからは、スタッフに交じって舞台をつくり、観客用のパイプ椅子を並べていた。なんの違和感もなかった。スタッフは、球団か球場の職員が好意で手伝っていると思っていたにちがいない。

舞台上ではひげ親父と青年が戦いをはじめた。さきほどのくだりはうまくいったようだ。

「シロクジチュウゥゥキィイック」

青年がひげ親父に蹴りを入れた瞬間だ。

「ちがうっ。そうじゃないっ」

叫んだのはサングラスの社長ではない。荻野目だ。

「シロクジチュウキックをする前のポーズがまちがっている」

荻野目が舞台に駆け寄った。そこにひょいと飛び乗り、青年に近づく。

「あなたは右腕をあげていたが、ほんとは左腕だ。右手でウシノコクキーをパワークロックに差し込んで、亜空間ボックスを開かなきゃ、チャージしているタイムバッテリーが使えない。それではシロクジチュウキックは不可能だ」

「は、はあ」青年はきょとんとするばかりだ。

「それにいちばん大事なことをまちがえている。２４００は戦う相手をうしろからキックしたりしないんだ。ヒーローはそんな卑怯な真似をしない。わかりましたか」

「あのぉ、悪いんだけど、きみぃ、どこのひとぉ？」サングラスの社長が舞台の下から荻野目を指差した。「悪いんだけどさぁ。邪魔しないでくんないかなぁ。ね？」

荻野目は体育座りで顔を膝のあいだに埋めていた。健人もおなじ格好をすることがある。茜が叱ったあとだ。たいがいそういうときは泣いていた。

社長から注意された荻野目は、舞台から飛び降り、その場を走り去ってしまった。慌てて茜はあとを追ったものの駄目だった。追いつけずに、見失ってしまう。五分ほど歩き回った末に見つけたのは、屋内練習場の入り口そばにある遊歩道だった。脇に置かれたベンチの上に、ダンゴムシかアルマジロのごとく丸まっていた。

見つけたはいいが、話しかけていいものかどうか、茜は迷った。でも放ってはおけない。

あたしはアリゲーターズの応援に情熱を燃やす純情可憐で乙女なワニ、アリーちゃんではないか。そしてまたアリゲーターズの一員の藤本茜でもある。仲間のだれかが困っていれば、手助けするのは当然だ、と２４００も言っている。何話目だったかまでは記憶にないけど。

名前を呼ぶ。しかし返事がない。近づいてもう一度呼んでみる。ようやく荻野目は顔をあげた。泣いてはいない。しかし目は真っ赤で下唇を噛んでいる。手助けはしてやりたい。だがどうすればいいかまでは考えていなかった。なにを話していいかも思い浮かばない。迂闊《うかつ》にもほどがある。

「そうだった」荻野目は手をほどき、足を地面につけると、すっくと立ちあがった。

「しましょうか？」

「え？」

「キャッチボール」

ここへくるまでの路面電車の中で、ひさしぶりにお手合わせ願いたいと、自分から言ったのを茜は思いだした。

「いい感じですよぉ。うまいうまい」

茜の放った球を捕り、荻野目がほめる。彼が球場事務室へいき、自分のバッグからグローブと球を持ってきてくれた。

「こないだ、いつやりましたっけ」

「先週の水曜です」

「なんか練習しています？」

「家の姿見の前で、シャドーピッチングやったりはしてます」

茜は手を伸ばし、グローブを構える。荻野目の球がそこに入ってきた。以前よりも速いし、重く感じられた。ズンとからだに響く。それがいまの茜には快く思える。ふたりの距離ははじめてのときの倍以上だ。

「そろそろどうです？」

「なにがですか？」

「三角ベースデビューですよ」

「とんでもない。まだまだこんなもんじゃ」

茜は球を投げ返す。肘と肩はおなじ高さで、左足を軽く一歩前へ。パシッ。まっすぐ飛んできた球を、荻野目は軽々と捕る。

「わっははは、２４００。会場の子供達がどうなってもいいのかぁ」

ショーのリハはまだつづいているようだ。茜と荻野目がいるのは遊歩道で、屋内練習場の陰に隠れ、ゲート前は見えない。しかし音だけは終始、聞こえてきた。

球を握る荻野目が、苦い顔になっている。

「ごめんなさいね」茜は思わず詫びてしまった。

「え？　なにがです？」

「せっかく完全試合してもらったのに、あんな２４００しか呼べなくて」

「とんでもない。ぼくのほうこそ、すいませんでした」

荻野目の球がわずかに逸《そ》れる。茜は構えていたグローブをずらし、捕ってみせた。

「ただ、あの」

「なんでしょう。遠慮なく」そこで茜は球を放る。「言ってください」

おっと、いけない。

話していたせいか、球は荻野目よりもだいぶ右へいってしまう。だが彼は慌てる様子もなく、自然な動きで球が飛んでいく位置へ移動した。腰を屈め、左腕を伸ばす。パシッ。

「さっき舞台にのぼって、シロクジチュウキックの説明をしてたとき、気づいたんです」荻野目は元の位置へ戻り、グローブから球をだした。「だれも本気で２４００を信じていないんだって。２４００を演じる彼でさえもです。それがちょっとショックで。もちろんぼくだって、本物の２４００がいるとは思っていません。でも」

荻野目の球が飛んでくる。ズンッ。今度は的確に茜のグローブにおさまった。

「２４００はどこかでぼくを見守ってくれている。だからこそ、ずっとがんばってこられたんです。去年の夏はとくにそうでした。甲子園で泣いて、一回戦で大敗したせいで、だれもぼくの相手をしてくれなくなって。家族ですら、よそよそしかったですからね」

話をつづける荻野目に返球する。また少し右へいってしまった。しかもえらく低めだったが、彼はこともなげに掬《すく》い捕る。

「村八分とか仲間はずれとかシカトするとか、そんなレベルじゃありません。地元で就職するつもりだったんですが、あんな状態じゃとてもじゃないけど無理でした。でも甲子園で泣いたことは日本中のひとが知っている、どこへも逃げることなんてできやしない」

ズズンっ。荻野目の球はそれまでより重かった。グローブの中の左手に痛みが走る。

いぃいいいぃ痛ぁぁっ。

声にはださなかった。でも顔にはでてしまった。

「だいじょうぶですか」

「へ、平気」と答えたが、球をこぼしてしまった。しかも拾う余裕はない。グローブを外し、左手をぶるぶる振る。そうしたところで痛みが飛び散るわけでもないが、せずにはいられなかったのだ。

「す、すいません」駆け寄ってきた荻野目が、心配そうに顔をのぞきこんできた。大きな瞳と目があい、茜はたじろいでしまう。キューピーみたいなくせして、男臭さをプンプンさせているのもいけない。

「たいしたことありません。しばらくすれば治ると思います」

「すいません」荻野目がふたたび詫びる。「力の加減まちがえちゃって」

「それであの」

「はい？」転がっていた球を拾いながら、荻野目が訊き返してきた。

「話のつづき、聞かせてください。日本のどこへも逃げることができなくなって。でもいま、荻野目さんはアリゲーターズで野球をしているのはどうして？」

「2400のおかげなんです」荻野目はきっぱりと言い切った。面長のキューピーのような顔は、いつになく真剣だった。輝いて見えるのは陽の光のせいばかりではない。

「2400に限らず、あのシリーズのヒーローは毎週必ず戦っています。戦いつづけている。だからぼくも戦おう。世間の冷たい目になんか負けてなるものかって思って、そしてもう一度、野球をやることに決めたんです。ヒーローはぼくにとって恩人であり、生きる糧《かて》でもあるんです」

あの熱の入れようは、ただのオタクではなかったってわけか。

そしてまた茜は、完全試合を果たす前、マウンドで変身ポーズをしてみせた荻野目を思いだした。あのときの彼は本物以上に2400だった。

「つまんない話、聞かせちゃいました。すいません。結局のところ、この歳になって、ヒーローに夢中になってる言い訳してるだけですもんね。おかしいですよね、ぼく」

「おかしくなんかありません」茜は荻野目を真正面から見据え、力強く言い切った。

「ヒーローはいます。それはね、荻野目さん。あなたですよ」

「ぼくが、ですか？」

「あなたの投げる一球が、だれかを喜ばせ、勇気づけ、励ましていることだってあり得るでしょう？　マウンドに立つあなたが、だれかにとっての恩人となり、生きる糧となっているかもしれないんです。だとすれば、そのひと達にとって、あなたはヒーロー以外の何者でもありません。そうは思いませんか」

なにを熱く語っているんだろう、あたしは。きっといまのあたしは藤本茜じゃない。アリーちゃんだ。アリゲーターズの応援に情熱を燃やす純情可憐で乙女なワニなのだ。

「ぼくがヒーローだなんて」荻野目はキューピーに似た目をぱちくりさせた。「いくらなんでも、おこがましいですよ」

「そんなことありませんって」

ふたたび茜が力強く言ったときだ。

「シロクジチュウキィィイイック」

舞台から2400の声がする。その方角を指差しながら、茜はさらに言葉をつづけた。

「あんなのより、荻野目さんのほうがずっとヒーローですよ。本物のヒーローなんですってば。わかりました？」

「は、はい」

本物のヒーローは素直に答えた。


熊が踊っている。

アリゲーターズのユニフォームに身を包み、田辺オーナーの応援歌にあわせ、百キロ近いからだを身軽に弾ませている。笹塚だ。チアガール姿のイチゴと、アリーちゃんに扮した茜のあいだにいた。

「たまらねぇなぁ、おい」

笹塚はご満悦だった。ダンスがはじまる直前、おれもいっしょに踊る、と入ってきたときはどうなるかと思ったが、まさかここまで完璧だとは。ＡＡギャルズと動きがぴったりあっている。

いつの間におぼえたんだか、このひと。

観客席は大受けだ。女の子達の黄色い声があちこちから聞こえてくる。いっしょになって踊っている子もいた。

アリゲーターズのベンチの前で、薄井監督が腕組みをして立っているのが見えた。これまでであればＡＡギャルズの肢体を凝視しているところだ。だがここ最近はちがった。いまもそうだ。観客席を見回している。なにをしているのか、茜にはわかった。自分宛のファンレターの差出人をさがしているにちがいない。

無理だよ、監督。いくら目を皿のようにしたって、ぜったい見つかりっこないんだからさ。ね？

芹沢が文面を考え、茜が書いたファンレターはかれこれ十通になる。はじめは一通だけのつもりだった。それが想像以上に効果があったことに、芹沢が気をよくし、ならばもう一通、さらに一通と重ねているうちにそうなったのだ。

深窓の令嬢と思《おぼ》しき女性のファンレターが一通増すごとに、薄井は徐々に変化していった。自信なげにヘラヘラ笑っていた顔はきりりと引き締まり、猫より猫背だった背筋はピンと伸び、なにをするにも面倒くさそうで緩慢だった動きは、キビキビと切れのあるものになった。つねに眠たげだった目は鋭い光を放ち、少し甲高いくらいだった声は渋めに低くなっていた。白かったはずの髪が黒々となり、十歳は若返った。これは自然とそうなったはずはなく、染めたにちがいない。そして以前は、練習の際など選手達をぼんやり眺めているだけだったが、最近は率先して動く。ノックを打ち、打撃練習のときには球を投げることもあった。

事務局に顔をだすのも、イチゴが撮影してきたビデオを見たり、芹沢や選手達とミーティングしたりするためとなった。退屈しのぎにオジサントリオと中坊並みのトークをすることはなくなっている。オジサン達は寂しそうだが、彼らもアリゲーターズが勝ち進むにつれ、仕事自体が増え、そんな暇もなくなっているのが実情だった。

さらにはワニバスの移動中、ハンチング帽を目深に被り眠っているだけだったのが、各選手の成績データやスコアブック、ときには小型の再生機でイチゴが撮影してきた他球団の試合のDVDを見ていたりした。その合間に文庫本を読んでもいた。ツルゲーネフや堀辰雄などである。ファンレターの差出人の愛読書なのだ。

いくら深窓の令嬢だって、そんな本、読みませんって。

芹沢にそうご注進したところ、私が好きな本だ、となんのてらいもなく言われてしまった。嘘ではなかった。ファンレターにツルゲーネフの『はつ恋』を引用したのだが、そのとき彼は宙を仰ぎ見ながら、諳《そら》んじることができた。イチゴが以前言っていたように芹沢はなかなか奥が深い。

話を薄井に戻すと、彼のいちばんの変化はセクハラ親父ではなくなったことだ。茜のみならず、AAギャルズ達のお尻も触ることがなくなった。

幸運を呼ぶアリーちゃんのお尻にもである。他の選手達に「アリーちゃんのお尻を触るべからず」と命じた。いつまでもジンクスに頼るなと叱るくらいだ。野球選手たる者、ジェントルマンであれ、と説きもした。

よかったと言えば、よかった。だがどこか物足りなさを感じるのも事実である。

お尻を触られたいってわけじゃないけどさ。

つづく始球式でも笹塚は大活躍だ。投手は女性ばかり三人。歳はさまざまだ。小学生に中学生、そして二十代なかばのOLさんだ。みんな自分の恋の成就を祈り、球を投げたものの、だれも打席まで届きはしなかった。代わりに荻野目が投げる。

「あらよっ」「どっこいしょ」「せのせのせぇぇ」とかけ声をかけ、笹塚は三球とも豪快に飛ばした。それもレフト、ライト、センターと三方向へだ。じつに見事なものだ。

つぎに芹沢が打席に立った。今日の相手はひとりきり。鹿児島からやってきた晴れ男くんだ。坊主頭の彼は背が高く、肩幅があり、胸板も厚い。腕や腿は太く、お尻もでかかった。荻野目と並ぶと、どちらが野球選手か、わからなくなるくらいだ。

投げる球も凄かった。これまで芹沢はどんな相手でも初球で打ち返している。それが晴れ男くんにはいともたやすくツーストライクを許してしまった。

「だいじょうぶですかね、芹沢さん」

隣に立つイチゴが茜の耳元つまりアリーちゃんの頰にむかって囁く。

「どうだろ」

茜も心配になってきた。ふたりはマウンドのうしろに並んで立っている。雲一つない青空の下、マウンドに立つ晴れ男くんは、捕手から返してもらった球を、左手に固く握りしめている。

茜は芹沢を見た。0を背負った彼が、余裕を失っているように見えるのは、ただの気のせいだろうか。

「これって三振とったら、どうなるんです？　賞金とかでるんでしたっけ？」

ふたたびイチゴがアリーちゃんの頬に囁いた。

「そんなの、でっこないでしょ」

「ってことは名誉だけですか。まあ、あの芹沢選手から三振とったら、名誉は名誉でしょうけど。ここまでガチンコで勝負するかって思いません？　正直、息つまっちゃいそうですよ」

茜もおなじだ。晴れ男くんも余裕はない。それどころか緊張しているのが、伝わってくる。芹沢にはがんばってもらいたい。その気持ちに偽りはなかった。しかし晴れ男くんのつぎの球もストライクであるように願ってもいる。

晴れ男くんの右足が上がる。サウスポーなのだ。

うわぁあ。もう見てらんないよぉ。

茜は目を閉じた。つぎの瞬間、カキンと球音が聞こえてきた。


「今日はありがとうございましたっ」ベンチ裏の廊下で、晴れ男くんが深々とお辞儀をした。相手はもちろん芹沢である。「握手っ、していただけますでしょうかっ」

「うん、ああ」

芹沢が右手をだす。晴れ男くんは左右の掌を腿にこすりつけていた。汗を拭っているらしい。

茜はふたりの近くにいた。アリーちゃんの頭を取り、持参した水筒のアクエリアスを飲んでいる最中だった。今日は三十度を超えそうだ。こまめに水分補給をしなければ倒れかねない。

「すいませんっ。失礼しますっ」

晴れ男くんは芹沢の右手を両手でぎゅっと握りしめる。

「きみはいくつだい」

「二十一ですっ」

「社会人？　大学生？」

「大学三年ですっ。地元の大学に通っていますっ」

体育会系らしい、はきはきとした受け答えだ。声もでかい。廊下にわんわん響いている。芹沢はさらにいくつか質問を重ねた。

「甲子園に出場したことはあるのかい」

「いえっ。私の通っていた高校の野球部は弱小チームで、予選でも二回戦より上に進出したことはありませんでしたっ」

「プロに誘われたりは？」

「ぼくがですか？　まさか。あり得ません」晴れ男くんは首を左右に振った。「大学で野球部に所属していますが、サークル程度のもので、公式の試合にでたこともありませんし」

話の流れから、芹沢は晴れ男くんをアリゲーターズに勧誘する気らしい。たぶんそうだ。茜も大賛成である。これだけの逸材を見逃す手はない。来季の即戦力になること、まちがいなしだ。

がんばれ、芹沢さん。

女友達が男の子に告白するのを見守るのと、変わらぬ気持ちになる。

「もしよかったらなのだが」

いまだっ。

「ションベン、ションベン」

そこへひょっこり笹塚があらわれた。ベンチからきたにちがいない。彼が試合前にトイレに駆け込むのはよくあることだった。

「おっ。きみ。さっき芹沢と勝負してた子だよなぁ」

「はいっ」

「凄ぇ球、投げてたよな。びっくりしたぜ。百五十キロはでてたんじゃねぇか。たいしたもんだよ。コントロールもよかったって、きみの球、受けた捕手が褒めてたぜ」

「ありがとうございますっ」

「どうだ、うちの球団、入らねぇか？」

それはいま、芹沢さんが言おうとしてたことだから。

晴れ男くんはにっこり微笑み、「それは無理ですっ。できませんっ」と言った。あまりに爽やかな表情と口ぶりに、茜は承諾したのだと勘違いしかけた。芹沢と笹塚もそうだったようだ。ふたり揃って、彼の顔を穴のあくほど見つめている。

「ど、どうしてだね?」

芹沢が訊ねた。戸惑いを隠し切れていない様子だった。そんな彼を見たのははじめてだ。

「おとなになったら、世のため人のために働くのが、ぼくの小さい頃からの夢なんです。自分だけが好きなことをして、まわりのひとに迷惑をかけるような人生は送りたくないんです。だから大好きな野球はあくまでも趣味として、これからもつづけていくつもりです。今日は最高の日でした。ありがとうございましたっ。では失礼します」

そう言い残し、晴れ男くんは走り去っていった。芹沢と笹塚は並んだまま、引き止めることもなく、彼の後ろ姿をぼんやり見つめていた。

11

「いらっしゃいませ、いらっしゃいませ。本日はアリゲーターズの後期優勝セールに足をお運びいただきまして、まことにありがとうございます」田辺ツネが御自《おんみずか》ら、憩ストアのハッピを着て、拡声器で呼び込みをしている。「アリゲーターズが後期優勝を果たせましたのも、ひとえに皆様のご声援があったからこそでございます。明後日からのプレーオフは必ずや三勝し、リーグ優勝を獲得することをわたくし、オーナーの田辺ツネがお約束いたします。ぜひとも皆様方、引きつづき熱い声援をよろしくお願いいたします」

田辺の両脇には片柳兄弟がいた。いつもどおりユニフォーム姿で、野菜を売っているのだが、オバサン達はお金を渡したり、品物を受け取ったりする際、ふたりに握手を求めていた。

「がんばってね」「応援してるわ」「ぜったい勝ってちょうだいよ」「優勝したら、あれでしょ。またセールやるのよね」

多少、圧倒されてはいるものの、片柳兄弟はにこやかに応対し、ひとりひとり丁寧に握手をしていく。

憩ストアは大盛況だ。店の入り口には『祝！　アリゲーターズ後期優勝セール』という横断幕が掲げられている。その下をオバサン達がひっきりなしに出入りしている。店頭の青空市も人だかりができていた。

アリゲーターズが後期優勝を決めたのは、三日前のこと、九月の第五日曜だ。対ヒッポス戦でビジターゲームだったが、アリゲーターズは初回から打線が爆発、十二対三の大差で勝利をものにしたのである。

憩ストアに限らず、周辺の商店街では後期優勝が決定した夕方から、セールをはじめた。県内はどこへいってもアリゲーターズの話題で持ち切り、とまではさすがにいかないまでも、ようやくこれで地元に独立リーグの球団があることが認知されたようではあった。

プレーオフは前期優勝チームの地元で二試合行ったあと、後期優勝チームの地元へ移動するのが例年のパターンだ。しかし今年はちがった。十月第一週の月曜日が祝日で三連休になる。そこでダックビルズの地元で三試合つづけて開催することになった。正直、アリゲーターズには不利だがやむを得ない。

「まったくオーナーときたら」窓の外を見ながら、イチゴがぼやくように言った。「じきにプレーオフだというのに、選手を客寄せにつかうなんて、どうかしてるわ。それに必ずやリーグ優勝だなんて」

そう言ってから絶品ベーコンチーズバーガーに食らいつく。男らしい食べっぷりである。量も多い。笹塚と変わらないほどだ。

なのにどうしてお腹がぺったんこなのかしら。

野菜生活100を啜る茜は、うらやましくてならなかった。

「どう思います、茜さん？」

「ん？　なにが？」

　ふたりはロッテリアの二階から、憩ストアの喧噪《けんそう》を見下ろしていた。イチゴには今朝から事務局でデスクワークを手伝ってもらっていた。そのお礼に、遅いランチを奢っている最中だった。

「ほんと、リーグ優勝できると思いますか」

「そりゃま、してもらわないと」アリゲーターズの応援に情熱を燃やす純情可憐で乙女なワニとしては、ただ祈るばかりである。「イチゴちゃんはできないと思ってるわけ？」

「そうは言ってません。あたしだってAAギャルズのメンバーですし、アリゲーターズのために、何百キロとバイクを飛ばして、よそのチームの試合をビデオにおさめてもきてるわけですから、プレーオフをがんばって、リーグ優勝してほしい気持ちは山々です。でもね、現実を直視しなくちゃ」

　おしゃべりしながら、イチゴは絶品ベーコンチーズバーガーを平らげてしまった。指についたケチャップを舐め、さらに話をつづける。

「アリゲーターズは前期に比べ、格段の差で強くはなっています。選手が一丸になって、自分達の野球ができている。それはまちがいありません。でもその一方、公式戦でダックビルズに勝てたのはたったの三試合。しかもそのうちの二試合は五右衛門が肉離れで抜けていた、九月アタマのときだけなんですからね」

やむなき理由でやめてしまったものの、強豪校の元高校球児だ。イチゴの言葉には説得力がある。それに、その五右衛門は九月末に復帰していた。プレーオフではバンバン打っちゃうよ、みんな期待しててね、とダックビルズの公式ホームページにコメントも載っていた。

「でもさ。そんだけ負けておいて、あとたった三回勝つだけでリーグ優勝が得られるわけでしょ? なんてラッキーなんだ、よし、このチャンスを活かそうって、がんばればいいと思うんだけど」

俯《うつむ》き加減だったイチゴは顔をあげ、茜を見つめている。

「な、なに?」

「茜さんって、案外、ポジティブなんですね」

「そんなことないよ。モノは考えようってだけ」

「その考え方がポジティブだっていうんですよ」

ちがうって。あたしはいつだって焦りと不安を抱えている。だからこそ無理にでも物事のいい面を見つけるだけのことよ。そうしなければ人生やっていけないんだもん。

そう思いながら、茜は口を閉ざした。

「それでは皆様、片柳兄弟はここらで失礼させていただきます」ふたたび田辺の声が聞こえてきた。「どうぞふたりに盛大な拍手を」

窓の外を見下ろしながら、イチゴは深いため息をついた。下唇をかみしめ、悔しそうでもある。もしかしたら、と茜はふと思った。イチゴは自分が試合にでられたら、と考えているのではないか。好きなことをそうたやすくあきらめられるはずがないもの。


プレーオフ第一戦は先発である荻野目とヤジロベエ、ふたりの一騎打ちと言ってもいい投手戦だった。

両者一歩も譲らず、無得点のまま延長戦に突入した。流れが変わったのは十二回表だった。片柳弟が左中間にヒットを放ち、出塁した。つづく片柳兄とそのつぎの打者はともに内野ゴロ、そのあいだ片柳弟は三塁へ進んだ。二死三塁の絶好のチャンスに、荻野目が打席に立った。ここは代打にしたほうがいいんじゃないの、と思ったのはアリーちゃんに扮する茜だけではなかったはずだ。投球こそ完璧に近かったが、五打席連続三振だったのである。それでも薄井監督は黙って彼を打席へ送った。

ワンボールツーストライク、これはもうおしまいだと思ったそのとき、荻野目がバットを振った。球音が聞こえたときは、味方のベンチからも「嘘だろ」と声があがったくらいだ。球はマウンドの左を抜けていった。手を伸ばせば捕れるはずの距離を、ヤジロベエは動けないでいた。これで片柳弟が生還し、アリゲーターズは先制に成功した。しかしつぎの打者が平凡なフライをライトにうちあげアウト。

その裏、今度はヤジロベエが荻野目の球を打った。それもお返しとばかり、さきほどとおなじ方向にだ。荻野目は捕ろうとしたものの、球はグローブにかすりもせず、ヤジロベエは一塁を踏んでいた。

これで荻野目は動揺したらしい。つづく打者には四球を与えてしまい、さらにつぎの打者に長打を許し、逆転サヨナラ負けしてしまった。

第二戦は前日と打って変わって、激しい打撃戦となった。初回に一点先制したのはダックビルズだが、二回表すぐにアリゲーターズも反撃して二点とり、リード。しかしその裏で逆転を許してしまう。これを三回表、片柳兄が走者をひとり置いたところで本塁打を放ち、勝ち越し。ところが四回裏で再逆転され、しかしつぎの回表に、そしてまたその裏に、という具合にシーソーゲームとなった。

八対八の同点で迎えた八回裏、ダックビルズは二死一塁のチャンスを逃さず、五右衛門がライトスタンドに本塁打を放った。九回表のアリゲーターズの攻撃、さぁ逆転だと張り切ったものの、力みすぎたのか、三者凡退におわり、あえなくゲームセットとなった。

ファンサービスなのだろう、試合終了後もカモ野ハシ蔵はグラウンドで、バク転やバク宙をいともたやすく軽々と、繰り返しおこなっていた。

ムカック。

茜はアリーちゃんの中から、それを恨めしく見ることしかできなかった。がっかりもしていたし、ぐったりもしていた。味方の打者が打つたびに飛んだり跳ねたりしたのだが、打撃戦だったせいで、その回数がふだんよりも断然多かったのだ。

なにを食べてもおいしくない。味がしないのだ。

この鮎の塩焼きだって、きっとおいしいはずだろうにな。

だがいまはちがう。口に入れてもしょっぱいだけだった。茜自身の体調はとてもいい。健康そのものだ。気持ちの問題でもない。部屋ぜんたいを覆う、どんよりとした空気のせいだ。

しかたないよな。ダックビルズに二連敗しちゃったわけだし。

忍者の里にある旅館の食堂で、アリゲーターズの選手達と食事をしている。薄井と芹沢もおり、総勢三十名以上にもかかわらず、だれも話をしていなかった。お通夜の席より静まり返り、聞こえてくるのは箸と食器の音だけだ。

この席に座っちゃったのも失敗だよ。

茜は後悔していた。テーブルは八台、それぞれに三、四人ずつが座っている。廊下で健人宛にメールを打っていたところ、食堂に入るのが最後になり、空席はここしかなかったのだ。真向かいが荻野目で、隣が笹塚だった。

これって、いつか見た夢といっしょじゃん。

とはいってもちゃぶ台ではないし、荻野目はからだにバネをつけていない。もちろん笹塚の目の中に炎はなかった。

ふたりとも浮かない表情をしている。荻野目が泣いているようで、笹塚が怒っているようだ。これもまたしかたがないと言えば、しかたがない。

荻野目は昨日の第一戦、先発でありながら十一回まで無得点で投げつづけ、さらには自らのタイムリーヒットで先制点をとりながらも、最後にはヤジロベエに打たれたことで動揺してしまい、逆転負けしてしまった。

笹塚のほうは、昨日今日とまるで活躍していない。今日はあれだけの打撃戦で、だれもが最低でも一本はヒットを放っているというのに、四番の笹塚は内野ゴロか三振とまるで振るわなかった。最終回、最後の打席では空振り三振をしてしまい、ダックビルズの観客席から「しっかりしろよぉ」「落ち込むことないからなぁ」「明日、がんばればいいぞぉ」と声をかけられていた。それが嘲《あざけ》りならまだいい。慰めだったのが、笹塚をより傷つけたにちがいなかった。

「ワニ」

笹塚に呼ばれ、茜は箸をとめた。自分だけではなく、食堂にいた全員がとめた気がした。

「醤油《しょうゆ》、とってくれないか」

「あ、はい」

「どうぞ」茜よりも先に、荻野目が並んだ卓上瓶のひとつを差しだしていた。笹塚はそれを受け取ると、鮎の塩焼きにかけた。

ん？　鮎の塩焼きに醤油？　まあ、なくはないけど、どうなの？

茜がそう思っていたところ、「うわっ」と笹塚が悲鳴に近い叫び声をあげた。

「莫迦野郎っ。これ、ソースじゃねぇか」

他のみんなが凍りつく中、怒鳴られている荻野目はぼんやりしていた。

「あ、ああ。すいません」

「すいませんじゃねぇよ。しっかりしろってぇの」

「ぼくの、お食べになりますか」

そう言う荻野目はまだ鮎の塩焼きに手をつけていなかった。それどころか、他の食事も小鳥程度にしかつまんでいない。

「いいよ、べつに。っていうか、おまえ、もっとちゃんと食え」

「食欲ないんです」

「おまえ、昨日の試合のこと、気にしてんのか」

荻野目は頬を引きつらせる。無言のままだが、それがイエスと答えているようなものだった。

「気にしたところでどうにもなりゃしねぇよ。忘れろとは言わん。だがな、昨日の失敗は今日の糧だ」

２４００が言いそうな台詞だな、と茜は思う。しかし荻野目にはピンとこなかったようだ。それどころか「今日はぼく、マウンドに立ちませんでしたから」ととぼけたことを言っている。

「そういうこっちゃない」笹塚は苦い顔になった。「なあ、荻野目」

「やっぱり鮎の塩焼き、いります？」

「ちがうよ。おまえ、将来、どうするんだ？」

荻野目が困惑しているのが見てとれる。答えをさがしていると言うよりも、どうしてそんなことを突然訊くのだと思っているようだった。

「このさきずっと、野球、やってくつもりか」

「できれば、まあ」

「このチームでか？」

その質問は酷というものである。なにせいまこの食堂には選手がほぼ全員、さらには芹沢や薄井までいるのだ。どう答えようと、差し障りがあるだろう。

「おまえにとって、ここがてっぺんなのか。もっと上、目指す気にならねぇのか」

「それは」荻野目は言葉を濁した。捨てられたうえに、雨に打たれた子犬のようだった。

「おまえ、前におれのこと、プロ崩れの三流バッターって言ったよな」

それいま、蒸し返すの？　と茜は思ったが、そうではなかった。

「たしかにおまえの言うとおりだ。戦力外通告をうけて、お払い箱になって、それでもおれは野球をやりつづけている。そして、そんなおれでも、ここで満足しちゃいねえ。いじけて、やる気がなかったこともある。でもいまはまた上を目指している。苦くてまずい現実を嚙み締めながら、夢を追いつづけている。てっぺんにむかって這い上がろうとしているんだ」

「ぼくだっておなじです」

荻野目の表情が変わった。眉は垂れ下がったままではあるが、眼光が鋭くなったのだ。笹塚もそれに気づいたらしい。彼はおもしろそうに、ニヤつきだした。

「あん？　いま、なんつった？　聞こえなかったぞ」

嘘だ。じゅうぶん聞こえたはずである。荻野目は笹塚を睨んだ。

燃えている。目の中で炎が燃えたっている。

「ぼくだっておなじですって言ったんですよっ。もっと上にいきたい、てっぺんに辿り着きたい。ホンモノ王子がなんぼのもんだって言うんだ。あいつが億、稼げるんだったら、このぼくだってできないはずがないんだ。やってやる、やってやるんだっ、そしてぼくはヒーローになるんだっ」

ヒートアップした荻野目は、椅子から腰をあげ、笹塚に摑みかからんばかりに身を乗りだしていた。そんな彼に、だれもが視線をむけていたが、ひとり、芹沢だけが見ていなかった。斜め向かいのテーブルでつぎからつぎにおかずを口に運び入れている。その手をとめずに、「荻野目っ」と通る声で言った。

「は、はいっ」呼ばれた荻野目は、ピンと背筋を伸ばした。

「きみの意気は大いに買う。だが明日の試合にきみの出番はないぞ」

そうだった。明日の先発はべつの投手だ。

「なに言ってんだ」笹塚がふんと鼻を鳴らす。「明日に出番がなくても第四戦か第五戦にはある」

芹沢は箸を置き、お茶を一気に飲み干すと、大きなゲップをひとつしてから、「それには明日の第三戦に勝たなきゃならんぞ」と言った。いつもと変わらぬ冷静な口ぶりだ。しかしどこか挑発しているように聞こえた。

だれに対して？　もちろん選手みんなに対してだ。

「勝てばいいんだろ、勝てば」

芹沢の挑発に笹塚がいともたやすく乗った。ひと際大きな声で彼が言うと、「そうだ、勝とう」と薄井が賛同した。「ぜひ勝とう。諸君、食事に時間をとりすぎた。あと五分、いや、三分で済ませなさい。それからミーティングだっ」

選手達が一斉に忙しく動きだす。笹塚もソースがけの鮎の塩焼きを両手で持ち、がぶりとかぶりついた。

「うぐっ」

やっぱ、ソースは駄目だよ、ソースは。


第三戦はダックビルズのホームではあるものの、アリゲーターズの後攻となった。初回から名誉挽回とばかりに笹塚が本塁打を放つ。二番打者がヒットを飛ばし、塁にでており、幸先《さいさき》よく二点を先制することができた。つぎの回、ダックビルズに一点を返されるものの、一対二と優勢な展開だった。ところが六回表に一点を入れられ、同点にされてしまう。

さらに八回表、二対二のまま、ダックビルズの攻撃で、アリゲーターズは一死満塁のピンチとなった。

あぁあ、どうなっちゃうんだろぉ。

アリーちゃんの中で茜はやきもきした。ところがマウンド上にいた荻野目より二歳年上の投手は落ち着き払っている。遠目でもわかるくらいだ。

だいじょうぶなのかしら。

ワンボールワンストライクで三球目、打者が彼の球を打った。

まずいよ、まずい。

アリーちゃんとしては、どんな動きをしていいのかわからず、おしっこを我慢するような動きになってしまった。

しかしベンチでは薄井が「よしっ、いいぞっ」と叫んでいる。球はショートゴロだった。

そうか。打たれたんじゃないや、打たせたんだ。

半年間、野球の試合を見てきて、それが打者をダブルプレーに仕留めるための作戦であることに茜は気づいた。すでに球は二塁手から一塁手へ飛んでいる。

ところがだ。

「セェエエフッ」

一塁塁審がコールするのが聞こえた。

いやいやいやいや、ちがうでしょ。打った本人も、いいんですかって感じでいるよ。おかしいって。

茜がそう思っているうちに、三塁走者が本塁に生還してしまっていた。

「ざけんな、こぉらぁあああぁ」

そう叫んだのは薄井だ。ベンチから飛びだすと、一塁へまっしぐらにむかった。

それから十分以上、薄井は審判団を相手に猛抗議をつづけた。アリーちゃん以上に飛んだり跳ねたりと大忙しだった。そのうちバク転かバク宙でもするのではと思うくらいだ。そんな彼を、笹塚が羽交い締めにして、ベンチに連れ戻した。

結局、判定は覆されることはなかった。ベンチに戻ってきた薄井は顔を真っ赤にし、肩で息をしていた。その姿を見て、芹沢がつくりだした深窓の令嬢のように、惚れたりしないまでも、茜はいたく感動した。意気に感じたと言ったほうが近いかもしれない。

茜ひとりだけでなく、選手達みんな、そう思ったにちがいなかった。そしてそれはすぐさま試合に反映された。マウンドに立つ投手は、そのあとの打者を三振に仕留め、八回裏、アリゲーターズ打線は大爆発、瞬く間に五点を入れてしまった。九回表はひとりも塁にだすことなく、七対三で勝利をもぎ取った。

試合終了直後、カモ野ハシ蔵と目があった。表情が変わるはずないのだが、とても悔しそうに見えた。茜は右手を拳銃に見立て、人差し指をカモ野ハシ蔵にむけ、パァァンと撃ってやった。

ざまあみろっていうんだ。

「あっ」

アリーちゃんの背中にあるチャックを、イチゴに閉めてもらっている最中だった。茜はあることに気づき、うっかり声をだしてしまった。県営スタジアムの更衣室だ。いつもどおりAAギャルズが騒々しい。

プレーオフ第三戦に勝利してから五日後、あと一時間もしないうちに第四戦がはじまる。

「どうしました？」

イチゴが茜の顔をのぞきこんできた。今日も艶やかなものだ。プレーオフだからか、ふだんの試合よりも化粧が濃い。それだけ気合いが入っているのだろう。

「いや、なんでもない」

あれからもう一年か。

離婚届に判を押し、健人を連れて、東京をでてきたのが一年前の今日だったのだ。言ってみれば離婚記念日である。

だれかと祝うわけにはいかないが。

「さっき受付で聞いたんですけどね。今日の入場者数、二千人超えてるそうですよ」

「へぇえ」

「やだな、もう」イチゴが茜の背中をばんと叩いた。「なんですか、その気のない返事。目標の倍ですよ、倍」

本来ならば手放しでよろこぶべきだろう。しかしだ。

「ホンモノ王子んとき、七千人だったからね。いまいち物足りない感じがしちゃって」

「なるほど。現状で満足してちゃいけない、より上を目指すべきだってことですか」

上を目指す。

ダックビルズに二連敗したときの夜に、笹塚もそう言っていたのを思いだす。

イチゴは茜にアリーちゃんの頭を差しだしてきた。そのときになってリボンが新しくなっているのに気づいた。

「これ」

「昨日、あたしが取り替えたんです」

そういえばお尻の絆創膏もこの子がつくってくれたんだっけ。

「ありがとね。でも面倒じゃなかった？」

「裁縫は野球とダンスのつぎに得意なんですよ、あたし」

野球。その言葉に茜は引っかかった。アリーちゃんの頭を受け取ってからも、すぐには被らずにイチゴの顔を真正面から見据えた。

「あたしの顔になんかついてます？　あ、もしかしてマツゲとれてたりとか」

「もういいの？」

「なんのことですか」

「野球よ。もうしなくていいの？」

イチゴの顔から笑みが消えた。きれいに施された化粧の内側から、湯河原壱吾があらわれてきたように思えた。

「やだな。その話、人前でしないでくださいよ」

「ごめん」と詫びながらも「でもどうなの？」とさらに茜は訊ねてしまった。「来月後半には入団テストもあるわ。受けてみたらどう？」

なに言っちゃってるんだろ、あたし。余計なお節介じゃん。アリーちゃんだ。いまのあたしはアリーちゃんになっている。アリゲーターズの応援に情熱を燃やす純情可憐で乙女なワニは、強豪校の元高校球児が、チームに加わることを願っているのだ。

「それもアリかな」

よしっ。いまやアリーちゃんと一体化した茜は胸の中でガッツポーズをとる。

「でももし選手になったとしても男に戻る気ないですよ。それ、芹沢さん、認めてくれるかな」

「そんときはあたしが認めさせるって。まかせておいてよ」

茜はアリーちゃんの頭を被り、胸をどんと叩いた。

先発は荻野目だった。マウンドに立つ彼は、いままでとちがった。いままでの気弱さが一掃され、それどころかふてぶてしくさえあった。頼もしいと言えば頼もしいのだが、いい子が突然、不良になった感じがしないでもなかった。

そう感じたのは茜だけではなかった。ベンチにいた控えの選手が同じ感想を洩らすと、薄井監督が「おとついね、彼にこれを見ておきなさいって、『エナツの二十一球』のＤＶＤを渡したんだ。一種のメンタルトレーニングってとこかな。けっこう効いたみたい」とうれしそうに言っていた。

だれだろ、エナツって。

アリーちゃんの中で、茜は首をかしげた。

荻野目は五回まで無失点、ところが六回表に五右衛門にソロ本塁打を浴びてしまった。これまでの彼であれば、ここでヘナヘナになってしまうところだが、今日はちがった。ふてぶてしい態度を保ったまま、投球をつづけ、後続の打者にヒットを許すことはなかった。

ダックビルズの先発は、こちらもまた第一戦とおなじく、ヤジロベエだった。なかなかヒットを打つことができなかったが、五右衛門に対抗するかのごとく、六回裏、笹塚がやってくれた。二死一塁で本塁打を放ったのだ。県営スタジアムは、女子高生を中心とした女性客の黄色い大歓声に揺れた。

これをきっかけに、アリゲーターズの応援のボルテージが一挙にあがった。あとで考えると、ダックビルズは彼女達にビビッてしまったのかもしれない。

七回以降は両軍、点が入らず、二対一でアリゲーターズの勝利におわった。

そして迎えた最終戦。いや、迎えられなかった。

朝から快晴だった空が、見る見る灰色の雲に覆われていった。そして選手達が守備につこうとベンチからではじめたときである。

アリーちゃんの口の隙間から白い光が見えた。間をあけずにドガガァガという轟音《ごうおん》が球場に響き渡った。観客席から悲鳴があがった。じつは茜自身もあげていた。

雷だと気づいた瞬間だ。大粒の雨がグラウンドに叩きつけるように降りはじめた。

一時間以上経っても雨は降りやまなかった。それどころか激しくなる一方だった。そして遂に試合は中止となった。


最終戦は翌週の土曜に延期になったものの、これまた雨で中止になってしまった。その翌日の日曜もである。つぎの週末は県営スタジアムでは高校生の陸上競技会地区予選があるため、開催地をメェメェ球場に変更したが、またまた雨に見舞われた。県営スタジアムのある町は晴れているというのにだ。メェメェ球場はその後、三日間、雨が降りつづいた。

順延がつづいたせいで、アリゲーターズの事務局は慌ただしかった。雨天だった試合の前売りチケットの払い戻しや、開催場所の押さえ、さらにまたその告知や前売りチケットの販売もしなければならない。

プレーオフ絡み以外のことも多い。スポンサーになりたい、イベントにきてほしい、野球教室に入りたい、とメールでも受け付けているのだが、電話での問い合わせもひっきりなしだ。今日は三角ベースをやっていますか、と訊ねてくるひともいた。生憎、いまはやっていなかった。だれが言いだしたのか、プレーオフの決着がつくまではやらないことになったのだ。

来季の準備もはじまっていた。十一月後半には地元のみならず、札幌、埼玉、大阪、福岡、計五カ所で入団テストを実施するのだ。九月末から受付ははじまっている。

芹沢や茜はもちろんのこと、オジサントリオもフル稼働だ。イチゴをはじめ、AAギャルズ数名にも手伝いにきてもらっている。さすがにボランティアとはいかず、交通代にイロをつけたものを支払った。

いまのところ最終戦は十一月三日土曜日、メェメェ球場での開催予定となっている。

「やばいやばいやばい」

事務局をでると、階段を駆け下りた。二階から一階への踊り場でコケそうになったが、茜はどうにか持ちこたえた。表へ飛びだし、小雨の中を走っていく。

このところ雨に祟《たた》られっぱなしだな。

雲は多かったものの、晴れてはいた。よもや崩れることはあるまいとタカを括《くく》ったのがまずかった。明後日の最終戦に備え、倉庫からアリーちゃんをだし、駐車場の端に干しておいたのだ。

「藤本くんっ」

芹沢だ。前から走ってきていた。いつもと変わらぬピンク一色のいでたちだ。右手にアリーちゃんの頭を、左手に胴体を抱えている。さらに左肩に黒い棒状のものをかけていた。バットケースにちがいない。

朝から芹沢はデスクワークに追われていた。そろそろ息抜きをしたくなったのだろう。

「ちょっと、からだ、動かしてくる」と言ったかと思うと、バットケースを抱えて、表へ飛びだしていった。たぶんワニバスの前ででも素振りをしていたにちがいない。だがそれからものの十分も経っていなかった。

「倉庫の鍵、持ってきているか」

「あ、はい」右手に握りしめていた。茜は方向転換し、倉庫へむかう。さきにいってドアを開けるためだ。

「だいじょうぶだ。そう濡れてはない」

アリーちゃんの胴体の内側に触れ、たしかめている茜にむかって、芹沢が言った。

「助かりました。ありがとうございます」

「礼には及ばないさ。アリーちゃんはアリゲーターズの一員だからな」

以前、だれかもおなじようなこと、言ってたっけ。

茜はすぐに思いだした。笹塚だ。ホンモノ王子ファンのオバサン達から電話の襲来を受けたときである。

芹沢はアリーちゃんの頭の中から、ピクニック用のシートを取りだした。アリーちゃんを干す際、下に敷いておいたものだ。くしゃくしゃになっているのを両手で広げ、軽く振っている。折り畳むつもりらしい。あたしがやります、と茜が言いかけると、「これは２４００か」と芹沢が訊ねてきた。シートに描かれたイラストのことだ。

「そうですけど」

「きみ個人のものか」

「アリーちゃんを干すのに、憩ストアで買ったんです。おっきめのはこれしかなくて」

「こんなにたくさんいるのか？　２４００って」

そこには色違いの２４００が並んでいた。

「２４００は時間によって色が変わるんですよ。朝は青、昼は黄色、夕方はオレンジ、夜は銀色、といった具合に」

得意技も武器も変わってくるんですよ。いつも使えるのはシロクジチュウキックでして。

説明してくれたのはもちろん荻野目だ。ああ、だから四六時中なのかと茜は合点がいった。

「なるほどね」

自分から質問をしておきながら、芹沢の返事はじつに気のないものだった。シートを丁寧に折り畳むと、「ここに入れておけばいいんだな」とアリーちゃん一式が入れてある半透明のボックスに入れた。

「子供の頃にそういう、特撮ヒーローはご覧にならなかったんですか」

「テレビは野球以外見たことがなかった」

芹沢はつまらなそうに答える。

「親の教育方針ですか」

「ちがう。うちの親は放任主義だった。私自身が野球以外に興味がなかっただけだ」

小さい頃からずっと、野球だけの人生を歩んできたのか。

驚くよりも感心してしまう。信じられないという気持ちもあった。茜にはそういうものがないからだ。なにかに熱中することもなく、ただ毎日、漫然と生きてきただけだった。

「作り物のヒーローに憧れる気持ちは、さっぱりわからん」付け加えるように芹沢は言った。「私にとってヒーローは野球選手ばかりだったからな」

そうだ。このひと自身もヒーローではないか。甲子園にでて、高校卒業後にプロ野球選手になり、セ・パ両リーグを八球団渡り歩き、メジャーリーグに所属し、オリンピックにまで出場した。二十年以上、野球界の第一線で活躍してきたのだ。現役を退いてから五年近く経ったいまでも、片柳父をはじめとした熱狂的ファンは数知れないほどいる。

まさしくヒーローだった。

芹沢の一打が、だれかを喜ばせ、勇気づけ、励ましてきた。打席に立つ彼が、だれかにとっての憧れとなり、生きる糧となっていた。でも哀しいことにすべては過去形だ。

笹塚はまだヒーローでありつづけている。

だがこのひとは。

芹沢はドアをわずかに開け、外を見ている。

「なんだ、あんだけ降ってたのに、もう止んでるぞ」

ただの通り雨だったらしい。

「どうする？　もう一度、アリーちゃん、干すか」

「今日はもう諦めます」

芹沢はバットケースを抱え、ドアを開ける。たしかに雨は止んでいた。陽が射してさえいる。

「あっ」虹が空にかかっていた。

「どうした？」芹沢は気づいていない。訝しげな顔で茜を見ている。

「みなさぁん、虹ですよぉ、虹ぃ」イチゴが叫ぶのが聞こえてきた。今日も事務局に助っ人にきているのだ。「虹がでてますよぉ」

見事な虹だ。大きく鮮やかだった。茜はポケットを探った。ケータイは事務局に置きっ放しだ。写メで撮って、健人に見せてやりたいと思ったのである。

「藤本くん」芹沢が呼んでいる。ただし虹を仰ぎ見たままだ。

「なんでしょう」

「私が事務局に戻ってしなければならんことは、なにかあるか」

「いますぐというものは、ないと思いますが」

「だったらすまんが、憩ストアの警備室から、軽自動車のキーを借りてきてくれ」

「どちらか、おでかけですか」

「ああ」そこでようやく芹沢は茜に顔をむけた。寂しげで憂いを帯びた、いつもの表情ではない。その顔はなにか悪巧みを思いついた子供に似ていた。「きみもいっしょにきたまえ」

「あたしもですか？　どちらかのスポンサーさんにでも」

「バッティングセンターだ」

それってサボリ？　だけど。

「なんであたしまでいかなくちゃ、いけないんです？」

「荻野目がピッチングなら、私はバッティングを教えてあげよう。どうだ？　決勝戦がおわれば空き地の三角ベースもまたはじまる。きみ、アレに参加したいそうじゃないか。荻野目が言ってたぞ」

「それはあの」

「なぁにそう長くはならない。ほんのちょっとだ。な？　いこう」

芹沢のちょっとは怪しい。野球が絡むとなおさらだ。一時間では済まないだろう。二時間？　三時間？　もっとかもしれない。仕事を投げだしてバッティングセンターだなんて莫迦げている。なによりもイチゴをはじめとする、事務局で働いている人達のことを思うと後ろめたい。

なのに茜は大きな声で「はいっ」と返事をしていた。しかもつづけてこうも言った。

「よろしくお願いしますっ」

芹沢が運転する軽自動車は国道へでると、北へむかった。やがて両側にパチンコ店やカラオケボックス、新古書店にレンタルビデオ店、ディスカウントショップなどが建ち並んでいるのが見えてきた。

その一角に蒲鉾《かまぼこ》のような形をした建物があった。色は銀色だ。出入り口の上の看板には、金髪女性が描かれていた。野球帽を被り、バットを構えている。はち切れんばかりのボディは野球のユニフォームに包まれている。ただし下はホットパンツで太腿がむきだしだった。

あたり一帯の娯楽施設共同の駐車場に、芹沢は軽自動車を入れる。運転席から降りた彼のあとを、茜は追った。

「いらっしゃいませぇええ」

玄関を入ると、看板とおなじ服装の女の子達が数人、出迎えてくれた。ただし金髪ではない。ボディもはち切れていない。むきだしの太腿はぜんぶ大根のようだ。中には桜島級のものまである。

「芹沢さん、ここってほんとにバッティングセンターなんですか?」

「そうでなければなんだと思うんだ」

キャバクラとかの類いだ。しかし受付カウンターのむこうに、緑のネットに区切られた打席が横一列に並んでいるのが見えた。何人か先客がおり、バットを構えていたり、振ったりしている。まちがいなくバッティングセンターだ。カキィン、カキィイン、と球音が鳴り響いてもいた。

あたし、このひと、知ってるぞ。

二十メートルほどむこうに立つ投手を眺めながら、茜は彼の名前を思いだそうとしていた。

たしかアイドルの子と結婚したんだよな。まだ婚約中だっけ？

三、四ヶ月前、薄井監督がそのアイドルの写真集を購入し、事務局に持ってきたことがあった。職員のオジサントリオと堪能していた。もちろん芹沢は留守だった。

投手が大きく振りかぶる。本物ではない。映像だ。だが球は飛んできた。「あっ」と声をあげる間もなく、バットを構える茜の前を横切っていく。凄い速さだ。

みんな、こんな球、打ったりしてるわけ？

信じられなかった。おなじ人間とは思えないくらいである。茜など驚きのあまり、一ミリも動けなかったくらいだ。

アイドルをゲットした投手が二球目を投げた。投手の手元から球が離れる位置に、縦長の黒くて四角い穴がある。そこから球が飛びでてくる仕掛けになっているのだ。

「いまだ、振れっ」

ネットのむこうで芹沢が言った。慌てて茜はバットを振る。

「どわぁっ」

球はかすりもしなかった。それどころか茜は自らが振ったバットに引っ張られるようにして、その場で半回転したうえに、尻餅をついてしまった。

「しっかりしろ。早く立ってバットを構えるんだ。つぎの球がきちまうぞ」

うるさいな、もう。

芹沢からはなにもアドバイスを受けていない。いきなり打席に立たせ、飛んでくる球を打てと言われただけである。乱暴もいいところだ。

「こんな速い球、打てませんよ」

思わず文句を言う。だがそれを聞く相手ではなかった。

「はじめから諦めてはなにもできんぞ」

そうきますか。やれやれ。バッティングも荻野目くんに教わりたいよ、まったく。

「ほら、きたぞ。さぁ、振るんだ」

振った。当たった。擦《かす》ったと言ったほうがいいかもしれない。それだけでも両手からビリリと電流に似た痺れが、全身を駆け巡った。

「いいぞ。いまの調子でやればいい」

それから三十分。茜はもう打席に立っていない。ネットの外にいる。結局、満足に打つことはできなかった。

「私のバッティングフォームをよく見ているんだぞ」

そう言い、芹沢は茜と替わった。彼は一球たりとて打ち逃すことなく、打ちつづけた。その球音はよその客と比べてあきらかにちがう。

茜は言われたとおり、芹沢を見ていた。彼の球を打つ姿は、始球式で何度も見ている。素振りをしているところもだ。でもこんな間近で見たのは、今日がはじめてだ。

芹沢から放たれる熱気は並大抵のものではなかった。何十球も打ちつづけているのだ、当然ではある。だが、からだからはもちろんだが、その内側にある燃え滾《たぎ》る魂そのものが噴きでているようでもあった。

ネット越しに芹沢の顔を見る。なんと険しい表情だろう。苦行を強いられた修行僧みたいだ。このまま何百、何千という球を打っていれば悟りが開けてきそうだ。

この世のひとすべてが野球をすればいい。そうすれば世界は平和になるだろうに。

芹沢は以前、そう言っていた。だがいまの彼は野球をしていない。三角ベースや、始球式の素人とのガチンコ勝負なんて、野球のうちに入るはずがない。

野球したいんだろうな、きっと。

したいことができない、しかもいちばんそばにいて、眺めているだけなのは、さぞかし辛いことだろう。

「藤本くんっ」カキィィン。球音を鳴らしてから、芹沢が呼びかけてきた。だがバッテイングをやめたわけではない。バットを構え直し、眼光鋭く、映像の投手を睨みつけている。

「は、はいっ」

「ファンレターの文面を思いついた。すまんがメモってくれ」

　薄井宛のだ。でもいまここで？

「準備できたか」カキィィイン。

「はい」茜はバッグから手帳をとりだす。「どうぞ」

「拝啓、小父様。今日は小父様に哀しいお知らせをお伝えしなければなりません」カキィイン。「哀しくて哀しくて、こうして手紙を書いている最中も、溢れでる涙でインクの文字を滲ませてしまい、何枚も書き損じてしまいました。いまも危うく零《こぼ》れ落ちそうになり、慌てて瞼を押さえたところです」カキィィイン。

　い、いったいなにがあったんだ、深窓の令嬢に？

「じつはわたくし、今週末には異国に旅立たなければなりません。親が決めた婚約者の元へ嫁ぐことになったのです」

「どうしてですか。薄井監督への愛は嘘だったんですか。いつかふたりで高原の白い家に住みたい、小父様のために朝食をつくりたい、こんなことを書くわたくしを破廉恥な娘だとお笑いにならないでくださいって、言ってたじゃないですか。あれは嘘だったんですか？」

「嘘もなにも」カキィィン。「この手紙自体、嘘なんだぞ」

「それはあの、そうですけど」

つい熱くなって抗議をしてしまった自分が、茜は恥ずかしくなった。

「ここらで差出人には退場してもらわないとな。いつまでもファンレターをだしつづけるわけにもいかんだろ」

「それはそうですけど。でもこんな別れの手紙を、リーグ優勝をかけた試合の前に受け取ったら、薄井さん、落ち込んで試合どころじゃなくなってしまうかも」

「そんなことはない。異国の婚約者は素敵な男性なんだ。彼女自身、自分にはもったいないと言うくらいにな。そのひとを選んだほうがまちがいなく彼女は幸せになれる。薄井さんはそれを願い、その餞《はなむけ》にアリゲーターズのリーグ優勝を贈ろうとするはずだ」

「しますかね？」

「男ならするさ」

答えたのは芹沢ではない。聞き覚えのある野太い声だった。茜は驚き、そっと振りむく。熊が立っていた。フード付きのパーカーに七分丈のパンツ。笹塚だった。手にはバットが握られている。

「おかしいと思ったんだよ。あのじいさんに、あんな熱烈なファンレターがくるはずないもんな」

そう言いながら、笹塚は芹沢の隣の打席に入った。

「なんだ、笹塚。おまえもここ、利用してたのか」

バットを振りながら、芹沢が訊ねる。

「ときどきな」

そう答える笹塚のところへ早速、球が飛んできた。彼はいともたやすく打ち返す。球は一直線に飛び、画像に映る投手の顔にぶち当たった。さきほど茜の相手をしていたアイドルが奥さんの彼だ。どうやらわざと狙ったらしい。

「イヤッホォォオオオ」笹塚は雄叫《おたけ》びをあげた。「こうやって憂さ晴らしにくるんだ」

あまりいい趣味とは言えない。

「しょうがねぇな、おまえは」

芹沢はあきれた表情を浮かべていた。しかし口元が綻《ほころ》んでいるのに、茜は気づいた。

「おまえだってそうだろ」冷やかすように笹塚が言う。「ほんとはいまでも、こいつらとやりあえるって心の底じゃ思ってるくせして」

笹塚の言うこいつらとは、映像に映しだされているプロで活躍中の投手達のことにちがいない。その問いかけに、芹沢は答えなかった。

ふたりは黙々と球を打ちつづけていた。まるで球音で会話をしているようだ。

芹沢くんと笹塚くんを見てるとさ、このままふたりは野球と心中しちまうつもりなのかって思うよ。

海辺で薄井が言っていたのを茜は思いだす。そしてまた、晴れ男くんがふたりにむかって言った言葉もだ。

自分だけが好きなことをして、まわりのひとに迷惑をかけるような人生は送りたくないんです。

一理はある。だがいま、打席に立つふたりを見ると、そんなのはただの逃げ口上に思えた。さらに茜は自分の、これまでの人生について考える。

あたしには好きで好きでたまらず熱中したことなんて、なにひとつない。優勝や一等賞を目指したこともなく、毎日をだらだら暮らしてきた。それなのにまわりのひとに迷惑をかけるような人生を送っている。母親としての役目をきちんと果たし切れていない。

「芹沢っ」笹塚の吠えるような声に、茜は我に返った。「おまえ、まだまだイケるじゃん」

芹沢は口を閉ざしたまま、その返事とばかりに球を打ち返した。

「なぁ、よぉ。やっぱ、グラウンドに戻ってこいよ。いっしょにまた、野球やろうぜ」

「莫迦を言うなっ」芹沢が怒ったように言う。「私以外にだれがアリゲーターズのゼネラルマネージャーができるというんだ」

「ワニにやらせたらどうだ？」

「いいじゃん、兼任すれば」

「そうはいくかっ」

「だったら」バットを構え、つぎの球を待つ笹塚が、茜の顔を横目で見た。「ワニにやらせたらどうだ？」

「へ？」茜はしゃっくりに似た素っ頓狂《すっとんきょう》な声をあげてしまった。と同時にバットを振っていた芹沢は、球を逃していた。ここにきてはじめての空振りだ。

「できるよな、ワニ」

「そ、そんな、む、無理です」

「明日からやれって言ってんじゃねぇよ。来年も難しいか。だったら再来年。おまえだったらできる。なにごとにも必死だし、根性がある。なによりもウチの若い選手よりも、ずっとハングリー精神がある」

「必死にならなくちゃ、人並みに仕事ができないんです。根性なんかありません。これはただの意地っ張りです。稼がなくちゃやってけないんだから、ハングリーにもなります。それだけです」

「それだけでじゅうぶんだ。やれよ。せめて目指せ。夢や目標をなくしちまったら」笹塚は思い切りバットを振り、球を打った。「人間、おしまいだぜ」

プレーオフ最終戦当日は晴天に恵まれた。ただし吹く風が冷たく、肌寒い。もう十一月なのだ、やむを得ないだろう。メェメェ球場へむかうワニバスの中はいつもと変わらず静かだった。笹塚がひとり、ロッテリアのハンバーガーを食べていたが、ぴちゃぴちゃ音をたてたりはしなかった。

　球場に着いて、選手みんながバスを降りるとき、茜はひとりひとりと握手をした。励ましの声もかけた。

「ワニさんもがんばって」と言い返されもした。

　気になったのは薄井の目が赤く腫れていたことだ。最後のファンレターは昨日、練習中だった薄井に渡してある。それを読んで泣いたせいかもしれない。

「だいじょうぶですか」

　そう言ったのは泣かせた張本人、芹沢だ。

「勝つよ」薄井は低い声で言った。「今日はぜったいに勝つ。ぜったいだ」


　パスッ、パスッ、パスッ。

　アリーちゃんの足音が廊下に響く。メェメェ球場の中である。むかう先は一塁側のベンチだ。ＡＡギャルズはさきにいっている。控え室で２４００の変身ポーズを復習してからでてきたので、少し遅れてしまったのだ。

　これから決勝戦第五戦だ。あと三十分も経たないうちに試合がはじまる。アリーちゃんの中にいると、心臓の鼓動が高鳴っているのが、自分でもよくわかる。胸の高鳴りを家族の者に聞かれてしまったらどうしようと心配の毎日です。薄井宛のファンレターの一文を思いだしてしまう。

茜は足をとめた。廊下のむこうからカモ野ハシ蔵がやってきたのだ。しかもくの一軍団を従えてである。ビジターゲームにもかかわらず、全員で乗り込んできたのだ。これからセクシーダンスも披露する。

だいじょうぶかな、うちの選手達。あれに惑わされなければいいんだけど。

くの一軍団は無言だ。ＡＡギャルズであれば、こうした移動のとき、きゃあきゃあと大騒ぎなのだが、彼女達は足音もあまり立てていない。

あんたたち、本物の忍者なの？

カモ野ハシ蔵が目の前で立ち止まった。右手を差しだしてくる。

握手ってことか。案外、ジェントルマンじゃん。

茜も手をさしだす。するとその手をカモ野ハシ蔵はぱしんと叩いた。無礼にもほどがある。カチンときたが、どうすることもできない。なにするのよ、と言ってやってもよかったのだが、アリーちゃんに扮しているせいで、声をだすのが憚られた。ただ黙って相手を睨むだけしかできない。

するとそのときだ。右横をひとが通っていくのを感じた。

「ぼくの母さんになにをするんだっ」

健人だ。アリーちゃんとカモ野ハシ蔵のあいだに、立ちはだかっている。

「タゼイにブゼイはヒキョーだぞっ。くるならこいっ。ぼくが相手になってやるっ」

あきらかに２４００でおぼえた台詞だ。カモ野ハシ蔵は、一瞬たじろぎながらも、すぐさまアリーちゃんに顔をむけ、肩をすくめた。命拾いしたな、とでも言っているようだった。

「どうしたの、健人」

カモ野ハシ蔵とくの一軍団が去ったのち、茜はしゃがんで、アリーちゃんの頭を取った。

「母さんをすくいにきたんだよ」

息子は胸を張って答える。それは大変ありがたい。でもいま聞きたいのはそういうことではないのだ。と思っていると、「いた、いた」と言いながら、母が小走りで駆け寄ってきた。さすがに今日は絣の着物ではない。

「母さん。今日、くるなんて一言も言ってなかったじゃない」

「ぼくがナイショにしておこうって言ったんだ。母さん、おどろかそうとおもって。でもぼくのほうがおどろいちゃったよ。だって、母さん、わるいヤツらにとりかこまれてたんだもん。ぼくがこなかったらピンチだったでしょ」

「そうよ。とても助かったわ。ありがとうね」息子に礼を言ってから、母に「ふつうにチケット買ったってこと？」と訊ねた。

「そうよ」当然でしょと言わんばかりに母が答える。

「でもどうやってこの中に入れたの？」

「オバアチャンがね、アリーちゃんのぬいぐるみとか売ってるとこにいたオジサンに言ったんだ。このワニの中に入っているのが、ウチのむすめなんだけど、会いにいくのはどうしたらいいかって。そしたら途中まで案内してくれたんだ」

「オジサンってどんな」

「全身、ピンクのひとよ」と母。

「おもしろいオジサンでね。きみは野球が好きかって言われてね。みたこともやったこともないからわからないって言ったら、すっごくおどろかれちゃったよ。でね、今日、みたらぜったい好きになるはずだ、ぜったいやりたくなるはずだ、オジサンがおしえてやるから、ぜひヤキュートキョーシツに入りなさいって。きみのお母さんも入っているって言ってたけど、ほんと？」

「あ、うん。まあね」

「そっかぁ。じゃあ、やってみよっかなぁ」

健人は思案顔になる。いつからこんな顔ができるようになったのだろう。

「あのピンクのひと、もしかしたら、オエライさん？」

母が訊ねてきた。

「うちのチームのゼネラルマネージャーだよ。もとはプロ野球選手だったひと」

「独身なのかい？」

母の目が怪しく光っている。なにを考えているか、茜にはわかった。

「独身だけどバツサンよ。慰謝料でクビがまわらないって噂もあるわ」

釘を刺すように言うと、母はあからさまに残念がった。

やれやれ、まったく。

「茜さぁぁん」イチゴの呼ぶ声がする。「じきに出番ですよぉ」彼は母と健人の姿に気づき、軽く会釈した。

「じゃ、あたし、いってくるから」

茜はアリーちゃんの頭を被る。

「ねえ、母さん。今日、母さんのチーム、勝つよね」

アリーちゃんとなった茜は、こくりとうなずき、息子にむかって右手の親指を突きだす。口の隙間から見える健人が茜を真似るのが見えた。

ＡＡギャルズとともにグラウンドへ飛びだす。アリーちゃんを着る前に得た情報では、その時点で入場者数は二千五百人だった。さらに増えているようだ。うれしいことはうれしい。でもまだまだ、こんなもんじゃ満足できない。ホンモノ王子のときのように七千人、いやいっそ一万人を目指そう。

♪さぁぁ、いまこそぉぉ、ピンチをチャンスにぃぃ

応援歌が流れてきた。茜は顔をあげ、両手を上にしてVの字をつくる。

これまでの人生で、熱中できるものなどなにもなかった。だがいまはちがう。先日のバッティングセンターで、そのことに茜は遅まきながら気づいた。芹沢や笹塚に気づかされたというべきだろう。

ゼネラルマネージャーだってなんだってやるわよ。そして健人と暮らすんだ。いつか必ず。その日のために、いまをがんばろう。がんばれ、あたし。がんばれ、アリゲーターズ。

ゴー、ゴー、アリゲーターズ。

カモ野ハシ蔵見参

「くぅぅぅぅ」

菅谷修介《すがやしゅうすけ》は唸《うな》った。パイプ椅子に腰かけ、右脚の腿に左脚を乗せ、その足首にスプレーを吹きかけたところだ。炎症を押さえる痛み止めの薬である。

効いたかな。

スプレーをテーブルに置いて、左足首をぐるぐる回してみた。まだ少し痛みは残っている。腰をあげてその場に立ち、二、三度飛び跳ねてみた。

「あ痛たたたた」

そんなにすぐに治るわけないだろが。

テーブルの上でカモ野ハシ蔵が小莫迦《こばか》にするように言った。正しくはその着ぐるみの頭が置いてあるだけで、言ったように思えたのだ。

カモ野ハシ蔵は黒装束を身にまとったカモノハシで、ダックビルズのマスコットキャラクターだ。球団が結成して今年で九年目、当初から菅谷はこの着ぐるみの中に入り、ほぼ全試合を応援しつづけてきた。休んだのはインフルエンザにかかったときだけだ。二十五歳ではじめたときは、こんなに長くつづくとは思っていなかった。

七月第三日曜の今日も、いまのいままでカモ野ハシ蔵だった。ダックビルズ対アリゲーターズ戦がここ、伊賀でも甲賀でもない、知る人ぞ知る忍者の里である山間の町の球場でおこなわれていたのだ。試合は午後一時にはじまり、おわったのは三時過ぎだ。そのあと球場の出入り口前で、でてきた観客と握手にハグ、いっしょに写真を撮って、リクエストがあれば側転バク転バク宙まで披露してみせた。そして最後の最後、バク宙の着地をしくじり、左足首を挫《くじ》いてしまったのだ。

調子づいたのがまずかったんじゃね？

頭だけのカモ野ハシ蔵がしたり顔で言う。着ぐるみの表情が変わるはずがない。しかし菅谷にはそう見えたのだ。そもそもしゃべるわけもないのだが。

「うるさいよ、おまえは」

菅谷はカモ野ハシ蔵の頭を両手で持ちあげた。忍者なので黒い覆面を被《かぶ》っているとはいえ、間近で見るとけっこう汚れが目立った。

三月なかばから九月いっぱいまで、金土日は試合があり、ホームはもちろんビジターでも、カモ野ハシ蔵はダックビルズの応援にかけつけている。試合以外の日も、さまざまなイベントに参加することも多い。オフシーズンの冬だって大忙しだ。試合はほぼデーゲームで、他のイベントも屋外が多いからだろう、陽に晒《さら》されたカモ野ハシ蔵はぜんたいに、色褪《いろあ》せてもいた。縫い目のほつれもあちこちにある。どこかに引っ掛けたらしき鉤裂《かぎざ》きや、虫に食われたような穴、どういうわけだか焦げ目もあった。

「今シーズンがおわったら、メンテナンスしてやるからよ。それまでの辛抱だ」

去年もおんなじセリフ、聞いた気がするぜ。

カモ野ハシ蔵に指摘されてしまった。

「今年こそぜったいだって」

そう言いながら、ドア間近に置いた黄色いプラダンケースまで運ぶ。ひとひとりが入れるほどの大きさで、すでにカモ野ハシ蔵の胴体は収納してあった。今日までの三日間、この球場で試合をおこなっていたので、カモ野ハシ蔵はここに置かせてもらっていた。今日は自宅に持って帰らねばならない。

つぎの金土日はよその県での試合なので、そこへ応援しにいくのだが、水曜にも出番があった。地元の食品メーカーの新作発表会のイベントに呼ばれているのだ。くの一軍団も数名、連れていくことになっている。

それにしても。

菅谷はため息をついた。ホームゲームにもかかわらず、我らがダックビルズは、宿敵アリゲーターズを相手に一勝二敗で負け越してしまったのだ。

カモ野ハシ蔵を脱いでからすぐ、スマートフォンで、ＣＣＣのよその二試合を確認した。三位のゲッコスが負けたので、どうにか二位はキープできている。

三連勝していればアリゲーターズから一位の座を奪取できるはずだったのだ。ホームゲームなので、なおのこと期待がかかっていたというのに。

じつに不甲斐《ふがい》ない。

試合後、球場の出入り口前で張り切ってしまったのは、アリゲーターズのマスコット、アリーちゃんがいたからだ。アリゲーターズの応援に情熱を燃やす純情可憐で乙女なワニである。

なにするでもなく、うろつくだけで子供が群がる彼女に、負けてなるものかとアスファルトの上で、バク宙などしたのがいけなかった。

歳も考えないとまずいって。三十代もなかばなんだからよぉ。

カモ野ハシ蔵に言われてしまった。

「うるせぇ。アリーちゃんの中身だって、イイ歳こいたオバサンなんだぞ」

でも最近、ダンス、うまくなってきたよな、アイツ。

そうだ。カモ野ハシ蔵の言うとおりである。

アリーちゃんの中身は以前、アリゲーターズの本拠地にある大学の学生だった。ダンスが得意で動きはキレキレ、バク宙はできなかったが、側転とバク転はうまく、菅谷も一日を置いていた。

ところが四年前、大学生は卒業して社会人になり、べつのひとに入れ替わってしまった。アリゲーターズの球団職員で、〈イイ歳こいたオバサン〉だ。彼女が入ったアリーちゃんときたら、最初はまるでなっちゃいなかった。ダンスはへたくそ、側転バク転バク宙なんてできやしない、後転もままならず前転がやっとだった。

なにより動きにキレがない。鈍臭《どんくさ》いのだ。見ていてイライラするくらいで、可愛《かわい》い仕草すら満足にできないときている。菅谷は着ぐるみを舐《な》めんなよと本気で思った。そのくせどういうつもりか、カモ野ハシ蔵に対抗意識を剝《む》きだしで、ライバル視していると言ってもよかった。それがより露《あらわ》になったのは、昨年の夏、ちょうどいま頃のことだった。

ここの球場で、ダックビルズ対アリゲーターズの試合前、カモ野ハシ蔵&くの一軍団が一塁側にむかって、パフォーマンスを披露している最中だ。

三塁側からアリーちゃんがのそのそやってきて、ごく間近に立ち、腕組みをしてじっとパフォーマンスを眺めている。気にはなるものの、邪魔するわけでもなし、そのまま放っておいた。

それがラスト、カモ野ハシ蔵がバク宙を決めたあとだ。観客から拍手を受ける中、アリーちゃんが近づき、メンチを切ってきた。

なんだ、こいつ?

そう思いつつ、カモ野ハシ蔵もメンチを切り返してやった。するとアリーちゃんがぎこちなく腰をふり、一回転をしてから、右手の人差し指の先をむけてきた。

おまえも踊れってこと?

やむなくカモ野ハシ蔵は足を肩幅に開き、まっすぐに立った。そして軽くジャンプして、右足だけを身体の中心に寄せ、着地する。左足は膝を曲げ浮かしておく。つぎに右足でジャンプして左足で着地、両足は開いた状態で、左足で軽くジャンプ、身体の中心に寄せて着地、右足は膝を曲げる。左足でまた軽くジャンプ、今度は右足だけで着地して両足を開く。この動きを繰り返す。いわゆるスポンジボブという、ヒップホップダンスのステップだ。十秒ほどやってみせてから、アリーちゃんを指差すと、観客に喝采を浴びた。

菅谷がカモ野ハシ蔵の中に入ってから、踊れたほうがいいと考え、地元のダンス教室に自腹で通いだし、そこで三回目くらいで教わったステップである。つまりは基礎中の基礎だ。褒められるほどのことではない。

オッケー、わかったわ。やってやろうじゃない。

とでも言いたげな仕草をすると、アリーちゃんがカモ野ハシ蔵とおなじように、肩幅に足を広げた。

踊れるのか。まさかおなじスポンジボブを？　踊れなかった。おなじスポンジボブを踊ろうとしているのが、かろうじてわかるくらいで、ヒドい出来だった。鈍臭いうえにヨロヨロしているのだ。観客から笑い声が起こる。それでも最後には仁王立ちして、カモ野ハシ蔵を指差した。

ならばとカモ野ハシ蔵は、やはりヒップホップダンスのステップで、ランニングマンをやってみせた。スポンジボブよりも初心者向けである。

カモ野ハシ蔵に指差されたアリーちゃんは、うんうんと頷《うなず》いて、早速はじめた。駄目だった。全然、ランニングしていない。ウォーキングマンだ。ところがこれまた、観客に受けた。一塁側だけでなく、アリゲーターズファンの三塁側からも笑いが起きた。

それからカモ野ハシ蔵はステップをやってみせ、アリーちゃんが真似た。三度やって、どれもちがうステップだが、どれひとつアリーちゃんは満足にできなかった。にもかかわらず最後には拍手が沸き起こった。それもアリーちゃんを讃《たた》えてである。一塁側、ダックビルズのファンもだ。「アリーちゃん、かわいいっ」「よくがんばった」「また見せてねぇ」と声援まであがるほどだった。気づけばアリーちゃんは客席にむかって、両手を大きく振っていた。

なんのことはない、カモ野ハシ蔵がフリで、アリーちゃんがオチ、つまりオイシイところは彼女がぜんぶ持っていってしまったのだ。悔しいが仕方がない。

翌日の試合前にも、アリーちゃんはおなじように近づいてきて、おなじようにメンチを切ってきた。売られた喧嘩《けんか》は買わねばならぬ。そして前日とおなじように、アリーちゃんはヘタっぴな踊りで、観客に喜ばれていた。さらに翌日もである。

つぎにアリゲーターズとの試合があったのは、三週間後で、むこうの本拠地でおこなわれた。この三日間もアリーちゃんがダンスバトルを挑んできた。

以来、ずっとつづいている。はじめのうちこそステップどころか足をあげるのもやっとだったのが、昨シーズンおわりには、スポンジボブやランニングマンだけでなく、スキーターラビットやトゥエル、ポップコーンなど、基礎のステップならばなんとかできるようになった。

今シーズンも三月の開幕戦からおこなっている。驚いたのは、アリーちゃんのダンスがそこそこ上達していたことだ。どうやらシーズンオフにダンス教室にでも通って、練習していたらしい。基礎ステップのみならず、アレンジを入れても踊れた。

中のひとが変わったのかと疑いもしたが、前とおなじ球団職員の〈イイ歳こいたオバサン〉にちがいなかった。ダンス以外の動きを見ていればわかる。相変わらず鈍臭く、可愛くないのだ。

ダンスバトルがおわったあとには決まって、ぜいぜい息を切らせ、肩で息をしている。時折その場でしゃがみこんでしまう。そんなアリーちゃんにむかって、「ママ、がんばって」と声をかける子がひとりいた。いつもおなじ子なのも、中のひとがあのオバサンだという証拠になるだろう。

アリーちゃんの変化に、常連が多い観客も気づき、「じょうずよ、アリーちゃん」「がんばったわね」「立派よ、素敵」と惜しみない賞賛の声をあげていた。

これがカモ野ハシ蔵というか菅谷（この際どっちでもいい）は、甚だ面白くなかった。癪《しゃく》に障ったのだ。上達したのは認める。だがまだまだ未熟だ。そこまで褒めそやさずともいい。それを言ったら自分のほうが段違いにウマい。バク転バク宙お手のモノだ。だというのに、最近ではどれだけがんばって、やってみせても、拍手の量は前よりも確実に減っている。

悔しさのあまり、カモ野ハシ蔵はブレイクダンスを取り入れた。6歩というステップだ。これをアリーちゃんが真似たところ、無様に尻餅をついた。ざまあみろと思っているとだ。

「いきなり難しいのはやめろ」「アリーちゃんができないとわかってて狡《ずる》いぞ」「アリーちゃんにもっと優しくしろ」「アリーちゃん可哀想《かわいそう》」

客席から批難されたばかりでなく、カモ野ハシ蔵に対して、ブーイングまで起きた。アリゲーターズファンのみならず、ダックビルズファンからもあった。

俺が悪いっていうのか？　つうか、6歩なんて初歩も初歩だぞ。

アリーちゃんはよっこらせと立ち上がり、お尻を振った。痛くないのをアピールしたあと、ふたたび6歩に挑んだ。ゆっくりのそのそとした動きで、全然なっていなかった。しかし観客からは盛大な拍手が送られた。

それから二ヶ月ちょっと、今日も試合前にダンスバトルをおこなったが、6歩をはじめ、ブレイクダンスのいくつかのステップも、アリーちゃんはいささかスピード感に欠けながら、どうにかできるようになった。

カモ野ハシ蔵がフって、アリーちゃんがオトし、おいしいとこ総取りは変わらない。釈然としないが、仕方がない。そのほうが客受けがいいのはたしかなのだ。

カモ野ハシ蔵の頭をプラダンケースに入れ、蓋をしたところで、ドアをノックする音がした。

「萱谷さぁん、入っていいですかぁ」

くの一軍団のリーダーだ。

「一分、待ってくれ」

萱谷はパンツ一丁だった。着ぐるみからでたあと、汗だくの長袖シャツにステテコも脱いで、ほっぽり放しにしてあったのだ。着替えのTシャツにジーンズを穿《は》き、床に落ちていたシャツにステテコ、痛み止めのスプレーもバッグに詰めこむ。

「どうぞ」と言ってから、サンダルとスニーカーの中間みたいな靴を素足に履く。カモ野ハシ蔵を演じるようになってから、水虫が悪化したので、夏には通気のいい靴を履くようにしていた。

「失礼しまぁす」

入ってきたのはリーダーだけではない。くの一軍団十二名がぞろぞろ入ってくる。彼女達は女子更衣室で私服に着替えており、思い思いの格好だ。まだ梅雨が明けていないものの、今日は夏の到来を報《しら》せるような快晴で気温も高い。そのせいか、総じて肌の露出が多く、菅谷は目のやり場に困った。

くの一軍団の衣装も、忍者をモチーフにしながら、肩やヘソはでているし、太腿が剝きだしだが、見慣れていることもあって、気にならない。それが私服だとやけに生々しく思えてならないのだ。

「ぐずぐずしない、さっさと中に入って、円になりなさいっ」

リーダーがみんなを急《せ》かす。当年とって三十五歳の彼女は、結成時からのメンバーで軍団最古参、唯一の三十代にして人妻、そして子持ちである。べつにだれかがリーダーだと任命したわけではなく、いつからか自ら名乗り、いまでは軍団や菅谷のみならず、球団職員や選手までもが、リーダーと呼ぶようになった。

「番号っ」「一」「二」「三」立ったままで円陣を組んだメンバーが、リーダーの掛け声で、左回りに数字を叫んでいく。「九」「十」「十一」「十二」最後の十二はリーダー自身だ。「十二人、全員揃《そろ》っています」

はい、そうですか。

十二人しかいないのだ、見ればわかる。

「菅谷さん、どうぞこちらに」

リーダーに言われるがまま、菅谷は円陣に加わった。彼女の右隣だ。どこでもいいのだが、従わないとリーダーの機嫌を損ねてしまう。

「一同、礼っ」リーダーの掛け声に全員が頭を下げる。「それではこれからミーティングをおこないます。菅谷さんからどうぞ」

とりわけ言うことはない。それでもつぎの試合こそダックビルズの勝利を願い、張り切って応援しようとハッパをかけた。

つづけてリーダーが、今日のダンスについて、くの一軍団のメンバーを、名指しで幾人か注意する。そのくらい、よかね？　と思うくらい些細《ささい》なことだ。しかし指摘されたメンバーは「わかりました」と素直に返事をしたうえで、「ありがとうございます」とお辞儀までする。逆らおうものなら、リーダーの説教がはじまり、ミーティングが長引くばかりだからにちがいない。

それがおわったら、今度は連絡事項だ。明日のダンスレッスンのことや、水曜に催される地元食品メーカーの新作発表会についてだ。集合場所や時間など、すでにラインで流しているのだから、なにもわざわざ言う必要もないのに、と萱谷は思うのだが、言わずにおいた。リーダーの機嫌を損ねるだけだからだ。

「他になにかありますか」

リーダーが一同を見まわす。

「はいっ」

右斜め前、さきほど「八っ」と番号を言った智佳子《ちかこ》が、勢いよく手を挙げた。

「なにかしら、智佳子さん」

十九歳の智佳子は、日本人離れをした顔立ちとスタイルのうえに、ダンスの実力はダントツだ。段違いと言ったほうがより正しい。昨年メンバーになったばかりだが、瞬く間にセンターを獲得し、くの一軍団では自他ともに認めるトップなのだ。ちなみにそれまでのセンターはずっと、リーダーだった。

「八月末日で引退させてください。お願いします」

突然のことに萱谷は我が耳を疑った。しばらく智佳子の彫りの深い顔をマジマジと見てしまったくらいである。他のメンバーの反応はマチマチだった。萱谷とおなじく驚きに目を丸く見開くものもいれば、やっぱりねと訳知り顔で頷くものもいた。

「シーズン中に引退なんて、どういうつもり?」

食ってかかるように言ったのはリーダーだ。

「申し訳ありません」智佳子は深々と頭を下げた。その態度を見れば、心から詫《わ》びているのがじゅうぶん伝わってきた。「じつはあたし、五月に東京でオーディションを受けてきまして」

東京という地名に、くの一軍団全員の顔色が変わる。菅谷も少なからず動揺したものの、それを表にださぬよう注意しながら、みんなを代表するようにこう訊ねた。

「なんのオーディションだ?」

「ミュージカルです」智佳子はそのタイトルを言った。世界中のだれもが知っている作品だった。「昨日、合格通知が届きました」

「すごぉい」「ほんとにぃ」「やったじゃん」「おめでとう」「よかったね」「夢、叶《かな》ったんだ」

くの一軍団のだれもが褒め讃える。智佳子はくの一軍団のほぼみんなに好かれていた。容姿だけでなく、性格もいいからだ。人当たりがよく、どんなひとにも分け隔てなく接する。ダンスが段違いにうまいのを鼻にかけたりしない。それどころか上手に踊れないメンバーには、マンツーマンで教えることもよくあった。ひとりだけ、口を閉ざしたままのひとがいた。リーダーだ。

「なんの役やるんです?　やっぱヒロインですか」

美優《みゆ》が無邪気に訊ねた。さきほど「四っ」と番号を言った彼女は軍団最年少、高校一年生の十五歳だ。昨春に入ってきたので、智佳子と同期ではある。

「ヒロインはすでに決まってるから無理よ。来月のアタマからほぼ毎日、ワークショップをおこなって、一ヶ月かけて役を決めるんですって。それから本格的に稽古をしてって、公演は来年一月に幕が開くの」

幕が開く、か。

菅谷はいままで様々なイベントをプロモーションしてきたが、幕がある舞台はほとんどない。

「それじゃ、八月にここをやめるだけじゃなくて、東京に住むんですかぁ」

また美優だ。瞬きひとつせず、羨望のまなざしで智佳子を凝視していた。

「そうよ」さらりと短めに答える。

「わぁあ、いいなぁ。夏休み、泊まりにいきたぁい」

美優の発言に一同がどっと沸いた。菅谷も笑ってしまう。リーダーだけ膨れっ面でいた。そこまで心情を露にしなくてもいい。三十過ぎて子供までいるのだから、つきあいで笑うくらいできないのかと、菅谷は余計なことを思う反面、彼女の気持ちがわからないでもなかった。

リーダーは十代の頃、アイドルグループのオーディションで最終選考までいったことがあった。本人に聞いたのだ。菅谷だけではなく、他のメンバーや球団の事務員にも、事ある毎《ごと》にこの話を持ちだす。

それはべつにかまわないのだが、どういうわけだか自慢げに話すので、菅谷はいつも戸惑ってしまう。たぶん他のひと達もだ。彼女が必ず〈最終選考までいった〉と言うのも気になる。いまはそのアイドルグループを引退（卒業か）し、女優として活躍している子と、最後まで争ったんですという話を、何度も聞かされているのだが、その度にどんな顔をしていいのかわからなかった。

つまり落ちたんですよね。

何年か前に軍団の新入りがそう言ったことがある。ダンスレッスンの合間の小休憩で、菅谷もその場にいた。新入りの子は悪気なく、思ったことを口にしただけだったにちがいない。ところがリーダーは烈火のごとく怒った。

あたしの努力と苦労が無駄だったたっていうのっ。

翌日、新入りの子はこなかった。菅谷のスマートフォンに、やめますとメールがきてそのままだった。

「そこまで決まってちゃ、しょうがないな」菅谷は鷹揚《おうよう》に言った。「ぜひがんばってくれ」

「ありがとうございます」

そう言ってから、智佳子がにこりと微笑《ほほえ》む。眩《まぶ》しいくらいの笑顔だ。元からそうだが、いまは輝かしい未来が待っているからだろう、眩しさが増していた。羨ましい限りだ。自然と拍手が起きた。

智佳子がやめてしまうのはまったくもって惜しい。見栄えがよくてダンスも抜群にうまい。まわりの連中が下手《へた》っぴで、踊りがあっていなくても、センターの彼女さえいればどうにか格好がついた。

去年今年と、くの一軍団がメディアに取り上げられる回数が増えたのは智佳子のおかげだ。以前はこちらから売りこみ、無理矢理、地元のイベントに出演させてもらっていたのが、県内どころか県外からも声がかかるようになった。きちんと出演料ももらえ、そこそこの稼ぎにもなっていたくらいだ。

まずいな。

九月から先にも、くの一軍団はそうしたイベントにいくつか出演する予定があった。主催者側から「センターの子はぜったいだよ」と念を押されているのもある。そのへんのひと達には明後日、月曜の朝にすぐさま連絡を入れるべきだろう。

テレビ出演の話もあったのになぁ。

まったくもってやれやれだ。これがもしも、わけのわからない芸能プロダクションにスカウトされ、グラビアアイドルになりますと言いだしたのならば、菅谷も全力で阻止する。しかし自ら勝ち取ったチャンスなのだ。

ここはひとつ快く東京へ送りだしてあげよう。そうだ、送別会でもやろうか。軍団のみならず、球団職員や選手達も誘えばくるにちがいない。金土日は試合、月曜は夜、くの一軍団のダンスレッスンなので、火曜か水曜の夜ならばシーズン中でも比較的、時間があるはずだ。

「だったらどう」リーダーが口を開いた。その鋭い声に拍手は一瞬で鳴り止んでしまう。「八月末日なんて言わずに、いまここでスッパリやめてもいいのよ」

なにを言いだすんだ、この女。

菅谷だけではない。智佳子を含めた十一人みんながおなじことを思ったにちがいない。正気を疑うような目をリーダーにむけている。

「私達に義理立てすることなんかないわ。一刻も早く東京にいって、むこうの生活に慣れておくべきよ」

「そうもいかんだろ」軽く咳払いをしてから、菅谷は言った。「つぎのセンターを選ばなくちゃならない。その引き継ぎを智佳子にも協力してもらわねば」

「選ぶ必要なんかありませんよ。私がセンターに戻ればいいだけの話でしょう?」

「いいなぁ、智佳子さん」

背後から声がした。美優である。さきほどまで隣の黄色いプラダンケース（中身はもちろんカモ野ハシ蔵）に寄っかかって寝ていたのが、バックミラーで確認したところ、瞼をぱっちり開いていた。

「東京住めるんだもんなぁ」

ハンドルを握りながら、菅谷は苦笑してしまう。左足首の痛みはだいぶ治まり、運転には支障はない。

十人乗りのワゴンで球場から、くの一軍団十二人のうち七人（とカモ野ハシ蔵）を乗せて出発したのは、四時半過ぎだった。市内のあちこちに降ろし、残りはあとひとり、美優だけとなった。彼女の家は市内でも北の外れ、県境にある山深い農村だ。そこへむかってくねくねと曲がりくねった山道を、のぼっている。あと十分もすればなんとか辿《たど》り着くだろう。

七月なかばなので日が長く、六時になってもまだじゅうぶん明るい。それでも生い茂る木々の中を走る場合もあるので、ヘッドライトは点けていた。

七人の中に智佳子もリーダーもいなかった。智佳子の自宅は球場からバスで通える距離なのだ。リーダーは高校教師の旦那さんが球場まで迎えにくるのが常だった。ときには試合も見ているらしい。今日は小学四年生になる娘さんもいっしょだった。三人が揃って帰るところを見る限り、リーダーはよき妻であり、優しい母のようだった。

「東京、いいなぁ」美優がさらに言ってからだ。「そう言えば菅谷さんって、東京に住んでいたんですよね」

「ああ」

いまも実家は東京だ。会社も東京である。ここに転勤して九年になる。けっこうな数のひと達におなじことを何度となく訊かれ、いい加減うんざりしている。でも美優は口をとざし、それ以上あれこれ詮索してこなかったので、菅谷はほっとした。

菅谷の実家は葛飾区のお花茶屋だ。名前はメルヘンチックだが、これといって特徴のない、ありきたりでありふれた町で、だいぶ千葉寄りだ。しかも千葉にある大学へ小一時間かけて通っていた。

おなじく葛飾区の、寅さんで有名な柴又に会社はある。イベントの企画に運営、実施に至るまでトータルプロデュースをおこなうのが主な事業内容だ。菅谷を含め、二十人ばかりしかおらず、クライアントは聞いたことのない中小企業ばかりだ。

扱うイベントといえば周年式典や株主総会、入社式に会社説明会、新商品発表会、企業展示会、記者発表会といった地味なものが七割、残り三割は派手といえば派手だが、デパートの屋上やショッピングモール内の会場や住宅展示場といった場所で催される、着ぐるみや特撮ヒーロー、またはテレビで見たことのないアイドルや芸人のショーだった。

新人の頃はあらゆるイベントに駆りだされた。午前は入社式で重役クラスのオジサマ達を誘導し、午後は着ぐるみを着て舞台にあがるなんてことはしょっちゅうだった。休みは月に二回あるかどうか、要するに便利に使われたのだ。

しかし不満どころか、菅谷は楽しく仕事に励んだ。地味派手かかわらず、どんなイベントも気持ちがハイになり、裏方で走り回るのが、面白くてたまらなかったのだ。なんだかお祭りみたいな日々が延々とつづいているみたいだった。ただまあ、そうしたイベントも東京よりも千葉や埼玉のほうが多かった。

たぶんというか、ぜったい、東京を羨ましがるひと達が憧れるのは渋谷や原宿、表参道、青山、赤坂、六本木、恵比寿、中目黒などといったところだろう。美優にしたってそうにちがいない。

ところが東京で暮らしていた二十五年間、そういった場所とは菅谷はついぞ無縁だった。デートなりなんなりでいくにしても、上野どまりだ。そこから西へ足を踏み入れたことは滅多になかった。

東京生まれの東京育ちで、東京の会社に勤めていながら、東京にまるで詳しくない菅谷が、どうして独立リーグの一球団を着ぐるみまで着て、応援しているかといえば、むろん仕事だからである。

ここは社長の生まれ故郷なのだ。球団幹部が中学時代に社長の親友だったとかで、お呼びがかかり、ダックビルズのプロモーションを任されたのである。

社長自ら陣頭指揮を執り、東京と故郷の町をいったりきたりしていた。それがやがて球団に毎日出入りできる社員がいたほうがいいという話になり、独身で若手の菅谷に白羽の矢が立った。

はじめはマンスリーマンションのワンルームに暮らしていた。長くてもせいぜい一年で東京に戻れると社長にも言われていたのだ。ところがなんだかんだと長引き、二年目の春にはふつうのマンションに引っ越していた。

1LDKではあるが、いちばん広い部屋は会社の支社というか支部だった。訪れるのは社長と社員が数名、月に一度くるかどうかだ。それでもオフィス然としてはいる。仕事専用の電話を引き、パソコンはもちろんのこと、ファクシミリにコピー機も備えてあった。ダックビルズとの仕事の資料はすべてファイルにして保存してあるし、野球のオフシーズンには黄色いプラダンケースに入ったカモ野ハシ蔵を置いておく。

といってつぎの春まで置きっ放しではない。冬のあいだもイベントその他、カモ野ハシ蔵として参加するので、シーズン中よりも活躍しているくらいだ。クリスマスから正月にかけての年末年始などは連日、市内のどこかしらに出没している。くの一軍団を率いていく場合もあった。デパートや商店街、ショッピングモール、遊園地、温泉旅館、老人ホーム、保育園など呼ばれればどこへでも馳せ参じた。

冬にはダックビルズ以外からイベントの依頼を受けることも多く、オプションとして、カモ野ハシ蔵でもいかがですかと勧めたりもした。

カモ野ハシ蔵はそのうち、バイトにやらせるつもりでいた。だが次第に楽しくなってしまい、いつしかその考えも消え失せた。いまやカモ野ハシ蔵とは一心同体といってもいい。

あと何年、カモ野ハシ蔵でいられるだろう。

ふとそんな考えがよぎるときがある。菅谷自身、体力の限界でやめるのであれば、悔しいけれどもかまわない。しかし会社がダックビルズから切られることも考えられた。社長の親友が二年前に球団幹部をやめているのだ。ダックビルズがなくなることも大いにあり得る。CCC自体、今年はなんとかなった、でも来年は？　という状態なのだ。

「どうもありがとうございました」

美優が礼を言った。自宅前に着いたのだ。屋敷と言っていいほど大きい。玄関から美優の母親がでてきたのが見える。

「水曜日、頼んだぞ」

地元食品メーカーのイベントに美優も参加するのだ。

「こちらこそお願いします」

そう言いながら美優はスライドドアに手をかけているものの、開けようとしない。

「どうした?」ロックは外したので開くはずだ。

「智佳子さんがやめたら、センター、マジでリーダーですか」

今日のところは、やる気満々のリーダーにすっかり押されてしまい、その話は後日、検討しようとしか菅谷は言えなかった。帰り際、智佳子本人に水曜日のイベントはくるよね、と確認したところだ。

はじめに言ったとおり、八月末日まで、頑張ります。わがまま言って申し訳ありません。

そう答えてくれたので、菅谷はほっと胸を撫《な》で下ろした。九月以降のセンターはどうしたらいいのか、まだ考えていない。しかしリーダーはナシだとは思っている。

「まだわからんよ」

「あたしでは駄目でしょうか」

勘弁してくれ。

つぶらな瞳で見据えられ、菅谷は困り果てた。美優は高校生ながらも、テスト期間以外は、月曜のダンスレッスンには一度も休まず参加している。熱心で覚えが早く、教え甲斐があるとダンス教室の先生も言っていたが、菅谷にも見ていればわかった。美優自身、元から素質があり、なおかつ智佳子の存在が大いに刺激になっていたのだ。なにしろ日頃から美優は、智佳子さんみたいになりたい、智佳子さんが目標ですと公言して憚《はばか》らなかった。智佳子が務めたセンターを美優が引き継ぐのは、とても正しいことのように思う。

「駄目ってことは」

「だったら」

「公開オーディションをするつもりでいる」つぶらな瞳を見返し、萱谷は言った。「軍団のメンバーだけでなく、一般からも募って、球場やどこかイベント会場で踊ったり、動画でダンスしてるとこをアップしたり、より多くのひとに見てもらって、投票してもらうんだ」

咄嗟《とっさ》の思いつきだ。苦し紛れに言い募っているうちに、なかなかいいアイデアに思えてきた。これならばリーダーも納得せざるを得ない。いまから準備すれば、じゅうぶん間に合う。早速、明日にでも球団幹部に連絡をして、承諾してもらおう。

美優の瞳に一瞬の躊躇《ためら》いがあった。そのあとだ。

「いいですね、それ」

「だろ?」

「あたし、ぜったいセンター、取ります」

「がんばってくれ」

「はい」

美優はにこりと微笑んだ。顔かたちはちがうが、智佳子によく似た笑顔だった。憧れの先輩に一歩でも近づこうと真似たのかもしれない。スライドドアを開き、勢いよく表へでていった。


嘘だろ。

菅谷は我が目を疑った。

ワゴンのヘッドライトに、ひとの背中が浮かびあがっていた。美優の家から十分ほど山道を下ったところだ。

幽霊？

その類いは三十四年間の人生で、一度もお目にかかっていないし、信じてもいない。それでも気味が悪くてたまらなかった。

見る見るうちに近づいていく。さほど大きくはないが、がたいはいい。男にちがいない。筋肉の付き方が日頃、見慣れた男達にそっくりだ。広い肩幅に、でかくてがっちりとした尻。野球選手である。

だいぶふらついている。酔っ払っているのとはちがう。疲れがピークに達しているのだ。登山で道に迷い、この山道にでてきたのではないか。それがいちばん自然に思えた。

だけどなにも持っていないっていうのは変じゃね？

萱谷はワゴンの速度を緩める。話しかけようかどうしようか迷っていると、あと五メートルほどのところで、男はふりむき、足を止めた。萱谷をじっと見つめている。知っているひとだ。とは言え、むこうは萱谷を知るはずがない。

ホンモノ王子だ。

一度会ったことがある。握手までした。しかしそのとき萱谷はカモ野ハシ蔵の中だった。

CCCでは各球団とも一年に数回、セ・パ両リーグの二軍あるいは三軍と交流戦をおこなっている。ダックビルズがホンモノ王子の球団と対戦したのは去年の夏である。まだ一年経《た》っていない。

試合直前、ホンモノ王子からカモ野ハシ蔵に握手を求めてきた。正しくは、くの一軍団にで、カモ野ハシ蔵はついでにすぎない。さらに言えば、くの一軍団の中でも、ホンモノ王子の目当ては智佳子だった。握手をした際、彼女に小さな紙を手渡した。そこには090からはじまるケータイの番号が記されていたのだ。

これ、どうしたらいいですかね。

智佳子に相談され、萱谷もわからず、その紙を球団幹部に渡した。それから先はどうなったかはわからない。

ホンモノ王子はドラフト一位でセ・リーグの球団に入りながら、一軍だったのは最初の年の数ヶ月だけ、その後、ほとんど二軍暮らしに甘んじている。去年のダックビルズとの試合では、先発だったものの、初回から打たれまくり、四回でベンチに引き下がっていた。ただしホンモノ王子と交替した選手に押さえられ、ダックビルズは惜しくも負けてしまった。

でもどうしてこんなところに？

ホンモノ王子が両腕をあげ、大きく振った。さすがにシカトはできない。菅谷はワゴンを止め、車窓を開けた。

「あんた、どこいくの？」

ろくに挨拶もしないで、いきなりそう訊《たず》ねてきた。あまりにぞんざいな物言いに、菅谷は面食らってしまう。それでも自分が住む市街地の名を言った。ホンモノ王子はピンとこなかったらしい。

「そこって、ビジネスとかカプセルじゃない、ちゃんとしたホテルある？」

「ええ、まあ」

「だったらそこまで乗っけてってくんない？　いい？」

「あ、ああ。はい」

「ラッキィ」

そこはふつう、ありがとうございますだろが。

しかし注意する気は起こらなかった。菅谷はロックを解除すると、ホンモノ王子はスライドドアを開き、車内に入ってくる。そして美優がいた席に腰をおろす。ダボダボなTシャツに七分丈のパンツだ。野球選手というよりも、一昔前のラッパーみたいないでたちである。

「なに、ぼやぼやしてんのさ。さっさと車、だしなってば。レッツゴォ」

週刊誌だかタブロイド紙だかの記事で、父親がヨーロッパの王族、母親が元アイドル歌手の子供だからか、敬語が不得手で、目上のひとでもタメ口だと書かれていたのを思いだす。

高校の野球部からそうだったが、一年の頃からエースとして活躍していたホンモノ王子に、先輩どころか監督も注意しづらかったという。それが彼の態度を助長させ、プロに入ってからも、他人の話に耳を貸そうとしないため、結果、まともな成績をだせずに二軍暮らしに甘んじているのだとも書いてあった。

ぜんたいに悪意のこもった記事で、ホンモノ王子が可哀想に思えるほどだった。いくらなんでも、たとえどれだけ実力があろうとも、高校の野球部で、監督や先輩にタメ口はなかろうと思っていた。

だがこうしてホンモノ王子と一分足らずしか言葉を交わしていないのに、あの記事はほんとだったんだなと納得できた。悪意がこもるのもわかる。だれだってこの男には味方できないだろう。

市街地まで二十分程度だ。そのあいだ、話をしなければいいだけのことである。でもそうはいかなかった。

「これ、なに?」

バックミラーを見て、菅谷はぎょっとした。ホンモノ王子が隣にあった黄色いプラダンケースの蓋を勝手に開けたばかりか、カモ野ハシ蔵の頭をだしていたのだ。信じ難い事態に、なんと注意したらよいものか、菅谷は戸惑った。

「アヒル?」

「カモノハシ」

「なんで顔に黒い包帯、巻いてんのさ」

「忍者なんですよ」

「カモノハシが忍者? はは、なんだよ、それ。チョーウケルゥ」

俺、あんたと去年、会ってるぜ。握手までしたじゃんかよ。なんで覚えてねぇんだ。

バックミラーに映るカモ野ハシ蔵が、不服そうだ。と同時にホンモノ王子のTシャツの襟首が歪んでいるのに気づく。そういうデザインなのかと一瞬思いもしたが、どうやら引っ張られて伸びたようだ。右の頬骨のあたりが腫れてもいる。

この男になにがあったんだ？

「オジサン、俺、だれだかわかってる？」

カモ野ハシ蔵の頭をしまわずに抱え持ち、ホンモノ王子が唐突に訊ねてきた。

「ホンモノ王子でしょう」

「マスコミがつけたそのあだ名、俺、好きじゃないんだよねぇ」冗談めかした口ぶりだ。しかし露骨に嫌な顔をしていた。ちょっと怒っているようでもある。「本名はわかんない？」

菅谷はフルネームで答えることができた。

「正解っ」

ホンモノ王子が無邪気に笑う。二十二だか三のはずだが、その表情はまるで中学生の悪ガキだ。そんな彼にちょっとだけ、菅谷は好感を持った。

こんなヤツのどこに好感が持てるんだっつうの。

ちょっとだけだって、言ってるだろ。

訝《いぶか》しがるカモ野ハシ蔵に菅谷は言い返す。

「オジサン、俺だってわかったから、車、止めた？」

「ええ、まあ」ちがうとはなんとなく言い辛《づら》かった。そう言えばまだ礼を言われていない。でもそれは諦めたほうがよさそうだ。

「いま何時？」

「じきに八時になりますが」

「二時間も山ん中、うろついてたのかよ。そりゃ疲れるわけだ」

二時間も？　どうしてそんなことになったんだ？

「いや、でも、マジ助かったよぉ。オジサンがくるまでに、何台か車、通ったんだぜ。だけどどれもシカトされちまってさぁ。このまま山ん中で野宿しなくちゃいけねぇかと思ってたんだ」

おまえもシカトすりゃ、よかったのに。

カモ野ハシ蔵がぼやくように言った。いや、言っていない。そんな気がするだけだ。

「どうしてこんな山道、なにも持たずにひとりで歩いていたんですか」

思わず訊ねてしまう。好奇心もあったが、ホンモノ王子と話がしてみたくなったのだ。

「それ、訊《き》くぅ？　どうしても訊きたい？」

「話したくないのなら、べつに」

「話すよ、話す。俺っていま二軍じゃん？」

明るい調子で同意を求められても、返事のしようがないというものだ。だがそれを聞いて、思いだしたことを菅谷は即座に口にした。

「明日、ジェリーフィッシュと試合しますよね」

「オジサン、よく知ってるね。地元のひと？」

「地元って言えば地元ですけど、ジェリーフィッシュの本拠地は隣の県で」

「隣？　それじゃなに、俺、県、越えてきちゃったわけ？」

　隣の県との境は入り組んでいた。そのためにまっすぐ走っているだけで、県を行き来する国道もある。菅谷の説明に、ホンモノ王子は「なるほど、だからかぁ」と納得したらしい。「その国道、走ってたんだなぁ、あのバス」

　路線バスを乗り間違え、途中で下りたはいいが、道に迷ったのかと思いきや、そうではなかった。

「俺さぁ、二軍の連中といっしょのバスで、明日の試合のために、球場近くのホテルにむかってたんだけど」

　あんたも二軍だろ。

　ホンモノ王子の膝の上で、カモ野ハシ蔵が呟く。

「ほんとは俺、自分の車でくるつもりだったの。だけど監督が駄目って言うからさぁ。乗ったよ、バス。もう最悪。狭いわ臭いわ暑いわで、それでも三時間近く我慢したんだ、この俺がだよ。偉くない？　それがあと三十分で目的地ってとこで、隣の席のヤツと揉《も》めちゃって」

「なにがあったんです」

「俺がスマホでゲームしてると、肘《ひじ》がぶつかるからやめろなんて、言いだしたんだ。それまでそいつ、寝てて、めちゃくちゃ歯ぎしりうるさいの、俺、我慢してたのによぉ。だからシカトしてゲームつづけてたんだ。ったらそいつ、俺に肘鉄を食らわしてきたんだぜ。信じられる？　アッタマきたから、一発お見舞いするつもりが、止めに入ってきたお節介がいてさぁ。そいつ殴っちまって。すると隣のヤツに殴られて、あとはもうだれを殴って、だれに殴られたのやらさっぱり」

バスの中で乱闘騒ぎを起こしたのか。無茶苦茶だ。

「気づいたらバスが停《と》まっててよ。全員、外の空気吸って、気持ちを落ち着けろって監督が怒鳴るんで、言うとおりにしたの。だけど俺、外にでても頭に血がのぼりっ放しでカッカ、カッカしたまんまでさ。なんかむしゃくしゃするから、バスに戻んないで、逃げてきちゃったんだ。ウケるだろ？」

全然、ウケない。

「これから先、どうするつもりですか」

「ホテルであっついシャワー、浴びたいよ。いい加減、腹も減ってきたし、焼肉でも食いいくかな。あとさ、その町、キャバクラあるかな？　俺、地方のキャバクラって好きなんだよね。こんな俺でも一流扱いしてくれるからね。オジサンが案内してくれない？

俺、奢《おご》るからさ。あっ、でも俺、金ないんだった。財布もスマホも、ぜんぶバス、置いてきちまったんだよね。悪いんだけど十万貸してよ。あとで返すから」

　図々しいにもほどがある。

　それに萱谷の質問は、これから先、おなじ球団でやっていけるのか、という意味だった。そんな義理はないが、いささか心配になったのだ。

「チームと合流しなくていいんですか」

　むこうはむこうで、ホンモノ王子を捜しているのではないか。本人の意志ではあるにせよ、山道で行方不明になったのだ。警察に通報している可能性だってある。

「チーム？　ああ、二軍の連中と？　いいよ、べつに」

「でも明日、試合が」

「だれかべつのヤツが投げるさ。相手はどうせ草野球に毛が生えたようなヤツらなんだし、俺がでる幕じゃねぇって」

　萱谷はカチンときた。やはり話などしなければよかったと後悔する。少なくとも不愉快な思いをせずにすんだ。

「それにもう、俺なんか客寄せパンダにもなりゃしないからさ。球団としちゃあ、俺のこと、そろそろお払い箱にしたいはずだしさぁ。いい機会だからすっぱりやめちまおうと思うんだ」

「やめてなにを」

「俳優」

菅谷は呆気《あっけ》に取られた。カモ野ハシ蔵も目をまん丸くしている。もともとまん丸なんだけど。つづけてホンモノ王子は有名な芸能プロダクションの名を口にした。

「俺が女性ファッション誌でヌードになったじゃん。そんとき、そこの社長さんに俳優にならないかって、口説かれててさ。なんでも俺には俳優としての素質があるらしいんだよねぇ。演技できなくても華があればだいじょうぶ、俺にその気さえあれば、主演映画でデビューさせてくれるって。凄《すご》くね？　主演だぜ、主演。社長が言うにはヒット間違いなしだって」

「そんなうまいこと、いくはずないと思いますよ」

気づけば、菅谷はそう口にしていた。ムカついて、とてもではないが、ホンモノ王子の話を聞いていられなかったのだ。ダックビルズに限らず、ＣＣＣの選手達の手取りは微々たるものだ。けっして高くない菅谷の給料よりもさらに低い。それでも野球をつづけている。

くの一軍団のメンバーだってそうだ。応援はボランティアで、他のイベントの出演料も交通費程度しかでない。なのにダンス教室のレッスン代は自腹だ。みんなギリギリで頑張っている。

「なんだよ、オジサン。ひとの将来にいちゃもんつけないでくれる？」

「いちゃもんじゃありません。冷静な判断のうえでの忠告ですよ。よく考えてみてください。プロ野球でモノにならなかった人間が、いきなり俳優になってウマくいくはずないでしょう？　主演映画なんて、ぜったいあり得ない。その社長さんだって、本気で言ったかどうか怪しいものです。たとえ本気にしてもですよ。あなたがヌードんなったのって、四年も前でしょう。そんな昔の話、むこうがおぼえているとは思えません」

「何様のつもりで、上から目線にモノ言ってやがんだ」

「どなた様のどこからの目線だって、おなじ意見になります」

「ざけんな」

「ふざけてるのはあなただ、王子様」菅谷はぴしゃりと言った。「さっきジェリーフィッシュのことを、草野球に毛が生えたようなヤツらっておっしゃっていましたよね。俺がでる幕じゃない？　おなじCCCのアリゲーターズに負けたのをお忘れですか。それに去年のダックビルズとの試合では先発だったのが打ちこまれて、四回でマウンド下りたでしょうが」

「それはよぉ」

なにか言い訳をしようとするホンモノ王子を、菅谷は遮った。

「莫迦みたいな夢を見てないで、野球に専念なさったらどうですか」

「俺だって一軍に登板して、きっちり結果だしてぇよ」ホンモノ王子は上擦《うわず》っていた。声量もあがり、悲痛な叫びと言っていいくらいだ。「でもチャンスがまわってこねぇんだ」

「チャンスはまわってくるのではなく、自分で摑《つか》むものではないんですか」

昔、ホンモノ王子自身が言った言葉だ。まだ彼が高校球児だった頃である。ドラフト一位のときのコメントだったはずだ。

ホンモノ王子からの返事がない。どうしたかと思い、バックミラーを見て、萱谷は目をぱちくりさせた。そこにいたのはカモ野ハシ蔵だった。なんのことはない、膝に載せていたその頭を、ホンモノ王子が被っていたのである。萱谷はどう反応したらよいものか、わからなかった。すでに山道を下りおえ、市街地にでている。

「まだだ」カモ野ハシ蔵が言った。いや、ちがう。ホンモノ王子だ。「まだやれる。まだまだ俺はやれるんだ。まだやれる。やってやる。そしてホンモノになるんだ」

「ここでいいや」ホテルはすでに見えている。だが歩くには少し距離があった。「下ろしてくんね？」

ホンモノ王子の仰せに従い、萱谷はワゴンを止めた。彼はもうカモ野ハシ蔵を被っていない。プラダンケースにしまってある。

「悪かったね、遠回りさせちゃって」

「いや、いいんですよ」

ホテルはホンモノ王子の宿泊先だ。山道を引き返し、県境を越え、一時間で辿り着けた。ホンモノ王子にそうしてくれないかと頼まれたのである。彼にしてはそこそこ丁寧な物言いで、ほんとに申し訳なさそうだったので、聞いてあげることにしたのだ。

「さっきはすみませんでした。えらそうなこと言ってしまって」

「傷ついたぜ」そう言いながら、ホンモノ王子は笑った。例の中坊みたいな笑顔だ。「俺だってさ、ほんとに俳優になれるとか、思っちゃいないからよ。はは」

スライドドアを開き、ホンモノ王子が降りていく。

「この着ぐるみって、ダッグビルズんだよね？　去年、俺が先発だったのに打ちこまれて、四回でマウンド下りた対戦相手の？」

「え、ええ」

「もしかしてオジサン、中のひと？」

「そうです」

「ダックビルズに点が入ると、連続でバク宙してたよね。そんときも中、オジサンだったわけ？」

見ていたのか。

「ええ」

「すげえじゃん。マジ、リスペクトするぜ」

ホンモノ王子が右手を差しだしてきた。菅谷は運転席で身体を捩《ねじ》り、右手を伸ばし、ちょっと不自然な体勢で握手をする。

「忍者の格好した女の子達とも踊っていたよね。センターの子ってまだいんの？」

「ええ。でもじきにやめますが」

「わかった。結婚するんだ」

ちがう。でも菅谷はこう言った。

「よくおわかりですね」

「女に関しちゃ、詳しいんだ、俺」


美優の住む農村を抜け、曲がりくねった山道に入る。いま頃になって、右足首の痛みがぶり返してきた。まだたいしたことはない。さらに痛くなったら、どこかでワゴンを止めて、スプレーをかけるとしよう。なんだったら明日、病院にいって診てもらってもいい。

まだやれる。

バックミラーに黄色いプラダンケースが映って見えた。

「なあ、カモ野ハシ蔵。俺らもまだまだやれるよな」

しかし返事はない。ケースから聞こえてくるのは、カモ野ハシ蔵のすぅすぅという寝息だけだった。

いや、ほんとには聞こえてこないけど。

解説

美奈川護

山本幸久さんの小説には、いつも歌がある。

もちろん、賑《にぎ》やかなキャラクターが織りなす物語が、行間から楽しげな歌のように溢れてくる……という意味もあるのだけど、文字通り登場人物がよく歌うのだ。

二〇一五年にドラマ化された『ある日、アヒルバス』では、アヒルバス入社五年目の観光バスガイド・デコこと高松秀子《たかまつひでこ》が「アヒル　アヒル　アッヒイルゥゥ　アヒルバスは明日もはっしっるぅぅ♪」と、社歌を熱唱する。

連作短編集『はなうた日和』では老若男女、さまざまな人生が描かれるが、どのお話にも大なり小なり歌がある。それは自作の歌だったり、アニメの主題歌だったり、誰もが聞いたことのある懐メロだったりするのだけれど、それが登場人物の細やかな心情を見事に代弁してくれる。

そしてなんと言っても、デビュー作である『笑う招き猫』だ。駆け出しの女漫才師「アカコとヒトミ」の青春小説なのだが、ボケ担当であるアカコの特技は、即興の歌。

彼女は人前だろうと道端だろうと、思いつけばすぐに歌を口ずさむ。その歌詞が軽快で、なのにどこか哀愁があって、メロディも分からないのに一緒に歌いたくなるのだ。

私が初めて読んだ山本さんの小説は、アカコの歌が印象的な『笑う招き猫』だった。片道一時間半かけて通勤していた新入社員時代。長い通勤時間の中で、一日一冊の文庫本を読むのが日課だったころの話だ。あともう少しで読み終わるのに自宅の最寄り駅に着いてしまって、どうしても最後まで読みたくて、ホームのベンチに座って読み切ったことを覚えている。妙に寒かった記憶があるので、真冬の夜更けだったはずだ。

ちなみに『笑う招き猫』は、紆余曲折《うよきょくせつ》ありながらもヒトミと一緒に漫才師として生きていくことを選んだ、アカコのこんな歌で幕を閉じる。

「♪愛、受け取るよりも　笑いで受け取る　それが二人のしあわせなのよ　しあわせなのよ　しぃあぁわぁせぇなぁのぉよぉぉぉ♪」

我が道を行くその歌に、当時の私がちょっとだけ救われたことは事実だ。

救われたと言っても、その時の私に大きな悩みがあったわけではない。ただぼんやりと、悩んだ末にＯＬを辞めてアカコとお笑いコンビを組んだヒトミと、ＯＬをやりながら作家を目指していた自分を重ねてしまったのかもしれない。

いずれにしても真冬のホームで読み切った『笑う招き猫』は、私の足取りをわずかに軽くして、少しだけ寒さを忘れさせてくれた。アカコのように鼻歌をうたいながら家まで帰ったのかどうかまでは、覚えていないけれど。

なんだか個人的な話になってしまって申し訳ないのだが、山本さんの小説は、そういう小さな気持ちに寄りそってくれる感じがする。

元気で、ちょっと豪快な友達みたいだ。落ち込んでいる時にひょっこり現れて、わかりやすい励ましの言葉をかけるかわりに愉快な歌をうたってくれて、最後には「向こうにもっといい景色があるよ！」と、明るい方向に手を引っぱってくれるような。

以来、私の中で山本さんの小説に出てくる登場人物は、常に歌っている。

歌いながら、下を向いていたこちらの顔を、ひょいと持ち上げてくれる。


本作『GO!GO!アリゲーターズ』でも、主人公の藤本茜《ふじもとあかね》は「♪びっくりたまげたおどろいたぁ　♪あぁああ、アリゲーターズぅぅぅ」と、所属している野球チームの応援歌と共に踊る。しかも、球団マスコットの着ぐるみ「アリーちゃん」の中に入りながらだ。ちなみにアリーちゃんは「アリゲーターズの応援に情熱を燃やす純情可憐で乙女なワニ」である。

茜は一人息子の健人《けんと》を実家に預け、地方球団アリゲーターズに勤めているバツイチ女性。彼女の夢はいつか、息子とふたりで暮らすこと。そのために、茜はどんな雑務もこなし、アリーちゃんの中に入って踊り、決して強いとはいえないアリゲーターズを応援し続けているのだ。

だが、球団メンバーは一筋縄ではいかない人々ばかり。泣き虫でヒーローおたくの若手投手。バッサンで、毎日全身ピンクの服を着たゼネラルマネージャー。かつては第一線で活躍していたが、今はまったくやる気のない打者。半径一メートル以内に女性がいれば、必ずどこかしらに触れるセクハラ監督。ファッションセンスもダンスも完璧なのに、実は性別が……というチアリーダー。

少し列挙しただけでもこの濃さだ。一体どんな人々なのか、読者としてはもっと知りたくなる。そうしてまんまと我々は、ワニのペイントが施された球団専用のマイクロバス「ワニバス」に乗せられて、茜と一緒にアリゲーターズの事務所や球場に向かうことになってしまうのだ。

個性的すぎてバラバラに見えるアリゲーターズのメンバーたちだけれど、一つ共通点がある。それは、みんな野球を愛しているということだ。ゼネラルマネージャーの芹沢《せりざわ》にいたっては、「この世のひとすべてが野球をすればいい。そうすれば世界は平和になるだろうに」とまで言ってしまう。

しかし茜はというとまったく野球に興味がなく、「九人同士で試合をするくらいは知っている。打者が球を打ち、一周してくれれば一点入ることもだ」程度の知識しかない。

だからこそ懸命に働きながらも、少しだけ疎外感を覚える場面がある。

しかし、メンバーたちの悩みを聞いたり、選手たちからキャッチボールやバッティングを教えてもらう中で、茜は少しずつ変わりはじめる。「これまでの人生で、熱中できるものなどなにもなかった」茜は、最後には本物のアリゲーターズの一員としてグラウンドに飛び出していく。

茜だけではない。ラストはメンバーのみんなも、ちょっとだけいい方向に走り出す。この、「ちょっとだけ」が、山本さんの小説の好きなところだ。驚くような大事件が起きて、何かが劇的に変わるわけではない。ただ読み終わった後には、自分の見ている景色が前よりも「ちょっとだけ」いいものになっていることに気づく。そして耳には、あの陽気なアリゲーターズの応援歌がいつまでも残っているのだ。

山本さんが子供から女性から老人まで、老若男女さまざまな人々をリアルに描き出す作家だということは、ここで語るまでもない。そしてその中には、必ず自分に似た登場人物がいるはずだ。私が真冬の駅で、ヒトミと自分を重ねたように。

それは彼らが単なる個性的なキャラクターというだけではなく、その裏には誰もが持ちうる憂《うれ》いの影が見え隠れしているからだ。今作でもメンバーからポジティブだと言われた茜が、心の中でこう呟く。

「ちがうって。あたしはいつだって焦りと不安を抱えている。だからこそ無理にでも物事のいい面を見つけるだけのことよ。そうしなければ人生やっていけないんだもん」

それでも前向きに進んでいくその姿に、私たちは勇気づけられる。彼らがちょっとだけ変わる時、こちらの世界もちょっとだけ動き出す。それは、本を閉じた瞬間だけではない。他愛ない日常の中で、山本さんが書いた登場人物をふと思い出すことがある。たぶんそれは、懐かしい歌が思い出を連れてくるのと同じだ。そういえばあんな奴《やつ》がいたなあ、元気にしてるかなあ。と、彼らにまた会いに行きたくなるのだ。

幸運なことに、山本さんは多作だ。またすぐにでも、新しい物語と登場人物に会わせてくれるに違いない。愉快な歌をうたいながら、次はどこに連れて行ってくれるのだろう。きっと今よりも明るくて、気持ちのいい風が吹く場所だと思うのだけれど。


（みながわ・まもる　作家）

本書を書くにあたっては、株式会社ゴーゴープロダクション、株式会社千葉ロッテマリーンズ、株式会社富山サンダーバーズベースボールクラブ他、多くの方々にお世話になりました。この場を借りてお礼を申しあげます。当然ではありますが、本書はフィクションです。アリゲーターズをはじめ、登場する団体・人物はすべて架空のものです。お読みになった方には、誤解のございませんようお願いいたします。

山本幸久

本書は、二〇一二年四月、集英社より刊行されました。
文庫化にあたり、書き下ろし短編「カモ野ハシ蔵見参」を加えました。

初出「青春と読書」二〇〇七年一一月号〜二〇〇九年一月号

集英社文庫

GO！GO！アリゲーターズ

2016年12月25日　第１刷　　　定価はカバーに表示してあります。

著　者　山本幸久《やまもとゆきひさ》

発行者　村田登志江

発行所　株式会社 集英社

東京都千代田区一ツ橋2-5-10　〒101-8050

電話　【編集部】03-3230-6095

【読者係】03-3230-6080

【販売部】03-3230-6393（書店専用）

印　刷　大日本印刷株式会社

製　本　大日本印刷株式会社

フォーマットデザイン　アリヤマデザインストア　　　マークデザイン　居山浩二

ISBN978-4-08-745524-3 C0193